彩雲国物語

十二、白虹は天をめざす

雪乃紗衣

角川文庫
22552

目次

その男は、彼女のために次々とかけがえのないものを捨てた。

彼女が償《つぐな》うことのできないほど、たくさんのものを捨て去り、そのぶん彼女の掌《てのひら》にのせた。

彼女の幸福は、すべて彼の犠牲《ぎせい》の上に成り立つものだった。

気づく機会はいくらでもあった。自分という存在は、彼にとって凶《まが》つ星でしかないのだと。

……気づかないフリをし、やがて彼は彼女のためにすべてを失ったのだった。

＊　＊　＊

彼女が初めてその男と出会ったのは、母が死んだときだった。

身の危険を察知した母が、まだ三歳の彼女を隠《かく》し室《べや》に押し込めた。彼女は壁《かべ》にあけられた小さな覗《のぞ》き穴《あな》から、母親が殺されるまでの光景を見ていた。すべてが終わったあと、彼女はのろのろと這《は》いだし、母の無惨《むざん》な亡骸《なきがら》の傍《そば》に寄り添《そ》っていた。

そうして、日が三度昇《のぼ》り、三度沈《しず》んだ夜、彼がきたのだ。

彼女には、彼が鬼《おに》にしか見えなかった。

窓には、大きな満月が皓々《こうこう》と光っていた。

闇《やみ》から静かに現れたその少年は、月光の下、見たこともない褐色《かっしょく》の肌《はだ》をしていた。

彼女は母の亡骸を背に両手を広げ、鬼を睨《にら》みつけた。

『ちかよらないで』

するとその鬼は、踏《ふ》み出しかけていた足を元に戻《もど》した。

ホッとしたのも束《つか》の間、鬼は去らず、その場であぐらをかいた。

向かい合ったまま、また三度朝がきて、夜がきた。

ひと言も話さなかった鬼が、その晩、初めて口をきいた。

『どうすれば近寄らせてもらえるんだ？』

後から考えれば、あと一晩でもそのままだったら彼女は間違《まちが》いなく死んでいた。

六日目、そういわれた彼女はぼんやりと死んだ母を振《ふ》り返った。どうしてか、たったそれだけの動作でもひどく震《ふる》え、疲《つか》れた。このまま目を閉じて眠《ねむ》ってしまいたいと彼女は思ったけれど、必死で耐《た》えた。もうこれ以上、鬼にお母様を酷《ひど》い目にあわせはしない。

母は静かに腐《くさ》っていた。優《やさ》しく彼女を見つめてくれた母の両目はえぐりとられ、ぽっかりと虚《うつ》ろな穴があいている。

お母様のきれいな両目は、どこに行ってしまったのだろう……？　きっと何も見えなく
『……十三姫《じゅうさんひめ》、か？』

て、暗くて、今ごろこわい思いをしているに違いない。

　気づけば彼女はポツリともらしていた。

『……あなたの目をくれたら、ちかよってもいい』

『いいぜ。くれてやる』

と言うと、鬼は本当に自分の右目を短刀で突《つ》いた。

鬼の右目からしたたったおびただしい鮮血《せんけつ》に、彼女は呆然《ぼうぜん》とした。

次いで左目にも刃《は》を当てようとした鬼に、彼女はまろぶように駆《か》け寄った。

『やめて！　ごめんなさい、ごめんなさい、あなた、鬼じゃなかったのね』

当時、彼はまだ十一歳だった。けれど間近で見た彼の左目は、澄《す》んでいるのにどこか翳《かげ》りがあって、だからだろうか、彼女は長いこと、彼を大人《おとな》だと思いこむことになる——。

『……お前を迎《むか》えにきたんだ。行こう、十三番目の藍家《らんけ》の姫。俺は迅《じん》。司馬《しば》迅だ』

そうして、彼は彼女のために、最初に右目を捨てたのだ。

本当は、彼女を殺せと命《めい》を受けてきたことを知るのは、十年もあとの話。

右目を失ったことで迅は武門の司馬家次期総領にはふさわしくないと廃嫡《はいちゃく》され、命に逆らい、彼女を連れ帰ったことで、もともとあまり好かれていなかった父親からもいっそう厭《いと》われた。

　けれどそのすべてを、迅は一笑《いっしょう》に付した。

『そんなもん、別にたいしたこっちゃねーさ。もともと総領なんてガラでもないしな』

厄介者《やっかい》の二人をいっぺんに引き取ったのは、迅の祖父であり、前司馬家当主、かつて宋《そう》隼凱《しゅんがい》と並び称《しょう》された一騎当千《いっきとうせん》の藍家の守り刀、司馬龍《りゅう》だった。家督《かとく》を譲《ゆず》り、隠居《いんきょ》していた司馬龍の館《やかた》で、彼女は武芸を学び、礼節を学び、兵法や軍馬の扱《あつか》い方を教わりながら、藍家の血を引く娘《むすめ》として姫教育も受け、司馬家の養女として厳しくおおらかに育てられた。

知勇兼備《けんび》の名将・司馬龍のもとには絶えず多くの武人が訪《おとず》れた。中でも隻眼《せきがん》で精悍《せいかん》な司馬迅と、雅《みやび》な美貌《びぼう》の異母兄・藍楸瑛《しゅうえい》の異色の組み合わせは、常に注目と称賛《しょうさん》の的だった。

彼女にとって三番目に好きなことは三人で過ごすことであり、二番目に好きなことは迅と楸瑛の真剣《しんけん》勝負を間近で見ることだった。

穏《おだ》やかに、時ににぎやかに季節はめぐった。あるとき、不意に迅がいった。

『螢《ほたる》、十六になったら俺の嫁《よめ》にこいよ』

彼女は冗談《じょうだん》だと思った。なぜなら二人でせっせと馬糞掃除《ばふんそうじ》をしていた状況《じょうきょう》だったからだ。

『あーはいはい。楸瑛兄様と義兄弟になるわねー。喜び勇んで「義兄《あに》と呼べ」っていうわよ』

『ぐは。それをいうな。考えねぇようにしてたってのに』

『だいたい私と結婚《けっこん》したって、何もいいことないわよ？　藍家の入り婿狙《むこねら》いなら、お手軽なところで手を打ってないで、もっと上の姉様たちにしなさいよ。頑張《がんば》れば何とかなるかもよ？』

『よーく聞けよ螢。女房《にょうぼう》にするなら後にも先にもお前しかいねぇって言ってるんだよ』

その時初めて彼女はまさかと思った。必死で動揺《どうよう》を押し隠した。喜びよりも、どうしてそんなことをぺろっと言えるのかと腹が立った。彼女が贈《おく》った金糸刺繡《ししゅう》の黒の眼帯も無駄《むだ》にカッコ良く見えて腹が立つ。……いつだって迅はそうで、どんなときも『たいしたこっちゃねー』ように言う。彼女のせいで右目をなくし、廃嫡された時と同じように。

……そう、もう十三姫は、彼がどれほどのものを彼女のために捨てたのかを知っていたから、嬉《うれ》しかったけれど、躊躇《ためら》った。でもどうしてもハッキリ断れなくて、遠回しに拒絶《きょぜつ》した。

『二十歳《はたち》の男が十二のコドモにいうこっちゃないわね。九彩江《きゅうさいこう》で顔でも洗ってきたら？』

『わかった。じゃ、帰ったら答え聞かせろよな。逃《に》げんなよ螢。追っかけるからな』

『ちょっと待ちなさいよ本気で九彩江まで出かけるつもり!?　馬鹿《ばか》じゃないのあんた！』

『そりゃそうだ。本気だからな』

一つきりになってしまった目で見据《みす》えられれば、いつだって彼女は負けた。

……好きだったから、その言葉が嬉しくて、ついに彼女は折れてしまった。

『……じゅ、十六になっても、あんたよりいい男がいなかったら、考えてもいいわ』

迅はただ笑った。

いるわけがねぇ、自信たっぷりな声が聞こえてくるようで、それがまた悔《くや》しかった。

その夜、十三姫はひとり泣いた。初めて迅のために何かできるかもしれないと思った。迅がくれたものを一生かけて少しずつ返していこう。自分が彼の目となり、支え合って、時には喧嘩《けんか》して、藍家も司馬家も関係なく、自分たちらしく幸せになろう。

それから十三姫は苦手だった裁縫《さいほう》も炊事《すいじ》洗濯《せんたく》も懸命《けんめい》にこなし、ほんのちょっぴりの女心で、お肌《はだ》の手入れもするようになった。たった一年で驚《おどろ》くほど大人びて美しくなった彼女に、兄の藍楸瑛も目を瞠《みは》り、そして幸せになれよと笑ってくれた。

……でも、それが叶《かな》うことは、ついになかった。


十三姫の目前で男は突然《とつぜん》目を剝《む》き、胸から切っ先をはやして絶命した。

一拍《いっぱく》おいて、十三姫の蒼白《あおじろ》い面《おもて》は、男の血を浴びて真っ赤に濡《ぬ》れた。

男の背後から一撃《いちげき》で心臓を貫《つらぬ》き、十三姫に倒《たお》れかかる男をさらに蹴《け》り飛ばしたのは、見たこともないほど冷たい顔をした迅だった。

(ねえ迅、私、あんたに螢って呼ばれるのが、いちばん好きだったわ)

でも、あの時だけは、泣きたかった。

『螢、……螢。悪い。ごめんな』

謝らないで。それ以上何も言わないで。聞きたくない――。

『お前を嫁にはできなくなった』

一緒《いっしょ》に逃げようという言葉は、とうとうでなかった。

冷たい顔は一瞬《いっしゅん》だけで、あとはもう、いつもの迅だった。誇《ほこ》り高く、潔《いさぎよ》く、たとえ彼女が懇願《こんがん》したとしても、犯《おか》した罪から逃げることなど万が一にもありはしない。

しゃくりあげ、迅の胸にしがみついて泣く彼女を、迅は抱《だ》きしめ、背を撫《な》でてくれた。

『……なあ螢。俺よりいい男がいなくても、絶望しないでちゃんと生きろよ？』

忘れられない、少し困ったようなあの声。

優しくて大きな手。いつも自分を守ってくれた胸の中で、十三姫は泣いた。

（どうして）

どうして自分は世界で一番愛した男から、奪《うば》うことしかできなかったのだろう。

迅は彼女に何もかもを与《あた》えてくれたのに、どうして自分は最初から最後まで。

『螢、間違うなよ。俺は俺のためにやったんだ。……いい女になれよ』

かすめるような最初で最後の口づけだけを残して。

……迅は十三姫の前から消えた。


――父殺し。

それは十の大罪の一つであり、たとえ王侯《おうこう》貴族であっても例外なく死罪となる。

誇り高き司馬家の誉《ほまれ》に泥《どろ》を塗《ぬ》った彼を、司馬一族は許さなかった。死刑《しけい》が決まり、迅は一族から排除《はいじょ》され、系譜《けいふ》から名を消された。かつては名将・司馬龍の後継《こうけい》と謳《うた》われ、藍楸瑛と共に藍家の次代を担《にな》う双璧《そうへき》と目されていた司馬迅は、まず右目を、次いで司馬家嫡男《ちゃくなん》の座を、最後は誇りも名誉《めいよ》も名も失い、父殺しの大罪人という汚名《おめい》だけが残った。すべて、十三姫が奪ったものだった。

どんな理由があれ、迅は父親を殺した己《おのれ》を許しはしない。万が一――いや百万が一、藍家の力で法をねじ曲げ、助かったとしても、喜びはしない。二度と彼が司馬家に戻《もど》ることも、……おそらくは十三姫の前に現れることもないだろう。生き延びたことさえ恥《はじ》とする男だ。

それを承知で、十三姫は藍家当主である三人の兄に会いに行き、地に額をつけて願った。どんな形でもいい。何とひきかえにしてもいい。迅に一生軽蔑《けいべつ》されても構わない。

――あのひとの命を、どうか助けてください、と。

それができるのは、あらゆる不可能を可能にするという藍家の当主以外にいなかった。

序章

東の昊《そら》がしらしらと明るみはじめる。

貴陽の街並は朝靄《あさもや》の中に沈《しず》んでいた。まだ眠《ねむ》っている都の通りを、楸瑛は南門を目指して馬を走らせていた。着の身着のままといった簡素な旅装で、髪《かみ》も一つにくくっているだけ。その腰《こし》に〝花菖蒲《はなしょうぶ》〟の剣《つるぎ》はない。

楸瑛は後方に一瞥《いちべつ》をくれた。可能な限り早く出立したが――。

（……間に合うか）

夜間は貴陽の各門はどれも厳重に閉ざされている。時間外でも、門の衛兵らは楸瑛の顔を見れば通してくれるはずだった。が、もし御史台《ぎょしだい》が城門の衛兵にまで手を伸《の》ばしていたら、まずい。城門破りをするハメになる。

靄の向こうに南門が見えてきた。南門の前で誰《だれ》かが手を振《ふ》っている。

目を凝《こ》らし、楸瑛は驚いた。少女の前で手綱《たづな》を引き、馬から見下ろした。

「秀麗殿《しゅうれいどの》……」

「よかった。間に合いましたね。早く行って下さい。清雅《せいが》がこないうちに」

見れば、門の衛兵はことごとく酔《よ》い潰れて鼾《いびき》をかいていた。辺りには酒瓶《さかびん》が大量に散乱している。

楸瑛は顔色一つ変わっていない素面《しらふ》の秀麗に目を戻した。

……顔は素面だが、酒の匂《にお》いがプンプンする。楸瑛はおそるおそる聞いてみた。

「…………もしかして……？」

秀麗はヤケッパチのごとく胸を張った。

「ふっふっふ。飲み比べで潰しときました！　ちょろいもんです。今ならコソッと通れます」

……楸瑛は、出会ったときの可愛《かわい》い秀麗を思いだし、時の流れに切なくなった。「ちょろい」なんていう言葉を聞くことになろうとは……。

それ以上に、先回りして待っていた秀麗の慧眼《けいがん》を目の当《ま》たりにし、楸瑛は賞賛と——自《じ》嘲《ちょう》を覚えた。自分たちが安穏《あんのん》としている間に、これほどの差がひらいていたのだ。

その時、城門の上の見張り台から小石がふってきて、秀麗の頭にコツンとあたった。秀麗はぎょっとした顔になり、慌《あわ》てて楸瑛に言った。

「ぎゃっ、もうきたの!!　ったくなんなのあの男——早く行ってください藍将軍!!」

「——秀麗殿、ありがとう」

秀麗が〝花菖蒲〟について、ひと言も訊《き》かないことに対しても。

南門はひとすじ細く開けられていた。世界が白んでいく。王都の外の風は冷たく、土埃《つちぼこり》で街道はかすんでいた。楸瑛は秀麗に笑いかけた。

「……さよなら」

別れの言葉だけを残し、楸瑛は馬に鞭《むち》を打って風の中に去っていった。

みるみるうちに馬影が貴陽から遠ざかっていくのを見送ったあと、秀麗は決然と振り返った。

馬を駆《か》ってきた陸《りく》清雅はさして驚いた様子もなく、ゆったりと馬から下りた。

「藍楸瑛を逃《に》がしたな？　兵部《へいぶ》侍郎《じろう》と例の隻眼《せきがん》の兇手《きょうしゅ》との関連について、拘束《こうそく》してじっくり訊こうと思ったんだがな。せっかく長官の許可もとったってのに」

秀麗は内心、間一髪《かんいっぱつ》だったと知って、冷や汗《あせ》を流した。

「ふふん、なんのこと？　私がきたときにはすでに誰もいなかったわよ。読みが甘いわね！」

「お前に言われちゃオシマイだな。……酒臭《さけくさ》いぞ。よくこんなに酒代があったな。……はーん、工部《こうぶ》の管尚書《かんしょうしょ》のとこからでも横流ししてもらったな。セコイやつめ」

「うううっさいわよ！　賢《かしこ》い主婦の節約術って言いなさいよ!!」

欧陽《おうよう》侍郎から「酔いどれ上司の酒瓶が減るのは大歓迎《だいかんげい》です。いくらでももっていきなさい」と言われ、タダ酒を思う存分パクってきたことまで見抜《みぬ》かれた秀麗はひるんだ。

「ま、藍州《らんしゅう》までの全関塞《ぜんせきしょ》にとっくに伝令は飛ばしているから構わないが」

秀麗は凍《こお》りついた。ど、どこまでも手際《てぎわ》のよすぎる男——。

清雅は風で流れた前髪《まえがみ》をかきあげた。

(……そんなものに藍楸瑛がつかまるわけもないか)

清雅が城門の上の見張り台を見上げると、慌てたように頭が一つ引っ込んだ。榛蘇芳《しんすおう》か。

……今さら追いかけても藍楸瑛をつかまえることは不可能だ。

逃げられるのはもとより承知の上。それでもきたのはある目的があったからだが。

清雅は秀麗を見た。ここにいる確率は半々だと思っていたが——。

(……決断力、行動力、読み——)

『回転の速さは清雅に並ぶか……』

葵《き》長官の言葉を思いだす。あの時はムッとしたが、確かに——。

(まあ、でなけりゃ、茶州《さしゅう》の疫病《えきびょう》があの程度で終息するわけもないな)

それにしても、先をこされるとは。

秀麗は髪を逆立てて嫌《いや》そうな顔をした。

「……何ニヤニヤ笑ってんのよ清雅!! いっとくけど藍将軍はみすみすあんたの手下なんかにとっつかまるほどマヌケじゃないわよ!……多分」

その言葉で、清雅は初めて自分が笑っていることに気づいた。

清雅は秀麗を上から下まで眺《なが》め回した。

「なに。なんか文句あるなら言ってみなさいよ。受けて立つわよ。ばばんとね!」

秀麗も両腕を組んで真っ向から向き合う。

ここまでしぶといやつは、清雅の人生で紅《こう》秀麗が初めてだった。進士《しんし》式でいちばん清雅の癇《かん》に障《さわ》ったのは、状元《じょうげん》の杜《と》影月《えいげつ》でもなく、式をトンズラした榜眼《ぼうげん》の藍龍蓮《りゅうれん》でもなく、探《たん》花及第《かきゅうだい》の女。どこまでも甘っちょろく愚《おろ》かしく、綺麗《きれい》事ばかり並べ立てる女。それが許されるようなぬるま湯の世界にいただけだろうと思っていたが――。

今のところその綺麗事を最後の最後でもぎとってきたのも事実だ。御史台にきてからも。

自らの頭と行動力で。

(面白《おもしろ》い)

清雅は手をのばし、秀麗の顎を指先ですくいあげた。にやっと目を細めて笑う。

「……そのカオがいちばん俺好みだな。せいぜい必死で食らいついてこいよ。いいか、俺以外のやつに泣かされるなよ。俺のためにとっておけ。楽しみが減る」

秀麗は清雅の手を打ち払《はら》った。

「うぬぼれてんじゃないわよ清雅。私はあんたを追っかけてるワケじゃないのよ」

清雅は喉《のど》の奥で笑うと、踵《きびす》を返した。

その言葉ほど、今の清雅にとって大笑いしたくなるものはなかった。

多くの点ですでに李《り》絳攸《こうゆう》を追い越《こ》していることを、当の本人だけが知らないのだ。

＊　＊　＊

「藍州へ行く。全権は鄭悠舜《ていゆうしゅん》に託《たく》す」

政事堂には、国の中枢《ちゅうすう》たる六人の人物がいた。

劉輝《りゅうき》の宣言に、朝廷百官を統轄《とうかつ》する悠舜は、了承《りょうしょう》する証《あかし》に頭《こうべ》をたれた。

霄太師《しょうたいし》と宋太傅《そうたいふ》は意外そうな顔はしなかったが、良案とも言わなかった。

仙洞省長官《せんとうしょう》のリオウは眉《まゆ》を顰《ひそ》めた。

「何しに。あんた王なんだぜ。戦《いくさ》でもないのにちょろちょろするなよ」

「大事な用件だ。何しにって、もちろん藍――」

「それはあんた個人にとってか？　それとも王としてか。行くならはっきりさせて行けよ」

刃《やいば》のように鋭《するど》い指摘《してき》に、その場の誰もが声を呑《の》んだ。宋太傅は驚《おどろ》いたようにまじまじとリオウを見た。少年ながら、これではどちらが王かわからない――宋太傅はそう思い、そしておそらくはこの場の全員がそう感じたに違《ちが》いなかった。

貴族を束ねる門下省《もんかしょう》の長・旺季《おうき》は、まさに言おうとしたことを先に言われ、開きかけた口を閉じた。……これこそが側近二人が二年たってもやらなかった『仕事』だった。

問われた劉輝は、とっさに答えられなかった。

楸瑛は必要だ。そう思う。けれどそれは紫《し》劉輝としてか、王としてか――？

劉輝の迷いを察したリオウは先んじて制した。

「……とりあえずで答えるなよ。迷ってるなら答えないほうがマシだ。臣下も迷う。……わかった、行ってこいよ。あんたは少し、藍州で頭冷やして考える時間が必要かもな」

霄太師は政事堂でいつぶりか、悦《えつ》に入った表情をした。宋太傅は記憶《きおく》の中の誰かと重なって首を捻《ひね》った。……誰かと似ている。

（若い頃《ころ》の……うーむ、誰だったか……？）

さらに、仙洞省次官・うーさまが追い打ちをかけた。

「――主上、十三姫のことはいかがなされますのじゃ！」

劉輝はぎくっとした。

うーさまはモコモコおひげに囲まれた口を動かした。

「良縁《りょうえん》かと存じます。十三姫ならば、妾妃《しょうひ》でなく后妃《こうひ》となさっても仙洞省は認めまする」

リオウも頷《うなず》いた。王の婚姻《こんいん》に影響《えいきょう》力を持つ仙洞省の二人は口々に劉輝を追いつめた。

「縹家《うち》の基準にも達してるしな。藍州に行く前に、十三姫の立場を決めていけよ。宙ぶらりんにしてくなよ。筆頭女官も行方《ゆくえ》不明になって、王も妃《きさき》もいないんじゃ、後宮全体の規律がゆるんでだらける。正式に妃に据《す》えて、留守中女主人として采配《さいはい》ふるってもらえ。でないと御史《ぎょし》台《だい》にここぞとばかり後宮監察《かんさつ》に踏《ふ》み込まれるぜ」

劉輝は二の句が継げなかった。

（り、リオウめ……なぜそう反論できない正しいことしか言わぬのだ！）

以前反対してくれた旺季も、今回は認めた。

「藍楸瑛が『藍の名とともに』と言った以上、十三姫の入内《じゅだい》は藍家としての申し入れです。理由もなく追い返しはできません。それに一度後宮に住まいをつくってしまった以上、出て行けとは言えますまい。まずは妾妃とするなら反対はしません。藍家の后妃となればそう簡単に廃《はい》せませんが、妾妃なら余地もあります。后妃たりうると判断すれば、そのとき昇格《しょうかく》なされればよろしいでしょう」

（は、は、反対してくれ〜〜〜!!）

焦《あせ》っていた劉輝は、悠舜が助けようとしたことにも気づかず、考えなしに口走った。

「……いやその、だ、ダメなのだ」

リオウが聞き咎《とが》めた。

「ダメってなんだ。しっかりしゃべれよ」

リオウは絳攸など比較《ひかく》にならないくらい手厳しかった。

「ぐぐ……じゅ、十三姫は余と一緒《いっしょ》に藍州に連れていくからだ。そう、道案内も必要だし──余は藍州に行ったこともないから──旅をして、互《たが》いをよく知ろうと思う!! 帰ったら決める」

しーん、とその場が水を打ったように静まり返った。

（逃《に》げたな）

一人をのぞいて誰《だれ》もがそう思った。しかもあまりに情けない逃げかただった。

　その一人――うーさまは劉輝の足にぴょこんと飛びつき、感極《かんきわ》まったようにポロポロ泣いた。

　誰もがそんなうーさまを『カワイイ』と思った。旺季でさえうっかり思った。

「陛下！　わたくしは嬉《うれ》しゅうございまする。ついに――ついにこの日が」

「ちょっと待て！　余は別に結婚《けっこん》するとはひとことも」

「わたくしたちがせっせと運んだ山のような縁談《えんだん》を見もせずに足蹴《あしげ》にして逃げ回っていた陛下が!!　女人《にょにん》と一緒に旅をしてまでよく知り合いたいなどとは、わたくしたちが腰《こし》を痛めて追いかけた甲斐《かい》がありました！　確かに藍州は絶景の地。婚前旅行には絶好でございまする。どこぞの秘湯で十三姫と二人きりでゆっくり湯につかれば、仲良くなれること請《う》け合いでござりまする!!　陛下、お頑張《がんば》りなされませ!!　男子《だんじ》たる者、決めるときはビシッと決めねばなりませぬぞ!!」

　すっかり婚前旅行にされた劉輝は青ざめた。

　なんだかますます事態は悪くなっている気がする――。

「あと陛下、よもやとは存じますが、藍州の九彩江に行かれるご予定などありませぬな？」

　羽羽の口から出た九彩江という地名に、旺季とリオウが反応した。

　劉輝は早くうーさまから逃《のが》れたい一心で、生返事をした。九彩江？　どこかで聞いた覚えがあるが、別に婚前旅行でも観光旅行でもないのだ。

「えーと、たぶん行かないと思うが」

「よろしゅうございました。ただいま、あの辺りはあまりよくない卦《け》が出ておりますゆえ、お近づきになりませぬよう」

「だが護衛はどうなさるのか」

旺季は険しい態度を崩《くず》さない。

「さしたる目的もない藍州行きに、ぞろぞろ武官を引きつれて大々的に行くわけには参りますまい。不在の間、鄭尚書令《しょうしょれい》に全権を代行していただくとはいっても、そも、王が玉座を空けること自体、内密にすべきです。そうすると護衛も少数精鋭《せいえい》――」

「それはわしがなんとかしよう」

近頃《ちかごろ》には珍《めずら》しく、霄太師が口を挟んだ。

「せっかくの婚前旅行に武官など無粋《ぶすい》なだけじゃ。陛下は十三姫と、あとお好きな者を選んで連れていきなされ。護衛はわしが手配しよう。いつでもお好きなときに出立なされよ」

旺季が眉《まゆ》をひそめた。

「手配しようといっても、誰を――」

「〝黒狼《こくろう》〟じゃよ」

劉輝は驚いた。

「〝黒狼〟!?」

「さよう。今となっては繋《つな》ぎがとれるのはわしだけじゃが、まだまだ現役《げんえき》です。主上他《ほか》、数人程度なら、充分《じゅうぶん》〝黒狼〟一人で守ってくれましょうぞ。もちろん、正体はあかせませぬゆえ、密《ひそ》かに護衛につけることになりますが、信頼《しんらい》してくださって構いませぬ」

旺季と霄太師は束《つか》の間、互いに鋭《するど》い視線を交叉《こうさ》させ、ややあって旺季は応じた。

「……よろしいでしょう。他ならぬ霄太師のお言葉なら」

そうして、この日の宰相《さいしょう》会議は終了《しゅうりょう》した。


大官たちが戻《もど》ったあと、劉輝はなぜか、小波《さざなみ》のような胸騒《むなさわ》ぎを感じて仕方なかった。

『それはあんた個人にとってか？　それとも王としてか』

『さしたる目的もない藍州行きに――』

リオウや、旺季の言葉が、妙《みょう》に耳について離《はな》れなかった。

(別に、余は何も間違ってはいないはずだ――)

藍州に行くのは、れっきとした理由がある。楸瑛を迎《むか》えに行くのだから。

そう、何も間違っていない。

(兄上だって、悠舜殿《どの》だって反対しなかったし――)

そばに一人残った悠舜の、視線を感じた。もの言いたげな眼差《まなざ》しに見えた。

また、劉輝は妙な胸騒ぎがした。

「……な、なん、だ？　悠舜殿」

「……いいえ。どうかお気をつけていってらっしゃいませ」

この時の劉輝は、悠舜の態度も気になった。

なんでもないことはないだろう、と劉輝が問いつめようとしたとき、聞き慣れた可愛《かわい》い足音が戻ってきた。いつもの軽快な小走りではなく、少し重たげな足音だった。

案の定戻ってきたのはうーさまだったが、扉口《とびらぐち》でつったったきり、しばらくうつむいていた。しょんぼりと耳をたれた仔犬《こいぬ》のような感じだ。

そんな様を見ると、劉輝も否応《いやおう》なく優《やさ》しく声をかけざるをえなかった。

「どうした羽羽《うう》殿。何か言い忘れたことが？」

意を決したように、羽羽は劉輝の前に進み出た。

「陛下……」

「うん？」

「どの娘御でも構いませぬ。もし十三姫をお断りになりたければ、そうなさっても構いませぬ。仙洞省《せんとうしょう》――いえ、わたくしが陛下の楯《たて》になりまする。ですが、一人だけ」

「――――」

劉輝の心臓が嫌《いや》な鼓動《こどう》を打った。

劉輝には、羽羽が何を言うのか、予感があった。

「一人だけ――紅秀麗様……かつての紅貴妃《きひ》様だけは、どうかおあきらめください。あのかただけは、どんなことがありましても、仙洞省として認めるわけにはいきません。決してです」

羽羽は目を伏《ふ》せた。

「二年前、霄太師があのかたを後宮に入れると決めた際、『期限付き』と『仮の貴妃』を霄太師に約束させたのは、わたくしでございまする。官吏《かんり》としてなら構いませぬ。多くのお妃の一人としてお側《そば》に置くのも構いませぬ。ですが、ただ一人の姫《ひめ》として、あのかたを後宮に迎えることだけは、どうか――」

王の婚姻《こんいん》に、仙洞省の承認《しょうにん》は絶対に必要だ。仙洞官に縹家の代理としての役割もある以上、その言葉は縹家の意向でもあるに違《ちが》いなかった。

「……なぜだ。身分に不足はないはずだ」

「身分などどうでも構いませぬ。ただ、陛下が……ご不幸になりましょう。おそらくは、紅秀麗様ご自身も。今のわたくしにはそれしか申し上げられません」

「……出て行け」

劉輝はしぼりだすように言った。けれど、そういった劉輝のほうが室《へや》を飛び出した。

……羽羽は追いかけられなかった。ただ悲しそうにうつむいた。

悠舜は羽羽の傍《そば》に留《とど》まった。もとより悠舜の足では王に追いつけない。それに羽羽に訊《き》きたいこともあった。

悠舜は羽羽を茶卓へ誘《いざな》った。羽羽は招きに応じた。悠舜が手ずから冷茶をそそぎ、羽羽に差し出すと、羽羽はちょこんとお辞儀《じぎ》をした。羽羽の手にあると、普通《ふつう》の茶碗《ちゃわん》も大きく見えた。全部飲み干すと、羽羽はしめってちょっぴり垂れた口髭《くちひげ》を小さな手巾《てぬぐい》でぬぐった。

「かたじけない。……悠舜殿、わたくしに何かお訊きになりたいことが？」

「はい……玉座に関することです」

悠舜は王が出て行った扉を見つめた。悠舜は低くハッキリと訊いた。

「今現在、公的に劉輝様がただ一人の直系となっておりますが……他に仙洞省が王権を認める人は、何人おりますか？　清苑《せいえん》公子を含めて、少しでも生きている可能性がある人のうち」

羽羽はしばらく押し黙《だま》った。それから低く告げた。尚書令なら聞く資格があった。

羽羽は、複数の人数を答えた。

＊　＊　＊

左羽林軍《さうりんぐん》大将軍黒燿世《こくようせい》は、まっすぐ兵部《へいぶ》尚書室へ向かっていた。

兵部尚書は留守だと、足にしがみついても制止しようとする官吏や衛士《えじ》を引きずったまま目的の扉までくると、『孫《そん》尚書ハ当分留守デース』と尚書自身の筆蹟《ひっせき》でデカデカと紙が貼《は》ってあった。たった今書いたごとく墨痕《ぼっこん》鮮《あざ》やかで、墨汁《ぼくじゅう》があちこち糸を引き、まるで恐《きょう》怖《ふ》文字のようである。

眉《まゆ》一つ動かさず、黒燿世は扉に手をかけた。

「左羽林軍大将軍黒燿世、入ります」

しかし扉には鍵《かぎ》がかかっていた。燿世は表情を変えず、ただ腕に力を込めた。蝶番《ちょうつがい》が吹っ飛び、扉ごと外れる。美しい彫り細工も問答無用でただの木片《もくへん》になった。工部侍郎《こうぶじろう》・欧陽玉《ぎょく》が見たら「これだから武官野郎《やろう》はっ」と叫《さけ》んだに違いない無惨《むざん》なご臨終だった。燿世は几帳面《きちょうめん》に外れた扉を近くの壁《かべ》に立てかけ、散らばった木片も隅《すみ》に片付けて入室した。

ぷんと、香《こう》とは違《ちが》う独特のにおいが漂《ただよ》う。

「——孫尚書《しょうしょ》」

「孫尚書は留守だよ。その扉、どうしてくれる。貴公と白《はく》大将軍のお陰《かげ》で、兵部尚書は吏《り》部《ぶ》尚書に次いで戸部《こぶ》尚書にしぼられていい迷惑《めいわく》だと孫尚書がボヤいてたぞ。ついでに予算もしぼられて」

机案《つくえ》の上で行儀《ぎょうぎ》悪く長い両足を組み、紫煙《しえん》をくゆらせていた男は、ニヤニヤと黒燿世を迎えた。煙管《きせる》の火皿と吸い口は銀、それを繋《つな》ぐ長めの管は黒檀《こくたん》で、巻きつくように金の蔦《つた》が描《えが》かれている。それをもつ男の瞳《ひとみ》はいつも子供のように楽しげで、五十を超《こ》えているようには見えない。歳《とし》と地位相応の風格は充分《じゅうぶん》あるのに、不思議なくらい文官衣が似合っていない。その理由を知る者は今では少数であり、黒燿世はその数少ない一人だった。

「どうもたてつけが悪いようです。あとで私が修理します」

「きっと三百年先までその扉《とびら》は残るな。『左羽林軍大将軍が壊《こわ》して修理したたてつけの悪い扉』。なぜか貴公や白大将軍がくる時だけたてつけが悪くなるという摩訶不思議《まかふしぎ》な扉でもある」

男はとっちらかった机案から一通の封書《ふうしょ》をさぐりだし、燿世に放《ほう》り投げた。

燿世が封書をひらくと、藍楸瑛の将軍職辞任の文字が連なっていた。封書がだいぶ色あせているところを見ると、ここ数日のうちに書いたものではないのは明白だった。

「一年ほど前に書いておいたが、予想よりだいぶ遅《おそ》かったな。お坊《ぼっ》ちゃんはこれだからイカンねぇ。そろそろ『辞任』を『罷免《ひめん》』に書き直そうかと思っていたところだ」

黒燿世は後半の台詞《せりふ》に微《かす》かに反応したが、その件に関しては何も言わなかった。

「……孫尚書」

「孫尚書は居留守。いや違った。お留守。さて後任は誰《だれ》にするかな〜。希望はあるか？」

「……お任せします。自分ごときが口を挟《はさ》む問題ではありませぬゆえ」

「そうか。じゃ、俺に都合のいい人物を見繕《みつくろ》って据《す》えとこう」

嘘《うそ》か本当かわからないことを飄々《ひょうひょう》と言う。男は思いだしたように微笑《ほほえ》んだ。笑うとハッとするほど若々しく、人を惹《ひ》く表情になるのが彼の特徴《とくちょう》だった。

「そういえば皐韓仆《こうかんしょう》だが、よく育ってきているな。あれはいい武将になるぞ」

黒燿世が孫尚書をじっと見つめる。気づいた孫尚書は知らん顔をした。しばらく沈黙がつづき、たえられなくなった孫尚書はうんざりと燿世に顔を向けた。

「……ガンつけないでくれるか」

「つけてません。心と心で会話しようと試みているだけです」

「できるわけあるかアホタレ。口でいえ口で。メンチ切ってるようにしか見えんわ」

「――何を考えておいでです、孫尚書」

「何を？」男は煙管の吸い口を噛《か》みながら、ややあってにやっと楽しげに笑った。

「別にたいしたことは考えてないさ。貴公にいうことでもない。俺が何を考えようが貴公にゃ関わりのないことだ。俺の孫姓《そんせい》は黒門孫家とは無関係だって何度も言ってるだろう。俺は平々凡々《へいへいぼんぼん》な一般庶民《いっぱんしょみん》。しつっこいぞ」

人差し指でちょいちょいと差し招き、黒燿世に藍楸瑛がもっていた左羽林軍将軍職を示す組紐《くみひも》の返還《へんかん》を求める。黒燿世は無言で手渡《てわた》した。これで正式に藍楸瑛は将軍職から外れたことになる。

そのとき、黒燿世と男が窓に目をやった。窓の傍には立派な木が枝を広げて青々と繁《しげ》っている。そこからカサカサぱきぱきと小枝を折るような音が聞こえる。別段耳をそばだてなくても、「タンタンもっと静かに登れないの⁉」「木登りなんてやったことねーもん」などという小声の会話まで丸聞こえである。

男は煙管をくわえたまま、吹きだした。机案から長い足を降ろすと、軽快な足取りで窓に近寄る。中年太りとは無縁《むえん》の均整のとれた長身も、彼を若々しく見せる一因だった。

窓を開けると、かんざしを挿《さ》した小さな頭が下に向かってボソボソしゃべっている。片手を窓枠《まどわく》のへりに置いて上手に重心をとりながら。

「……別に不法侵入《しんにゅう》するわけじゃないっていってるでしょ。兵部侍郎が暗殺されて、兵部尚書が留守なんてあからさまにおかしーわ。居留守かどうかこっそり確かめるだけだから――」

男は窓枠に頬杖をつくと、秀麗に話しかけた。

「確かにそんじょそこらの野郎どもより気概《きがい》のあるお嬢《じょう》さんだ。でも孫尚書は留守だよ」

「ぎゃあ！」

驚《おどろ》いて枝から落ちかけた秀麗を男が腕《うで》一本で抱《だ》き止めて、そのまま室内に引き入れる。

「黒大将軍、彼女を兵部の入口まで送ってやってくれ」

男を見留めた秀麗は職務質問をかけた。

「いた！　孫兵部尚書ですね⁉」

「違いマース」

男は机案の縁《ふち》に浅く腰《こし》かけ、煙管をついと返し、火皿の灰を灰皿に落とす。そんな何気ない仕草の一つ一つがいかにもいなせで、実によく似合った。そう――彼は貴族的というより、どこか親分衆と通じるような粋《いき》と親しみやすさがあった。

「飴《あめ》をあげるから帰りたまえ、お嬢さん。近頃禁煙《ちかごろきんえん》しろと友人がうるさくてねぇ」

男は秀麗の口にぽいと杏子《あんず》味の飴玉を放り込むと、煙管を置いて自分でも食べた。黒燿世の『心と心の会話』という名のガンつけを受けて、男はしぶしぶ燿世にも飴玉を放り投げた。燿世は目礼し、飴を食べた。心なしか嬉《うれ》しげである。

秀麗は口をモゴモゴさせながらくってかかった。

「飴なんかでごまかされませんよ孫尚書！」

「ごまかされてくれ。君の死に場所はここじゃないはずだ」

「え――」

男と目が合った瞬間《しゅんかん》、秀麗の全身に鳥肌《とりはだ》がたった。

うしろから黒燿世が秀麗を肩《かた》に担《かつ》ぎ上げ、一礼して室《へや》から出て行く。壊れた扉の向こうで、男が手を振《ふ》っていた。


兵部から出たところで、黒燿世はようやく秀麗を降ろした。

「今日、ここへきたことは忘れなさい。彼と会ったことも」

秀麗は黒燿世の言わんとする意味を察した。訊《き》こうと思っていたことすべてが喉《のど》の奥に押しやられる。彼は言葉通りにするつもりなのだ。『孫尚書のところへは行かなかった』と。

「黒大将軍……孫尚書は、どんなかたですか」

「素晴《すば》らしいかただ」

黒燿世は即答《そくとう》した。彼にとって、真実それ以外の答えはなかった。

「心から尊敬申し上げている。彼を慕《した》う武人は多い」

秀麗の戸惑いを黒燿世は感じた。別の答えを期待していたのだろう。兵部侍郎が死んだことは知っている。彼女がその上司である孫兵部尚書を疑っていることも。

（ままならぬものだ）

すべてを黒か白かでは割り切れない。いつからか、黒燿世はそのことを知ってしまった。

誰もが自分の心と相対し、決断し、道を選んでいかねばならない。

楸瑛がそうしたように、おそらくはそう遠くないうちに、黒燿世と白雷炎《らいえん》も、また。

まどろむような優《やさ》しい時間は、静かに終わりを告げようとしていた。

＊　＊　＊

兵部《へいぶ》尚書・孫陵王《りょうおう》は煙管片手にふらりと長年の友人を訪ねた。

「旺季、邪魔《じゃま》するぞ」

旺季は夜半を過ぎてもまだ門下省に在室し、机案で仕事をしていた。他には誰もいない。

「……陵王、フラフラ出歩くな。お前はいま貴陽にいないことになっているんだぞ」

「だーれかさんのご指示通りにね。だから俺がここにいるはずもない、と」

孫陵王は、書翰《しょかん》を読む旺季の机案の縁《ふち》に腰《こし》かけた。旺季の手もとを照らす小さな燭台《しょくだい》の火のほかは、夜の静寂《しじま》と影《かげ》ばかり。窓に弦月《げんげつ》がかかっていた。流麗《りゅうれい》な窓枠と相まって、まるで一幅《いっぷく》の画《え》のように見える。

「俺はここから見る月が好きでねぇ。春は桜、夏は螢《ほたる》、秋の紅葉《もみじ》に冬の雪……っと。願わくは花の下にて春死なむ……人生には花に美酒にイイ女、ついでにうまい煙草があれば充《じゅう》分《ぶん》だ」

「ふっ……お前は昔からそうだな」

旺季は小さく笑い、抽斗《ひきだし》から友人のために置いてある刻《きざ》み煙草の箱を放り投げた。孫陵王は嬉しげに慣れた仕草で受け止め、煙管にきゅっと煙草を詰《つ》めた。燭台からもらい火する。

「そうさ。だから兵部尚書なんて地位もいらんよ。お前の好きに使え。もともとお前のために文官なんざ似合わん真似《まね》までして朝廷《ちょうてい》に残ったんだしな」

旺季が顔を向けると、くゆりはじめた紫煙《しえん》の向こうで、孫陵王が笑っていた。昔と変わったことといえば、陵王の目尻《めじり》に小さな皺を見つけたことだ。旺季ははじめて過ぎ去った歳月を感じた。孫陵王も同じことを思ったようで、まじまじと旺季を眺め、「月だけが昔のままだな」と呟《つぶや》いた。

「気づけばもう互《たが》いに五十過ぎとはな？　旺季。時が経《た》つのは早いねぇ。お前も孫もち」

「なんだ、十代の頃《ころ》が懐《なつ》かしいのか？」

「まさか」

孫陵王はそれこそ笑い飛ばした。

「いつだって今が人生最高。それが俺の信条なのに何を懐かしむ。歳《とし》くうのが楽しくて仕方ない。俺ってやつは年々渋《しぶ》くて超絶《ちょうぜつ》カッコいいオヤジになってくんだからな～」

ゆらゆらと紫煙がたゆたい、静かな沈黙《ちんもく》とともに室《へや》に満ちていく。

別に無口ではない孫陵王だが、旺季といるときだけは静かな時を好んだ。陵王と一緒《いっしょ》にいると、旺季もよく時間の感覚を忘れた。それがくつろいでいる、ということなのだろう。

「しっかしお前はいつからそんなに眉間に皺を寄せるようになったかね？　葵皇毅《こうき》が若いのに仏頂面《ぶっちょうづら》しててんのは絶対お前の影響《えいきょう》だぞ。凌晏樹《りょうあんじゅ》のあれも、笑顔《えがお》っていうより地顔だからな」

ひたすらに旺季を目指して上がってきた二人の後継者《こうけいしゃ》。そして三人目――。

(鄭悠舜が帰ってきた)

あの三人がそれぞれ大官となって揃《そろ》う日がきた。望むと望むまいと運命が動きはじめる。

まず標的になったのは藍楸瑛。お次は――。

「お前の望みは？　旺季」

いきなりなんだとでもいうように、旺季が訝《いぶか》しげにした。孫陵王は煙管《きせる》を口から離すと、言った。

「先に俺の望みを言おうか、旺季。お前の隣《となり》でこうやって花鳥風月を肴《さかな》に一服すること」

「……そうだな、一服だけならな。少しは控《ひか》えろといったはずだ」

旺季は椅子《いす》を立って陵王の傍《そば》に行くと、手から煙管をとりあげ、二服目を遮《さえぎ》った。陵王は文句も言わず、むしろ世話を焼かれるのが嬉《うれ》しそうに大人《おとな》しく手放した。笑顔のまま、さらりと続きを言う。

「あと、お前が王になってくれたら、俺としては嬉しいねぇ」

る」

「お前が王位を望むなら、そうしろ。実際、お前のほうがあの坊《ぼっ》ちゃんより遥《はる》かに向いてるよ。お前の血統なら、羽羽殿《どの》も縹家も認める。……あの坊ちゃんは先王陛下に似すぎてる」

「……陵王」

陵王は月を眺めあげた。

「女のために政事《まつりごと》をする王は、いずれ女のために国を傾《かたむ》ける。誰か一人を愛しすぎる血統なんだろうな。個人的にゃあキライじゃないが、王の一番は、女であっちゃいけない。霄太師が後宮に女を入れるっつったときも、お前、最後まで反対したもんなァ。予想どおりになって」

旺季は無言のまま、トン、と煙管の灰を金《かね》の皿に落とし、新しい煙草を詰めた。火をつけ、吸い口に口をつける。いかなる時も動じることのない性格そのままに、ゆっくりと煙草をのむ。どこまでも優美で貴族的なその仕草を見るのも、陵王は好きだった。

ややあって旺季は、馬鹿《ばか》だな、と呆れたような溜息とともに、紫煙を吐《は》いた。

「……お前はまだ私を昔のままだと思っているのか？　どのくらい時がたったと思ってる」

くゆる煙《けむり》の向こうで、旺季は昔と同じ、冷ややかなほど冷静な眼差しをしていた。

「——私の望みを言おう、陵王」

腕《うで》を組み、すらりと背筋を伸《の》ばして揺《ゆ》らがずに立つ姿も、昔のまま。

勝ち戦《いくさ》の時も、負け戦の時も変わらずに。先王を相手にしたときも一歩も退《ひ》かなかった。

その先王ももう亡《な》い。茶鴛洵《さえんじゅん》も逝《ゆ》き、有能なる先代の股肱《ここう》は次々と実務から離《はな》れ始めた。

「玉座だ」

ただひと言、躊躇《ためら》いなく言い切った。陵王は笑った。

「……お前の好きなようにすればいい。どこまでも付き合おう、友よ」

旺季も微笑《びしょう》を返した。それは苦楽をともにしてきた旧友にだけ見せる表情《かお》だった。

「……後悔《こうかい》するなよ、陵王。もとより嫌《いや》だと抜《ぬ》かしても最後まで付き合ってもらうがな」

「何そのゾクゾクするオコトバ。愛の告白？　あっはは、怒《おこ》るなって。——お望みのままに」

旺季は煙管から口を離した。たいしてうまくもなさそうな顔つきで。陵王は煙管を返してもらうかわりに、杏子《あんず》の飴玉《あめだま》を放《ほう》り投げてやった。

半分の月が、床に二人の影を長くひいた。

＊　＊　＊

雲が弦月にかかり、少し陰《かげ》った。

「ずいぶん久しぶりにまともな仕事をしたな、霄」

酒を持ってきたのは霄太師で、宋太傅が縁《ふち》のおっ欠けた盃《さかずき》を二つと、筵《むしろ》を出した。

外で霄太師と月見酒を酌《く》み交わしながら、宋太傅は先の宰相会議を思い返した。

……楸瑛と絳攸が傍《そば》から消えてから、ほんの少しずつだが、劉輝の内面に変化が訪《おとず》れていることに宋太傅は気づいていた。劉輝はまだ自覚してはいないようだが――。

ある一瞬《いっしゅん》、ふっと昔の彷徨《さまよ》い子のような目に戻る。……あのままではだめだ。

藍州に行くのが吉《きち》と出るか凶《きょう》と出るかは、宋太傅にもわからない。だが、今の劉輝にとって必要なことだろうと思ったから、反対しなかった。本当はするべきだったとしても。

「一応礼を言っとく。今の劉坊主《ぼうず》を見る限り、なるべく供は少ない方がいいだろうからな」

霄太師は星々を仰《あお》ぎ見た。宋太傅は昔、時折霄がそうして戦場で星降る昊《そら》を見ていたのを覚えている。陣から一人離れ、羽扇《うせん》を手に。霄が何を思っていたのかは知らない。

「そうだ、いい加減〝黒狼〟と勝負させろ」

「うるさいわい。歳考えろ剣術馬鹿《ばか》め。ぎっくり腰《ごし》になるのが関の山じゃい」

霄太師は酒を飲みながら宋太傅の周りでコロコロ転がっているシロとクロに目をやった。

おもむろにクロのほうをむんずとわしづかむ。

「……九彩江か。お前も行ってこい、クロ！」

「なんだ、劉坊主につけるのか？」

「いや、秀麗殿のほうじゃ。行かされることになるだろう。……本当はつけないほうがいいんじゃろうがな……」

霄太師は呟《つぶや》いた。

第一章　藍州前夜

今日も今日とて、秀麗は上司・葵皇毅のもとへ頭を下げに行った。

「――お願いします、藍州に行かせて下さいっっ」

日々通い詰《つ》め、フラレにフラレてもう何十度目かわからない直訴《じきそ》である。

「ふざけるなこのバカめが」

いつにもまして吹雪吹《ふぶきふ》き荒《あ》れる上司の即答《そくとう》に、秀麗は思わずひるんだ。

「なな、なんで今日はそんなに冷たいんですか！」

「ほぉ。身に覚えがないか。ではお前が榛蘇芳をお供にヤモリよろしく木や壁《かべ》をペタペタつたって孫兵部尚書《しょうしょ》の盗《ぬす》み聞きを決行、あっさりつまみだされたという報告に心当たりは」

「ううっっっ」

……ばれている。

秀麗は即座《そくざ》に取り繕《つくろ》った。

「ふっ……誰《だれ》ですかそんな根も葉もないことを報告した人は。勿論《もちろん》私じゃありません」

「そうか。では孫尚書は居留守だったなどと言うはずがないな？」

「ぐ」

「言えば私の命令を無視したお前がクビだ。兵部侍郎《へいぶじろう》の一件はカタがついたといったはずだ。クビか、見ないふりをするか。どっちをとる？」

「〜〜〜っ。葵長官！」

秀麗はつかつかと葵皇毅の机案《つくえ》に詰め寄った。

「めちゃくちゃわざとらしい『留守』ですよ!?　御史台《ぎょしだい》の追及《ついきゅう》をかわそうっていう意図がバレバレじゃないですか。なめられてます。いいんですかそれでも！」

「別に構わんな。どこぞの小娘《こむすめ》のように面子《メンツ》にこだわって仕事をしてるわけではないんでな」

向かい風にも負けじと、秀麗は食い下がった。

「こ、こだわりましょうよ面子。面子にこだわる葵長官は多分とっても素敵《すてき》だと思います」

「多分とはなんだ。新人が生意気言うな」

「新人は生意気言っちゃいけないんですか」

「当たり前だ。そんなものは古今東西一般常識《ここんとうざいいっぱんじょうしき》だ」

一寸の余地なく斬《き》り捨てられた。後半は絶対間《ま》違《ちが》っているはずだと思いつつ、皇毅に言われたら正しいと思ってしまいそうだ。すでに最初「絶対」をつけたのに最後「はず」になってる。

「じゃなくて！　だ、だからスッパリ兵部尚書の件はあきらめました。今は藍州……」

「お前のその嘘《うそ》のド下手《へた》くそなところは致命的《ちめいてき》だな。『今のところ』とあとにくっつくのがミエミエだ。懲《こ》りずに兵部の周りをチョロチョロしたり兵部を調べているのもとっくに把握《はあく》済みだ。ネズミならネズミらしくもっとこっそりせんか、バカめが」

「…………………………」

実は透視《とうし》能力があるのではないかと秀麗は疑った。本当にそうでも秀麗は驚《おどろ》かない。

「確か藍州の前州牧は現兵部尚書・孫陵王殿が務めていたな」

「………」

「藍州で孫陵王殿のことと、塩・人事・例の兇手《きょうしゅ》を調べて、あわよくば藍楸瑛と話をしようという肚《はら》か？」

「――――」

秀麗の浅知恵《あさぢえ》など、とっくの昔に見通されている。

観念するほかなかった。腹をくくり、頭をさげた。

「お、お願いします。調べさせてください」

「下手に出たか」

「あとは上手に出るしか残ってません」

「いちばん下っ端《ぱ》がいちばんエライ私にどうやって上手に出る気だ。馬鹿《ばか》も休み休み言え。あまり引っ張りだこにすると馬鹿だって疲《つか》れる。お前の唯一《ゆいいつ》の取り柄《え》は大事にしてやれ」

皇毅は無口に見えて、人をこき下ろすときだけはやたら饒舌《じょうぜつ》になる。しかも表情に変化がないので、あとでよくよく考えるまでどれだけひどいことを言われたのか気づかないのだ。

また明日出直しか――あきらめ、スゴスゴ引き返そうとしたときだった。

皇毅の指が、軽く机案を叩《たた》いた。秀麗はハッとした。

「……いいだろう。だが、藍州への出立は私がいいというまで待て」

「え――」

「二度聞き返したら、この件はナシだ」

秀麗はパッと顔を輝《かがや》かせた。

「ありがとうございます！　あっ、そうだ。それじゃ――」

秀麗は懐《ふところ》に手を入れた。少し躊躇《ためら》い――ずっとしまっていた書翰《しょかん》をとりだした。

「ついでにこれに！　署名捺印《なついん》くださいっ」

皇毅は差し出された書翰に目を走らせた。

呆《あき》れ果てたといった溜息《ためいき》を吐《つ》くと、皇毅は筆をとった。

＊　　＊　　＊

「へ？　藍州に行くの？　あんなに毎日毎日叩き出されてたのに？」

午時《ひるどき》、秀麗は府庫《ふこ》で蘇芳とお弁当を食べながら、報告した。

「うん！　すぐってわけじゃないけど。長官の許可が下りたの」

「許可が下りたっつーか根負けしたんじゃねーの……」

　ボソッと蘇芳は呟《つぶや》いた。傍目《はため》にもいっそ嫌《いや》がらせのような怒濤《どとう》の突撃→玉砕《ぎょくさい》の日々だった。ついには「紅秀麗立入禁止」と御史大夫《ぎょしたいふ》室に貼《は》り紙まで貼られたが、秀麗は「立って入らなきゃいいんでしょ！」などといって腹ばいで入った。それを見た葵皇毅は次の日から貼り紙を外した。「なんの動物だお前は」と言ったときの皇毅の顔は見物《みもの》だった。

（トンチかよ……）

　思いだすだに、蘇芳は笑いがこみあげてくる。

「……た、タンタン」

「んー？」

　藍州まで一緒《いっしょ》についてきてほしい、と秀麗は言いたかった。でも、蘇芳は今お父さんと二人暮らしだ。蘇芳を連れていったら、お父さんは独りぼっちになってしまう。行き帰りを含《ふく》めて、下手したらふた月以上の旅程になる。いくら秀麗の裏行《みならい》だからといって――。

　蘇芳はいつものにぎりめしを広げていたが、今日は珍《めずら》しく出汁《だし》巻《ま》きまでついていた。ちょっと焦《こ》げているが、綺麗《きれい》に巻けている。初心者には難しいのだが。

　秀麗は話しあぐねて、その出汁巻きの話題をだした。

「お、おいしそうな出汁巻きね。どうしたの？」

「おふくろがつくった。と思う」

秀麗は目を丸くした。蘇芳の母親は確か塩の件で何もかも失ったはずだったが――。

「親父《おやじ》が拾ってきちまってさー。賃仕事の帰りに見つけちゃったらしくて。ホラ、おふくろの実家も地元で塩に白砂混ぜるのに一役買っちまったから、取りつぶされたじゃん。帰るトコなくなったし、自分の元奥さんだし、放《ほう》っておけないとかいってさー」

何もかも失った母親は、呆然《ぼうぜん》と路地裏で座り込んでいたらしい。金持ちの男を渡《わた》り歩いていた母だが、自分の最初の旦那《だんな》の顔は覚えていたようだ。貧乏《びんぼう》が嫌、風采《ふうさい》の上がらない父が嫌という理由で金品をくすね、子供の蘇芳を置き去りに他《ほか》の男に走った過去を思いだしてか、淵西《えんさい》を見た瞬間《しゅんかん》、顔を赤らめ、笑いたければ笑いなさいよ、と叫《さけ》んだらしい。

父親が一生懸命《いっしょうけんめい》なだめすかして強引《ごういん》に邸《やしき》に連れ帰ってきた母親を見たとき、蘇芳はそれがついこの間まで貴族の奥方として贅沢三昧《ぜいたくざんまい》していたあの女性と同一人物とはとても思えなかった。それくらい薄汚《うすよご》れ、美しかった面差《おもざ》しも様変わりしていた。

蘇芳を見た母親は、さすがに顔色を変えた。モノにしようと誘《さそ》いをかけたあの新入り下男が、まさか遠い昔に捨てて逃《に》げた実の子供だったとは思いもしなかったのだろう。

母が目を逸《そ》らし、震《ふる》えていたのを覚えている。

蘇芳は母をどうしようもないと思ってはいたが、別にどん底まで踏《ふ》みにじりたいなどとは思っていなかったので、素知らぬ顔を貫《つらぬ》いている。

母は最初、口もきかなかったし、室《へや》に閉じこもったきり出てこなかった。父は何くれと声をかけ、ご飯や着るものを母の室にもっていったりしていたが、常に冷や水を浴びせられていた。蘇芳は呆れてそれを横目に見つつ、やめろとは言わないかわりに自ら関《かか》わりを持とうともしなかった。二人して甘やかしたら本当に母は終わりだ、とか思ったわけではなく、単にそれだけの愛と気力を母に割《さ》く余裕《よゆう》がなかったのである。法律関連の知識を頭につめこむのと秀麗の仕事の補佐で精一杯《せいいっぱい》で。

蘇芳と淵西が慣れない家事を分担し、それぞれ働きに出かける毎日がつづいたが、あるときから奇妙《きみょう》な現象が起こるようになった。母は相変わらず室から出てこないが、帰宅すると――。

「アラ不思議。ほつれた袖《そで》が繕《つくろ》ってあったり、洗濯《せんたく》物が取り込まれて火熨斗《ひのし》当ててあったり、食器が洗ってあったりするよーになったわけ。で、今日は朝起きたら庖厨《だいどころ》にこの出汁巻き玉子がでーんと置いてあったってわけ。……なんだよ。間違ってもいいお母さんネとか言うなよ」

蘇芳は嬉《うれ》しそうに笑いはじめた秀麗をちょっと睨《にら》んだ。

「違《ちが》うわよ。いいお父さんねっていいたかったの」

「昔された仕打ちを忘れて、喜んで出汁巻き玉子をつついてる親父はバカだと思うけど。まあ親父もバカで、おふくろもバカで、だから俺もバカで、わかりやすい家族ではあるよなー」

まさかあの母親に家事ができるとは露《つゆ》ほども思わなかった蘇芳だが、思えば貧乏貴族だったせいで父と政略結婚《けっこん》したのだから、娘《むすめ》時代は結構家政をしていたのかもしれない。

蘇芳は出汁巻きを口に放り込みながら、つづけた。

「だから、藍州行ってもいいぜ。ま、元夫婦だし、二人で数ヶ月くらいなんとかするだろ」

「ほんと!?　ありがとうタンタン！」

素直《すなお》すぎる喜びように、蘇芳は呆れた。蘇芳が役に立てることなど何もないのに。

「……でもさ、護衛はどうすんの。まさか俺とあんたの二人旅なんていうわけないよな？　どー考えても追い剝《は》ぎの格好の的だぜ。やっぱタケノコ家人に頼《たの》むわけ？」

考えるだけで蘇芳はゾッとしなかった。またあの恐怖《きょうふ》の時間を過ごすのか――。

秀麗は、さっき皇毅からハンコをもらえた書翰《しょかん》を、懐の上からそっとおさえた。

「それに関してはちょっと考えてあるわ。それより、出発までにやることやっとかないと。そうだ、十三姫にも、こないだの兇手《きょうしゅ》の話を聞きにいかなきゃ。あとこの本も読んで――」

弁当のそばには巻書やら巻物やらが山と積み上がっている。

すると、秀麗の肩越しにひょいっと誰《だれ》かが上から一巻とりあげた。

「貴族録なんて、どうするのかなお姫《ひめ》さま」

秀麗は振り返らずとも誰か知れた。

「……どこにいてもご飯時になるとやってくるんですね、晏樹様……もう桃《もも》の季節は終わりましたよ。来年までもう桃ありませんよ」

晏樹はしかつめらしい顔をした。

「心外だな。私が桃につられてくるとでも思っていたの？」

よ」

「ふふ、君に惹《ひ》かれてくるんだよっていってほしいんだね？　カワイイなぁ。勿論《もちろん》そうだよ」

勿論そうだよ、が桃のことなのか秀麗のことなのかよくわからない。下手《へた》に返答したらいいようにとられる。ここら辺のうまさが『口八丁』と皇毅に言わしめる要因だろう。

秀麗はムム、とうなった。

「ところでさっき藍州とか言ってたけど、行くの？」

「耳聡《みみざと》いですね。はい。仕事で」

晏樹は驚《おどろ》いたように聞き返した。

「……ってことは、皇毅が命じたの？　君に、藍州に行けって？」

「ええ」

晏樹の明るい色の双眸《そうぼう》が僅《わず》かに考えに沈《しず》んだ。

「へえ……皇毅がそんなことをね」

秀麗はじっと晏樹を見た。……あやしい。秀麗は突《つ》っ込んでみた。

「……珍《めずら》しく真剣《しんけん》な顔をしてらっしゃる晏樹様は、いつもと違ってとってもステキですね。何を考えてるか教えて下さったら、さらにカッコいいと思います」

晏樹はとろけるような必殺の微笑《びしょう》を浮《う》かべた。

「真剣な僕のほうがお姫さまの好み？　だったらたまには真剣になってもいいかな～」

「違《ちが》うんですか」

あっさりかわされる。まったくもって晏樹は強敵だった。何も教えてくれない。晏樹は（勝手に）重箱の棗《なつめ》を食べた。……前々から思っていたが、晏樹は優美な外見とは裏腹に、結構手づかみでいろいろものを食べる。

「で、貴族録なんか積み上げて、どうするの？」

「……藍州に行く前に、勉強をしておこうかな、と……」

以前、同期の碧珀明《へきはくめい》にも言われた。貴族の縦と横の繫《つな》がりを知っていて損はない、と。隼《しゅん》と名乗った隻眼《せきがん》の男が藍家と関係する家の出らしいと察してから、秀麗は初めて調べてみる気になった。秀麗は紅家とは絶縁《ぜつえん》状態だったこともあり、家とか血とかにこだわりはない。でも、この朝廷《ちょうてい》という世界では秀麗のほうが異質なのだ。知らないままより、少しでも知ってから行こうと思った。

しかし調べ始めてみると血縁《けつえん》関係がめちゃくちゃごちゃまぜで、蜘蛛《くも》の巣のごとく複雑怪奇極《かいききわ》まりなかった。

晏樹の肩書きは貴族の牙城《がじょう》・門下省《もんかしょう》の次官である。つまりは貴族の専門家。

秀麗は精一杯《せいいっぱい》かわいらしく愛想《あいそ》を振りまいてみた。

「健気《けなげ》で困ってる女の子を助けてみませんか晏樹様。お代は笑顔《えがお》でどーですか」

「とっても可愛いけど、ダメ。二胡《にこ》一曲つけてくれたら、手伝ってあげる」

珍しく晏樹は自分から取り引き材料を申し出た。

「前に皇毅が龍笛《りゅうてき》吹いて君をいじめてたとき、傍《そば》にいたんだよ。すごく上手だったから」

「そういえば……あのときの葵長官の龍笛、鳥肌《とりはだ》がたつほどお上手でしたけど」

今なら、あの葵皇毅が龍笛を吹くなんて『ヘンな夢を見た』としか思えない。第一、あれ以来吹いてる姿どころか、龍笛さえ見たことはない。

「皇毅は僕と違って、正真正銘《しょうしんしょうめい》お坊《ぼっ》ちゃんだからねー。名門葵家の、たった一人の生き残り」

晏樹は貴族録の、黒く塗り潰《つぶ》されている場所をトン、と指さした。

「歴史も長くて、伝統ある名門だったけど、先王陛下に一族誅滅《ちゅうめつ》されちゃってね。残ったのは皇毅と、伝家の龍笛だけ、と……」

思わぬ話だった。

「誅滅って……り、理由は」

「理由なんてどうでもいいことだよ。大事なことはね、お姫様。先王陛下がそう決めた、ってこと。先王陛下が滅《ほろ》ぼすと決めて、実行に移したってだけ。実際は誅滅される前に、葵一族は次々自分で首を刎《は》ねて死んでいったけど。そんなことが簡単にできるのが、王であり、彩《さい》七家。絶対権力をもつ特別な八家。謀反《むほん》を起こしても、なぜか取り潰されることもない……」

「…………」

「あのころ、そうして潰された貴族は、山ほどいる。清雅の陸家も色々あったし。紅家も結構ひどいこと、たくさんしてきたんだよ。だから今も、あらゆる富と権力と名誉《めいよ》をその手にしたまま生き残ってる。悪いコトじゃない。君もその恩恵《おんけい》を受けてるから、今、ここにいるんだし」

粛清《しゅくせい》にあって零落《れいらく》したという、清雅の陸家。

秀麗は『綺麗《きれい》事を言うな』と言い続けてきた皇毅と清雅の底意がわかった気がした。

「その切り捨てられてきた貴族をせっせと拾ってきたのが、私の上司、旺季様でねー」

秀麗が覚え書として藁半紙《わらばんし》に『紫門《しもん》四家』とだけ書いていた場所に、晏樹は筆をとって旺家とつけ足した。

「門下省侍中《じちゅう》・旺季様の血は、結構面白《おもしろ》いよ。あとで調べてみるといい」

「……どんな、かたなんですか？」

「旺季様？　立場によって意見が分かれる人だけど、そうだね、最後の貴族って感じかな。あれほど貴族らしい貴族は、もう二度と現れないんじゃないかって思うよ」

「貴族らしい？」

「そう、あの人なら、無一文になっても貴族だろうね。それ以外の言葉は見つからないな。あとは自分で確かめるといい。……僕とは根っこから違うひとだよ」

最後の言葉で、晏樹は不満そうな顔をした。すねているように。

「……晏樹様も貴族でしょう？」

蘇芳はぎょっとした。凌晏樹の出生に関しては、貴族の間では禁句になっているというのに。

（ほんっっっとなんも知らねーのかこの女はー!!）

晏樹もしみじみ感心したように言った。

「それを直球で僕にいったコは久々だなー」

「え？」

「確かに凌家は貴族だけど、僕はね、養子だから、生粋《きっすい》の貴族ってわけじゃないんだ。それに凌一族も葵家と同じく、もう僕以外誰も残ってないし」

晏樹の口調は変わらず優《やさ》しかったが、どこかひんやりとして、秀麗は冷水を浴びたような心地《ここち》がした。頭のどこかで、これ以上踏《ふ》み込んではいけないと危険信号が点滅《てんめつ》する。

秀麗の白い喉《のど》が上下する。晏樹の目は獲物《えもの》を検分する獣《けもの》のそれだった。

「……さ、さっきの旺季様の……貴族らしい、っていうのは、褒《ほ》め言葉なんですか」

秀麗が話題を戻《もど》すと、晏樹はにっこりした。その「合格」とばかりの笑顔に、秀麗は獅子《し》の牙《きば》からからうじて逃《のが》れた気になった。

晏樹は「よくできました」と囁《ささや》き、秀麗の喉を愛撫《あいぶ》するように指先で撫《な》であげた。『晏樹に逆に喰《く》われたら即《そく》クビだ』といった皇毅の言葉を、秀麗は今さらながら思いだした。

一方、晏樹はへらへらっとした笑顔に戻った。

「ふふ、君は清雅とよく似てるねー」

「は!?　どこがです!?」

「清雅はなんでもかんでも特別待遇《たいぐう》の彩八家が嫌《きら》いで、君は貴族が嫌い。上にあがるために悪いことしかしないって思ってるから。だから貴族らしいって形容が褒め言葉に聞こえない」

それは秀麗の胸中を言い当てていた。……王位争いの時から、確かに、偉《えら》い人はろくなことをしないと、心のどこかで思っている節はある。

「まあ、それも否定しないけどね。僕も皇毅も、ここまでくるのにい～ろいろやってきたし。捨てられるものはなんでも捨ててきたし、売れるものはなんでも売ってきた。そうしないと、今ここにいる道が開けなかった。僕は偉くなりたかったから」

晏樹は淡々《たんたん》と言った。

「国試はねぇ、たくさんお金がないと受けられないんだもん。僕も皇毅ももっていたのは頭と体だけ。君みたいに、王や吏部侍郎《りぶじろう》を利用して、むりやり不可能を可能にするようなツテもなかったし。確か君、受験費用も吏部侍郎に肩代《かたが》わりしてもらったね？」

それも、……事実だった。

蘇芳はおにぎりの最後のかけらを口に放《ほう》り込んだ。

「……晏樹サマ、今日はやけに意地悪ゆーじゃないっすか。どしたんスか」

晏樹はようやく『意地悪』に気づいたように口に手をやった。

「……しまった。しばらく会えないっていうから、忘れられたくなくてついつい……好きなコほどいじめたくてしょうがない性格ではあるけど……嫌われちゃったかな？」

晏樹は卓子に頬杖《ほおづえ》をついて、秀麗を下からのぞきこんだ。その瞳《ひとみ》も、心配というよりは面白げだ。

秀麗はここにおいて、嘘《うそ》つきの晏樹からまた一つ『本当』を手に入れた。

「いえ——本当のことですから。……晏樹様も、私のこと嫌いなんですね？」

晏樹は笑顔のまま、秀麗のおくれ毛に指を絡《から》めて、そっと引っ張った。

「今は、かなり好きになりかけてるよ。うっかりイジワル言っちゃうくらい。これは本当」

晏樹の言葉はいつも嘘か本当かあやふやだ。でも今日は不思議と、凌晏樹という人間の本音を垣間見《かいまみ》た気がした。どうして今日なのか——。秀麗は晏樹を見据《みす》えた。

「……葵長官が、私に藍州へ行けっておっしゃったのと、何か関係が？」

晏樹はますます微笑《ほほえ》んで、指に絡めた髪を唇に引き寄せた。

「……そんな目で見つめられると、権力にモノを言わせても僕のモノにしたくなっちゃうな」

「わわ、わかりました。それ以上訊《き》くなってことですね。訊きません」

晏樹はえー、とつまらなそうに口を尖《とが》らせつつ、それからは約束通り朝廷《ちょうてい》の貴族に関して、わかりやすく簡潔に教えてくれた。

秀麗も、お礼に二胡《にこ》を弾《ひ》いた。

秀麗はふと、呟《つぶや》いた。こうして乞《こ》われて二胡を弾いていると、思い出すことがある。

「……晏樹様って、いつも楽しそうですよね」

おしゃべりで社交的で、いつもどこかをフラフラしていて、暇《ひま》をもてあましていたり、つまらない・退屈《たいくつ》という言葉を聞いたことがない。この若さで門下省次官なのは、仕事を精力的にこなしてきた証《あかし》でもある。……たとえそれがどんな方法であったとしても。

「誰と比べてるのかな～？」

と、晏樹が言ったので、秀麗はギクッとした。

「昔の男を忘れるには、新しい恋《こい》がいちばんだよ。僕は危険で悪い男だけど、イイ男だから、その気になったらぜひご指名を。大人《おとな》の恋をしようね」

秀麗はどこから突《つ》っ込んだらいいものか、果てしなく迷った。

答えられないでいるうちに、晏樹は席を立って優しく秀麗の頬《ほお》に触《ふ》れた。

「気をつけて藍州に行っておいで。二度とつまらない男に引っかからないようにね」

晏樹が出て行ったあと、蘇芳が訊いた。

「……つまんねー男に引っかかったの？」

晏樹はどこまで知ってるんだろうと、秀麗は動揺《どうよう》した。引っかかるというのかはわからないが、茶州でなんかおかしなことになりかけたのは確かだ。

「…………。……ハイ……」

蘇芳は静蘭《せいらん》を思い浮《う》かべた。存外あの男も頼《たよ》りにならない。

（どうせお嬢様《じょうさま》にとって自分以上の男なんていねーとか安心して油断してたんじゃねーの）

それにしてもさっきはひやりとした。凌晏樹の出生についてとやかく言った者は、ことごとく朝廷の表舞台《おもてぶたい》から『抹消《まっしょう》』されているのは有名な話だった。

現在、国試組以外で出世するのは本当に難しい。だからこそ、資蔭《しいん》制で入朝し、上層部で国試組としのぎを削《けず》る地位までのぼった者の出世欲と能力は半端《はんぱ》ではない。国試組は及第《きゅうだい》直後からトントン拍子《びょうし》に出世し、華々《はなばな》しく脚光《きゃっこう》を浴びるが、今の資蔭組は昔のように親の七光りなど通じない。よほどでない限り下からコツコツ経験を積んで、頭角を現した者だけが昇進あるいは旺季の鶴《つる》の一声で大官に抜擢《ばってき》される。その筆頭が葵皇毅と凌晏樹の二人であり、貴族の間ではすでに伝説的存在だった。清雅でさえ手を出さないでいるのに、今の秀麗がかなうわけがない。

「あっ、あのねタンタン！　引っかかったっていっても別になんかあったわけじゃ――」

蘇芳の沈黙《ちんもく》をどうとったのか、秀麗はあたふた言い訳を始めた。

蘇芳は秀麗をつくづくと眺《なが》めた。

「……いや、いーんじゃん。むしろホッとした」

「え？」

「あんたはさー、一人で突っ張って生きるより、誰《だれ》かと二人で生きる方がずっと似合ってると思うぜ。別に結婚《けっこん》とか抜《ぬ》きで、誰かを好きになることくらい、許してもいーんじゃない？」

晏樹サマはオススメしないけど、と蘇芳はつけたした。

……秀麗がその言葉に答えることはなかった。

＊　＊　＊

「ちょっと王様ー、私を連れて藍州まで新婚旅行に行くつもりって、本当？」

その晩、劉輝の私室へふらーっとやってきた十三姫は、そう言った。

劉輝は飛び上がった。単なる旅が婚前旅行、そしてなんか新婚旅行になっている！

「だだ誰がそんなことを！」

「霄太師」

「あのじじい！」

劉輝はうろたえて無意味に室を転がった。

見ていて飽《あ》きない面白《おもしろ》い王様だ、と十三姫は思った。

「で、この情報、どっからどこまでが本当なわけ？」

「ら、藍州まで行くのは本当だ」

「私をつれて？」

「……み、道案内が必要で……新婚旅行というわけでは……」

十三姫はふっと笑った。

「逃げたわね」

何気ない十三姫の言葉が、その時の劉輝には深く突き刺《さ》さった。

逃げた。確かにそうだ。十三姫に関する決断を先送りにした。けれど、劉輝はもっと大事なものから逃げようとしている気がした。

「藍州へ道案内するのはいいけど……」

十三姫は考えこむような顔をした。どこか訝《いぶか》しげでもあった。

「……ねえ、一つ訊くけど、それ、鄭尚書令《しょうしょれい》も許したのよね？」

「？　ああ」

「……ふぅん……。まあ、……確かに機会は今しか……でも今この時期、ねぇ……」

「……十三姫？　なんだ、何かあるのか」

十三姫は、妙に不安そうな劉輝の表情に気がついた。

（……？）

王様の様子が少しおかしい気もしたが、十三姫にはそれ以上はわからなかった。

「別に。あなたって、好きな人のことになると、ほんっと周りが見えなくなるのねー」

「え？　余はそうなのか？」

「うーん、多分。いやどう考えてもそーだわ。別に馬鹿《ばか》じゃないのに案外馬鹿なコトしてんのはそういうことでしょ。……ま、それがほんとに好きってコトよね」

十三姫の胸に残る古傷が、痛んだ。……自分にも、覚えがある感覚だ。

浮かびかけた隻眼《せきがん》の男を、むりやり蹴《け》っ飛ばして頭の奥に押しこめる。

「楸瑛兄様も幸せものだわね。……策はあるんでしょうね？」

「うむ。余の愛だ」

「…………………。無策って正直に言いなさいよ」

十三姫は呆《あき》れ半分、笑いだした。……でも、そういうのもいいのかもしれない。多分それが、計算づくしの藍家には足りないものなのだ。

「迎《むか》えに行っても帰ってくるとは限らないけど、やってみるだけやってみれば。でも、退《ひ》くときはちゃんと退きなさいよね。楸瑛兄様だって考えた上の結論なんだから」

「…………」

「愛しても愛されないことなんて当たり前にあるし、愛し合っててもどうにもならないこともあるわ。本当の幸せって、何でもかんでも自分の思い通りになるってこととは違《ちが》うと思うの」

ふと、劉輝は十三姫を見た。十三姫は何かを思いだしているようだった。

「……だってそれって、自分のことばかりで、相手のこと、全然考えてないってことだもの」

劉輝は胸を突かれた。

「好きな人の傍《そば》にいることは幸せだわ。でも、そうできなくなったとき、どうしてって考えなくちゃ。相手だって、それなりの理由がなきゃ離《はな》れやしないわ。愛し合ってても、一《いっ》緒《しょ》にいて不幸になるくらいなら、どんなにつらくても離れたほうがいいこともあるわ。そういう巡《めぐ》り合わせって、多分あるのよ。身を退くとか、そういうんじゃなくて。それが、相手を思いやるってことじゃないかしら。……世界でいちばん、大事なことじゃないかしら……」

世界でいちばん大切なのは愛とは思わない、と言ったリオウの言葉を劉輝は思いだした。たとえ好きになっても、奥さんにはなれないわと言った秀麗の言葉も。

（余は――）

わかっているといいながら、その言葉の意味を、本当に考えたことがあったろうか――

――？

一方、十三姫も我に返り、顔を赤らめた。

（いやー！　あたしったら何語っちゃってんのよばかばか）

十三姫は話題を元《もと》に戻した。

「で、護衛をどーするかは決まってるの？」

十三姫はたずねながら、どんどん浮《う》かない顔になった。

「……あー……きっとゾロゾロ……武官がくっついてくるのよねー」

「？」

そういえば、十三姫は一人で貴陽まできたという話だった。一人旅のほうが好きなのだろうか。

「いや、霄太師から聞かなかったか？　護衛には〝黒狼〟がつくらしい」

「え⁉　〝黒狼〟⁉　うそうそ本当⁉　ほんとにいたのね！　会えるの⁉　手合わせできる⁉」

顔を輝《かがや》かせて肉薄《にくはく》してきた。さすが武門の養女。

劉輝はのけぞった。

「い、いや、こっそりついてくると聞いたから、よほどのことがない限り会えないと思う」

むしろ〝黒狼〟が出張《でば》るくらいのよほどのことがあるほうが困る。

十三姫は落胆《らくたん》した。

「えー……そっかー。そうよねー。天下一の兇手《きょうしゅ》が顔ばれたら仕事にならないものね。で、あと誰連れてくの？　二人きりだとほんとに新婚旅行になっちゃうわよー」

その通りである。

「う、うむ。あと一人、考えている」

「三人なのね。あー、もしかして静蘭さん？」

劉輝は言葉に詰《つ》まった。

どうしてか、十三姫に言われるまで、兄を連れていくという選択肢《せんたくし》は考えなかった。

そして、なぜだか、劉輝は、今回の旅に兄を連れていきたくなかった。

「……いや、違う」

「ふぅん？」

十三姫はそれ以上訊かないでくれたから、劉輝も深く考えずにすんだ。

「で、出立は、いつ？」

早いほうがいい。

そう——早いほうが、いい。不自然なくらいに、劉輝はそう思った。

「……なるべく、早く。一両日中くらいには」

「わかった。旅支度するわ。藍家の名にかけて、絶対無事に送ったげるから、安心して」

十三姫は劉輝の室《へや》をあとにしようとした。

劉輝は思わず「あ」と声を上げてしまった。

「なに？」

「…………いや、なんでも」

十三姫は問いかけた。

「楸瑛兄様もいなくて、珠翠《しゅすい》さんも行方《ゆくえ》不明で、秀麗ちゃんもいなくて、寂《さび》しいの？」

「…………。……うむ」

図星をさされた劉輝は、少し躊躇《ためら》い、正直に頷いた。

十三姫なら、そういってもヘンな風にはとらないでくれるような気がした。

そのとき、扉《とびら》の外にはある人物がちょうど立っていた。そしてその誰《だれ》かがそっと立ち去ったことに、二人は気づかなかった。

十三姫は劉輝が思ったとおり、おかしな風にはとらないでくれた。

「そうね。寂しいわよね。寂しくて誰かに傍にいてほしい時なら私にもあるわ。まあ、もう少しくらいならいてあげてもいいわよ」

そうして十三姫は、決して近すぎず、遠すぎもしない距離《きょり》に、寄ってきた。

劉輝は不思議に思った。本当に十三姫はわかってくれている。それは秀麗のように心を汲《く》む、というのとも違う気がした。

似たもの同士。なぜかそんな言葉が浮かんだ。

思えば、楸瑛が去り、十三姫もひとりぼっちになったのだ。

劉輝が室の長椅子《ながいす》に羽根枕《はねまくら》を置くと、十三姫は具合良く背を預けて、座った。隣《となり》に劉輝が腰《こし》かける。

沈黙《ちんもく》が落ちる。それは、決して居心地《いごこち》の悪いものではなかった。くつろぐという言葉よりはぎこちなくても、確かに『一人よりはマシ』で、本当にそれ以上でも以下でもなかったから、寂しさを紛《まぎ》らわせること以外、余計なことを考えなくてすんだ。誰もいないときよりも遥《はる》かに劉輝の心は落ち着いた。……珠翠がいなくなり、楸瑛も去り、劉輝は初めて、今まで一人でも一人ではなかったのだということを知った。

（珠翠――）

優《やさ》しい筆頭女官の私室には、劉輝宛《あて》に、震《ふる》えて書き殴《なぐ》ったような文字でただひとこと『ごめんなさい』とだけ記した紙が残されていた。……いつだって珠翠は劉輝を気遣《きづか》ってくれたのに、劉輝は自分のことばかりで、何一つ彼女の異変に気づいてやることができなかった。

『……珠翠にしかどうしようもできませんことですじゃ』

珠翠の後見の霄太師はそれしか言わなかった。この日がきたか、というような顔だった。こんなことになるまで、珠翠が縹家の姓《せい》をもっていたことさえ、知ろうともしなかったのだ。

（……藍州行き――）

劉輝がぼんやりとそのことを考えていると、寝息《ねいき》が聞こえてきた。

十三姫は眠《ねむ》ってしまっていた。けれど劉輝には、十三姫がやはりどこか緊張《きんちょう》しているのを感じ取れた。近寄れば、すぐにも飛び起きそうな戦場の眠りに似ていた。

劉輝は十三姫を起こさないよう毛布をかけ、そっと室を出た。

藍州行き、最後の三人目に、同行を頼《たの》むために。

＊　　＊　　＊

（藍州へ行くのも久しぶりだな）

邵可《しょうか》は府庫《ふこ》で、霄太師の密命を思い返した。

今の邵可にとっても、藍州行きは望むところだったが、霄太師の掌上《しょうじょう》にいるような気もして、そこだけがややムカッとする。

（それにしても……うーむ、秀麗と静蘭に何て言おう）

秀麗も藍州に行く予定であることはすでに聞いている。

静蘭はおそらく、今回は貴陽に残ることになるだろう。二人にどう言い訳をしよう。

いろいろ考え、ここは下手《へた》に嘘《うそ》をつかず正直に、しかし面と向かわず適当な書き置きをすることに決めた。

（……『ちょっと仕事で家を空けます』。よし。これで行こう。別に嘘はいってない）

どうせ秀麗もおっつけ藍州へ発《た》ち、静蘭も城中警護であまり家に帰らなくなるだろう。邵可が府庫に泊まりこむのはよくある話だし、念のため『詳《くわ》しいことは霄太師まで』と書いといて、あとは霄太師に押しつけてトンズラしよう。

そのとき、府庫の扉《とびら》がきしみ、馴染《なじ》んだ気配がすべりこんできた。

「おや、主上。遅《おそ》いおでましですね」

「……邵可。よかった、いたか。あのな……」

「はい？」

「突然《とつぜん》で悪いのだが、余と一緒《いっしょ》に、藍州に行ってくれ」

「…………………………は？」

邵可は動揺した。

（ま、さか〝黒狼〟とバレ――てるわけはない……だろうけれど……）

一方、劉輝は一生懸命《いっしょうけんめい》説得しようと試みた。邵可が府庫から出たがらないことはよく知っている。

「その、うまくいえないが、どうしても邵可についてきてほしいのだ。急だし、長旅だし、藍州だから舟《ふね》にも乗ることになるだろう。十三姫と三人だけの旅路でもあるし、危ないと思うだろうが、実はとっときの護衛がつく予定なので、危なくない。もしものときは余も体を張って邵可を守る」

「………………」

当の『とっときの護衛』の邵可は、なんといっていいのやらよくわからない。

「た、頼む……」

劉輝はうつむいた。

……よるべのない、こんな王を見るのは、久しぶりだと邵可は思った。

まるで、出会ったときの幼い劉輝を見ているかのようだった。

邵可は不意に、劉輝がどうして静蘭でなく自分についてきて欲しいと願うのか、わかった気がした。おそらく、劉輝自身はまだ気づいていないのだろうが――。

まあいい。コッソリついていく予定が、堂々とついていくことになっただけの話だ。

邵可に否《いな》やはなかった。

「わかりました。お供しましょう。これでも若い頃《ころ》はあちこち旅をしていましたから、主上が思っているより、お役に立てると思いますよ」

劉輝はほっとした。

それから劉輝は府庫の片隅《かたすみ》の、隠れ家にしている場所に身を寄せた。邵可は別室へ入ったのか、気配はない。一人、劉輝は夜に沈《しず》んだ。

目を閉じれば、二年間離《はな》れることのなかった、執務室《しつむ》が思いだされた。

不思議なくらい、今まで劉輝はあの室を――いや、貴陽を出る気になれなかった。

茶州が騒擾《そうじょう》しても、その決断だけは頭をかすめもしなかった。

悠舜がきてくれて、その理由に気付いた。

自分の代わりに、ただ一人、四省六部一台九寺五監及《およ》び全軍すべてを預けられる者。

悠舜を見つけたから、劉輝はもうあの室《へや》を出て、この手にほしいものをつかみにいく。

そのために藍州に行くと、決めた。間違《まちが》ってはいないはずだ。悠舜も静蘭も了承《りょうしょう》してくれた。大官たちも結局反対はしなかった。

そう――何も間違ってなどいない。そのはずだ。

(なのになぜ)

こんなふうに、何かから逃《に》げ出すような気持ちになるのだろう。

『あんた個人にとってか、王としてか』

リオウの言葉を聞いたときから、心の奥に何かがどろりと重くたまっていく。

劉輝は途方《とほう》もなく大きな間違いを犯《おか》しつつあるような気がしてならなかった。

秀麗に聞いたら、絳攸に聞いたら、間違いを怒鳴《どな》って『正解』を教えてくれるだろうか。

でも、今の劉輝には誰もいなかった。

自分以外には、誰も。

＊　＊　＊

夜更《よふ》け、秀麗は官用の軒《くるま》で邵可邸《てい》に帰り着いた。例の隻眼《せきがん》の兇手《きょうしゅ》について、十三姫に詳《くわ》しい話を聞こうとこっそり後宮にもぐりこんだのだが――。

『寂《さび》しいの？』

『…………。……うむ』

軒を宮城に帰らせると、秀麗は月影《つきかげ》を踏んで庭へ入り、桜の木の前で、両膝《りょうひざ》を抱《かか》えてすとんと座った。劉輝がくれた桜の木は、あの三つきり花は咲《さ》かず、今はもう葉っぱが青々と繁《しげ》っている。木のてっぺんで、月が今にも転げ落ちそうに引っかかっていた。いつもは優しい月の光が、目にしみた。秀麗の唇《くちびる》から、安堵《あんど》が漏《も》れた。

「……よかった」

劉輝はもう、十三姫にああして本音が吐《は》けるのだ。秀麗がいなくても、夜を一人で過ごさなくてすむ。寂しい気持ちにならずにすむ。よかったと、秀麗は心から思った。

秀麗は抱えた膝に、顔を埋《うず》めた。

……どのくらい、そのままじっとしていただろう。

「うずらの卵みてーに、ちっちゃくなってるな」

燕青《えんせい》が、すぐうしろに座り込む気配がする。あぐらの間に挟《はさ》まれる格好で、よしよしと頭を撫でられた。行水でもしてきたのか、燕青の手は少ししめって冷たかった。秀麗の背に、燕青の体のぬくもりが伝わってくる。日向《ひなた》のにおいがした。秀麗はなんだか雛《ひな》か卵にでもなった気がした。

「……別に、泣いてないわよ？」

「そっか」

それでも、燕青はそのままよしよしと秀麗の頭を撫でた。

秀麗はまた膝に顔を埋めた。

……桜のてっぺんに引っかかっていた月が、下の枝に落っこちたころ。

秀麗は呟《つぶや》いた。

「……燕青、私って、頑固《がんこ》でバカで意地っ張りよね。燕青だってそう思ってるでしょ」

「一度決めたら絶対曲げないのは会ったときから知ってる。曲げたかったら曲げりゃいい」

「イヤ。見たいものがあるんだもの」

自分で考え抜《ぬ》いて決めたことに、後悔《こうかい》はしないと決めたのだ。

燕青は、そっか、とだけ言った。

「姫《ひめ》さんの見たいものなら、俺も見たいな」

茶州からふらりとやってきた燕青は悠舜の邸《やしき》に泊《と》まるかと思ったのだが、当然のように邵可邸に落ち着いた。静蘭はいつものごとく、出てけ邪魔《じゃま》だなどとぶつぶつ文句を言っていたが、秀麗は嬉《うれ》しかった。

……嬉しかったのだ。

燕青はもう、自分の副官《ふくかん》でもなんでもない。秀麗に対して何の義理も義務もない。燕青が貴陽にきたのは、制試《せいし》を受けるためで、制試はいつも開かれるわけではない。

『州尹《しゅういん》？　影月に引き継いできた。俺のかわりに今は影月が櫂瑜《かいゆ》じーちゃんの輔佐《ほさ》』

制試を受けるなら現職の官位返納は当然のことだったが、秀麗はそれを聞いてから、考えていたことがあった。でも、迷っていて、ずっと言い出せなかった。

「見たいの？　本当に？」

「うん、見たい」

「それじゃ、今度の制試はあきらめて、私と一緒《いっしょ》に藍州まで行ってちょうだい」

「いーよ」

「……へ？」

秀麗は肩越《ご》しに振《ふ》り向いた。燕青はものすごく嬉しそうにしていた。言った秀麗のほうが仰天《ぎょうてん》した。

「いーよって、燕青、わかってるの!?」

「俺が制試受けにきたのは、別に何が何でも中央官吏《かんり》になりたかったからじゃねーもん」

「??　じゃ、なんのために制試受けようと思ったの？　悠舜さん助けるためじゃないの」

「悠舜？　悠舜にゃあ俺なんて必要ねーよ。今んとこ。でも姫さんは？」

「……燕青が必要だわ。いやでも待って！　やっぱりせっかく制試が開かれるのに——」

燕青が遮った。

「ありがとー燕青、とっても嬉しいわ、超《ちょう》ステキ大好き、だろ？　二度目の機会はやんねーぞ。どーする？　俺が欲しい？　欲しくない？」

思いつきで秀麗は言ったわけではない。……秀麗と蘇芳だけで、藍州まで行くことはできない。かといって、見知らぬ武官を同行させることも躊躇《ためら》われた。静蘭がいちばんいいことはわかっているが、今回はできれば貴陽に残ってもらいたかった。藍将軍が離《はな》れ、珠翠も行方《ゆくえ》不明で、絳攸もまだ劉輝のそばに戻《もど》っていないと聞く。ひとりひとり、劉輝の傍から人が欠けていくような気がして、これ以上静蘭を引き離したくなかった。

そして、まるではかったように燕青がきた。

何度考えても答えは一つしかなかった。

ややあって、秀麗は懐《ふところ》から、一通の書状をとりだした。今日、葵皇毅にハンコを押してもらったものだ。

「じゃ、これでよかったら、あげる。州尹と比べれば天と地の落差だけど」

燕青が書状をひらくと、御史台《ぎょしだい》配属の下吏《かり》としての任命書だった。本当に下っ端《ぱ》も下っ端だが、それでもれっきとした秀麗の属官だ。

御史という特殊《とくしゅ》な任務上、自らの裁量で臨時に配下を調達できる。その権利を使ったのである。

燕青は書状をこれみよがしにふった。

「ずりーな姫さん、ちゃんと言わねーつもり？」

「うぐぐ。……い、一緒にきてください」

「了解」

秀麗はその眼差《まなざ》しに覚えがあった。虎林《こりん》郡で『最善は何か』の問いに、燕青の望む答えを返せたときと同じ目。

秀麗は安堵《あんど》すると同時に、そわそわした。何だか燕青の人生を決めてしまったようで。

「……ところで姫さん」

「な、何？」

「最近、あんま寝てないだろ？」

猫撫《ねこな》で声だった。秀麗は悪い予感がした。茶州の時の記憶《きおく》が走馬燈《そうまとう》のごとく蘇《よみがえ》った。

秀麗は燕青の腕《うで》から逃《のが》れようとした。心境は肉屋から敵前逃亡《とうぼう》する鶏《ニワトリ》だ。

「気のせいよ。あのね燕青、これから読まなきゃならない本とかね、私だってイロイロ——」

「やっぱな。ったく、静蘭はむりやり姫さん寝かせることたできねーからなぁ。甘すぎもほどがあるぜ。体は資本、っつったろ？　俺がきたからには言い訳はきかねーぞ」

肉屋燕青は秀麗を捕獲《ニワトリほかく》して気絶させた。

失神した秀麗を担《かつ》ぎ、庭院《にわ》に面した窓から秀麗の室《へや》へ入る。

中には静蘭が待ち構えていた。燕青はとりあえずへらへらっと笑ってみた。

「……不可抗力《ふかこうりよく》だからな？　怒《おこ》んなよ静蘭」

「殺す」

「怒るなって!!　ったく、姫さんが俺にワガママいったからって、嫉妬《しっと》するなよ」

秀麗を寝台《しんだい》に寝かせたあと、燕青はまた抜き足差し足で窓から庭院に戻った。静蘭に話があることはわかっていた。

燕青は葉桜になった桜の根本に座って懐《なつ》かしそうに邵可邸《てい》を眺《なが》め、静蘭はその脇《わき》で幹にもたれかかった。しばらくして、静蘭は小さく告げた。

「……燕青、お嬢様《じょうさま》を頼《たの》む。傷一つでもつけたら許さんぞ」

「……まーさかお前がンなことをゆー日がくるとはねぇ」

「私は藍州には行けない。貴陽に残ってやることがある。不本意だがお前に任せるしかない」

……本気の静蘭を見るのは実に久しぶりだ、と燕青は思った。

燕青は昊《そら》を見上げた。月はさらに下に落っこちていた。

「藍将軍を藍州へ叩《たた》き返したの、お前だろ？　損な役回りだよなぁ」

「どっちつかずの役立たずは必要ない。いないほうがマシだ」

燕青は苦笑いしつつも、否定はしなかった。燕青の記憶にある王や側近たちは、よくいえば仲がよかったが、悪くいえば馴《な》れ合っていた。友情というには足らず、かといって主従というにも互《たが》いに中途半端《ちゅうとはんぱ》な甘えがあったように思う。

そこに鉈《なた》をふるえるのは静蘭しかいまい。悠舜はもう若手の相手をしてられるほど暇《ひま》な官位ではない。しかし静蘭がここまでいうとは——。

燿瑜が燕青を貴陽入りさせたことといい、やはり何か起きつつあるらしい。

「それにお前が制試を受けてもどーせ受かるわけがない。時間の無駄《むだ》だ。藍州でお嬢様を守る方が遥《はる》かに有意義だ。しっかりやってこい」

「待てぃ。なにひどいこといってやがる。これでもちょっぴり進歩は」

「馬鹿《ばか》め。制試は一発及第して中央官吏になれるぶん、正規の国試よりも難しいんだ。燿瑜殿《どの》がお前を貴陽に寄こすための方便だとまだ気づかないのか？　まあ及第したら国試官吏たちから『ズルしー』ってネチネチいじめ抜《ぬ》かれて結局ほとんど退官するハメになる試験でもあるから、確かにお前くらい図太いシメ縄《なわ》精神くらいでないと受かっても役に立たんが」

「……俺が姫さんに『一緒《いっしょ》にきて！』って言われたこと、根に持ってやがんな」

「あれは『言わせた』というんだ。数ヶ月ぶりに米屋をのぞいたときだってお嬢様は同じ反応をする。つまり貴様はコメだコメ!!」

コメツキバッタと無生物のコメとではどっちがマシだろうと、燕青は首を傾《かし》げた。

「……御史台の長官に会ってきたらしいな？」

「耳早《はや》えーな。そ。茗才《めいさい》、本当は監察《かんさつ》御史でさ。あいつのおかげですげー助かったから、ちょっと礼を言いに」

「お前、監察《かんさつ》御史に地方官吏《かんり》の仕事させてたのか」

「一応毎年朝賀にかこつけて王都に帰らせて、御史台に報告させてはいたんだけどなー」

「……直属の配下になれって、葵皇毅殿に勧誘《かんゆう》されなかったか？」

「言われた。断ったけど」

燕青は答えた。

「だって俺のイチバンはとっくに決まっちまったもん。他《ほか》の誰にもつく気はねぇさ。……お前がハッパかけたんだろ？　なんでそんなしょっぱい顔してんのー」

「条件反射だ。お前がより近くをうろちょろすると考えるだけでこのカオになる」

「わかってるわかってる。これからずーっと俺が一緒で超《ちょう》うれしーんだろ？　素直に喜べって」

「死にたいなら喜んで手伝ってやる。お前なら殺しても生き返ってくるだろ。死ね」

茶州で、静蘭は秀麗のそばに行く燕青に〝干将《かんしょう》〟を預けた。その剣《けん》で燕青は人を殺した。そんな燕青を、秀麗が丸ごと受け入れたとき、燕青の心は決まった。

どんなに有能でも、優秀《ゆうしゅう》でも、燕青が誰かを選ぶ基準はそんなものではない。

燕青は今まで茶州を出なかったのではない。異常なほど人を殺すのに長《た》けた自分を恐《おそ》れ、師匠《ししょう》のいる茶州から離《はな》れられなかったのだ。それほど燕青は殺すのがうまくなりすぎた。

弱くても決して武器を持たない秀麗だけが、燕青を止めることができる。何があっても秀麗なら絶対に燕青に剣をとれとは言わない――そう信じられるから、燕青は秀麗と一緒ならばどこへでも行ける。藍州でも、この世の果てでも自由に。

ただ一人、枷《かせ》を外した秀麗にしか、燕青は手に入れられない。

「静蘭、これから先、もし姫《ひめ》さんかお前どっちか選べっていわれたら、俺は迷わず姫さんをとるぜ。それでも泣くなよ？　二号さんでも愛はあるからな！」

静蘭は燕青の脳天をかき氷のごとくかち割りたくなった。

「誰が泣くか!!　当然だ。私でもそうする。そうでなければ誰がお嬢様を任せたりするか！　お前がこなかったら私が藍州まで出向いていた」

それは静蘭が、秀麗に対する立場において燕青を自分と同格と認めたということだった。

「お前がそうしねーのが驚《おどろ》き」

「しなければならないことがある。私もお嬢様と旦那《だんな》様《さま》のそばで米倉番人のまま気楽に暮らしたかったが、そうもいってられなくなった。本来なら私の仕事じゃないんだが、私が動かないとどうにもならんほど抜け作ボンクラどもでな。とても任せておけん」

「……俺はお前が米倉番人してるほーがこえーよ。帳簿《ちょうぼ》書き換《か》えて米俵《こめだわら》ちょろまかして『臨時収入』つって紅家の食卓《しょくたく》に供給してても俺は驚かねー」

「昔の話だ」

「やってたのかよ!!」

そんなやりとりにも、静蘭の苛立《いらだ》ちが滲《にじ》んでいた。

「……焦《あせ》ってんな。どーしたよ。悠舜一人じゃ任せておけねーのか」

「逆だ。悠舜殿一人に比重がかかりすぎている。一人で支えるには限界がある」

秀麗について茶州で過ごした一年弱を後悔《こうかい》してはいないが、もしあの時間を劉輝のために使うことができていたら——と静蘭は思わずにはいられない。

悠舜を尚書令《しょうしょれい》として迎《むか》えたのは間違ってはいない。けれど受け入れる側の朝廷《ちょうてい》がまるで調《ととの》っていなかった。茶州へ行く前と帰ったときと、まったく進歩がないまま。

贋金《にせがね》、塩、冗官《じょうかん》切り捨て——その裏で動いた莫大《ばくだい》な大金の行方《ゆくえ》も未《いま》だ知れない。

公的には数十年ぶりに縹家が動き、仙洞省長官《せんとうしょう》の座に血縁《けつえん》を送りこんできた。

悠舜着任と同時に次々と起こったこれらのこと。

悠舜が考えていることは、静蘭もすべてではないが察している。勝算は低いのに、やらなければならないことが山とある。

「燕青、お嬢様を藍州から必ず無事に連れて戻《もど》れ」

静蘭は藍州に同行してほしいと自分に頼《たの》まなかった劉輝を思った。

貴陽に戻ってから、静蘭は劉輝の様子を見守っていた。絳攸と楸瑛が離れ、旺季に手厳しく現実をつきつけられ、劉輝は少しずつ王としての自分を顧《かえり》みるようになった。

静蘭は瞑目《めいもく》した。……確かに今回ばかりは、自分がついて行くわけにはいかなかった。どんなについて行ってやりたくとも。

燕青は心ここにあらずといった静蘭の胸《むね》の内がなんとなくわかった。ずっと思っていたが——。

（……こいつの一番て、実は姫さんじゃねーよな……）

「静蘭。俺、前にお前と姫さんが夫婦《めおと》になりゃいーのにって言ったけど、アレ撤回《てっかい》な」

一拍《いっぱく》おいて、静蘭は目をあけた。

「な――ちょっと待て燕青！　それはどういう意味だ!!　いてっ」

燕青が指で弾《はじ》き飛ばした小石が、静蘭の額に命中した。燕青は静蘭を睨《にら》んだ。

「自分の胸にきーてみろい。いーろいろ考えることがあるのはわかるけどな、俺に先越《こ》されてんじゃねーっての。大事な女が一人でいるのまで見守ってんなよバーカ。だいたい王様はともかく、俺相手にまで譲《ゆず》ってんなよ。人生何が起こるかわっかんねーんだぜ？」

燕青は静蘭の返事を待たずに、さっさと家の中に戻った。

＊　＊　＊

翌々日、劉輝は馬を一頭と、邵可と十三姫を連れて、朝靄《あさもや》の中ひっそり宮城を出た。貴陽の城門に、悠舜と静蘭がいた。邵可の姿に静蘭は驚いた。

はちあわせすると思っていなかった邵可も内心うろたえた。せっかくの書き置きが！

静蘭は笑みを浮《う》かべた。まさか劉輝が旦那様を連れて行くとは思わなかったが――。よかったと、思った。静蘭は邵可と十三姫に「王をよろしくお願いします」と一礼した。

悠舜は羽扇《うせん》を胸に王の前に進み出ると、いつもと変わらぬ笑顔で送り出した。

「いってらっしゃいませ、我が君。どうぞご無事で……」

劉輝はなぜか、胸がつかえて声が出なかった。だからただ素っ気なく頷《うなず》いた。

そうして劉輝は、貴陽を出たのだった。

第二章　鴨のタマゴとサルのキノコ

皇毅のほうから呼び出しがきたので、秀麗はもしやようやく『藍州行き』の出立許可が出るのかと、慌《あわ》てて御史大夫室《ぎょしたいふ》へスッ飛んでいった。少しでも遅《おく》れて機嫌《きげん》が変わったりでもしたらとんでもないことだ。

確かに、皇毅の呼び出しはその件であり、ちゃんと出立の許可も出してくれた。

が――その話を皇毅から聞いたとき、秀麗は自分の聞き間違いだと思った。

「…………はい？」

「極秘事項《ごくひじこう》を何度も言わせるな。王が微行《しのび》で藍州へ行った。十三姫とな。しかも正規の護衛は一兵も連れていかなかった。藍州行きを許可する。――行って、王を無事連れ戻してこい」

秀麗はあんぐりと口を開けた。

「……それ、ガセネタじゃないんですか？」

「そうか。ではこの件は清雅に任せることにする」

「わーっ!!　ままま待ってください!!」

辞令の名を消そうと筆をとった皇毅の袖《そで》を、秀麗はいっしとつかんだ。

確かに皇毅がこんなことを冗談《じょうだん》で言うはずがなかった。

急に気を変えて藍州行きを認めてくれ、「許可するまで出立を待て」と秀麗に命じた皇毅。

「……もしかして、こうなるとわかってて、待てと仰《おっしゃ》ったんですか？」

「さてな。新しい御史をわざわざ追加で派遣《はけん》するのは面倒《めんどう》だとは思ったが」

「……まさか、主上は、誰にも内緒《ないしょ》で行ったワケじゃないですよね？」

「宰相《さいしょう》会議で藍州行きを宣言したようだが、私を含《ふく》め他の大官たちにはなんの通達もないままだ。ちなみに『なんのために』行くのかも結局明言しなかったようだな」

秀麗の胸がざわついた。

「──わかりました。行ってきます」

「藍州へ行くついでにこの男についても調べてこい」

皇毅は書翰《しょかん》をはじいた。受けとった秀麗は書面に視線を走らせ──ぎくりとした。

皇毅は淡々《たんたん》と書翰の内容を要約した。

「司馬迅。藍門筆頭司馬家の総領息子《むすこ》──だった。原因は不明だが、十一の時に突然《とつぜん》隻眼になる。特に武術にすぐれ、藍楸瑛とはかなり親しい間柄《あいだがら》で、ともに未来を嘱望《しょくぼう》されていたが、今から五年前──司馬迅が二十一歳の時だな──実の父を殺害」

──父殺し。

「十の大罪《たいざい》でも上位にくる。いかな名門司馬家の御曹司《おんぞうし》といえど、極刑《きょっけい》は免《まぬが》れん。たとえ十三姫の許嫁《いいなずけ》であろうともな。司馬迅は藍州州府に送られ、極刑が決まった」

秀麗は内心の動揺《どうよう》を押し隠《かく》そうとした。藍楸瑛の友人で、十三姫の許嫁。

——どうか隻眼の男の存在を御史台にいわないでほしいと秀麗に願った、楸瑛と十三姫。

「……こ、の人がどうしたんですか。五年前ならとっくに処刑——」

「おかしなやつだな。『牢《ろう》の中の幽霊《ゆうれい》』を調べてきたのはお前だったはずだが？」

秀麗は息を呑《の》んだ。

「お前はいったな。死刑が確定して、なおかつ腕《うで》に覚えのある囚人《しゅうじん》をえりすぐって、誰《だれ》かが兇手に仕立てているのではないか——と。どうだ。例の兇手とやらは、この司馬迅にぴったり当てはまるとは思わないか。面白《おもしろ》いことに共に隻眼だしな」

「……それは調べてみないとわかりません」

「そうだな。だから調べてこいといっている。万が一司馬迅が生きているならば、ことだ。誰が逃《に》がしたのか。藍家が関《かか》わっているか否《いな》か。そして隻眼の兇手と藍家とは関係があるか否か。藍楸瑛を関塞《かんさい》で捕捉《ほそく》して取り調べようとしたが、振り切って逃げたそうだ。あやしすぎる行動とは思わんか。『真っ赤な他人』ならば証言で数日牢に入ることくらい天下の藍楸瑛なら厭《いと》うまいに」

『真っ赤な他人デス』と証言した当の秀麗は長官のあてこすりにぷるぷる震《ふる》えた。この底意地の悪さ。やはり清雅の上司である。

「……関わっていたら？」

皇毅は薄《うす》い色の双眸《そうぼう》で秀麗を見据《みす》えた。

「――藍家を引きずり出せる。王の妃《きさき》となる十三姫暗殺を企《たくら》んだ兇手と関係があるとすれば、関わった者に極刑を下せる」

皇毅は冷ややかに続けた。

「ここらで紅藍両家をしめておきたいからな。七家は様々な面で優遇《ゆうぐう》されすぎている。特にあの二家は財産と権力を武器に時に法規を無視し、朝廷を軽んじること甚《はなは》だしい。許したままでは政事にも関わる。特に今の王は若い臣下とつるみ、威厳《いげん》もへったくれもない。今の王になってから、どれだけ朝廷《ちょうてい》が紅藍両家になめられまくっていることか。藍龍蓮は進《しん》士《し》式をすっぽかし、藍楸瑛は〝花〟を返上、紅家は城下の機能を簡単に停止する。形だけでも王に従う様子も見せない、王以上に権力のある家など危険分子以外の何物でもない」

秀麗が紅姓《こうせい》だということを知った上で、そんなことを言う。

そして秀麗は、皇毅の言い分に反論できなかった。正しい。凌晏樹の、楸瑛と絳攸に関する厳しい評価を聞いたときも、間違《まちが》ってると言えなかった。秀麗は自分が、どこに立っているのか、だんだんわからなくなってきた。それぞれの立場、背負う家名の重さ、責任、職務。劉輝に対する好意。

今まで正しいと思っていたこと。いいと思ってやっていたこと。それがぼやけてくる――。

楸瑛が〝花〟を返上して、藍州に帰った理由が、わかるような気がした。

好きということと、忠誠を誓《ちか》うということは違う、といった楸瑛。

たくさんの選択肢《せんたくし》から一つを選ぶことと、最初から一つしか見ていないのとでは、違う。

蘇芳に会い、御史台にきてから、秀麗は今まで知らなかった多くの考えを知った。受け入れられない考えもあるが、正しいと思うことも同じくらいあった。

皇毅は優《やさ》しくない。少しでも意に反したらクビが口癖《くちぐせ》だし、事実あっさりやるだろう。裏で隠してるっぽいことは山ほどあるし、口も悪い。平気でイロイロ見て見ぬふりもする。容赦《ようしゃ》もないし正義漢ではなおさらない。顔からして多分悪いこともいっぱいしている（ような気がする）。それでも秀麗は、皇毅の下にいるのが嫌《いや》だとは思わなかった。

皇毅は、秀麗が見ようとしなかった半分を徹底的《てってい》に突《つ》きつける。自分の信じようとするものしか見なかった秀麗の傲慢《ごうまん》を、打ち砕《くだ》こうとするように。それで秀麗が逃げたり、潰《つぶ》れるならそれまでと切り捨てるのだろう。好きなことだけやる、信じたいものだけ信じる、嫌《きら》いなものは頭から理解しようとしない――そんな人間は不要だと。

清濁《せいだく》すべてを知った上で、皇毅は今の自分を選んだのだろう。おそらくは清雅も。だからこそ、秀麗は二人を否定できないでいる。甘いと言われて、反論もできなかった。

秀麗はまだ、そこまでは行っていない。

「もともとお前が調べてきた案件だ。藍家に斬《き》りこむ絶好のネタでもある。王捜《さが》しの合間に、しっかりやってくるんだな」

「わかりました。行ってきます」

秀麗がそれしか言わなかったことを意外だと思ったように、皇毅が軽く眉《まゆ》を上げた。

「別に帰ってこなくても構わんぞ。むしろ帰ってくるな」

「帰ってきますよ!!　ふふふ、私は一つ心に決めたことがあるんですっ」

「別にいわんでいい」

「こないだ、長官は面子《メンツ》にこだわって仕事はしてないっていいましたけど――」

皇毅が口を開くより早く秀麗が言った。

「生意気言うな、っていうんでしょう。いつか長官の信念を教えて下さい。それまで絶対官吏《かんり》はやめませんから！　どうせ教えてくれないでしょうから、つまり官吏はやめませんん!!」

「わかった。特別に教えてやる。愛と平和を守るためだ。いつでも心おきなくやめろ」

ものすごく適当な棒読みで即答《そくとう》された。あいかわらずヒドイ長官である。

秀麗はめげなかった。精一杯《せいいっぱい》小さい胸を張った。

「藍州のおみやげ、買って絶対帰ってきますから!!　何がいいですか！」

皇毅は呆《あき》れた。……この何を言ってもへこたれない前向きさと、自分相手でも退《ひ》かない度胸と根性《こんじょう》は、確かに清雅以来だ。いっそ感心するほどしぶとい。

「土産《みやげ》か」と皇毅は言った。

「……では藍州名物、藍鴨《あいがも》の卵を土産にしろ」

秀麗は目を点にした。……カモ？

「藍鴨のタマゴ？　ただの鴨となんか違うんですか。それに卵なんて道中で腐《くさ》って——」

「藍鴨の卵は不思議《ふしぎ》なことに、一つの卵に必ず黄身が二つ入っている。双黄鴨卵《そうこうおうらん》といって、藍州八珍味《ちんみ》の一つだ。塩分を含《ふく》ませた泥《どろ》につけこんだその卵は、酒によく合うんでな。向こうで卵を手に入れて、せっせと漬《つ》けこんで甕《かめ》ごともって帰ってこい」

「……あの、長官、私、仕事で行くんですけど——漬け物してる余裕《よゆう》なんてこれっぽっちも」

「聞こえんな。あと同じ八珍味の一つで、猴《サル》の頭に似てるキノコがあってな。猴頭茸《こうとうだけ》という。山でとってこい。見つけてくるまで帰ってくるな」

土産なんていったのが大失敗だった——上司は土産の注文までも容赦なかった。

「あと最後に一つ、これだけはきつく命じておく」

皇毅はトン、と指で机案《つくえ》を叩《たた》いた。秀麗は反射的に背筋を伸《の》ばした。

「もし王が九彩江に入ったら、追わなくていい」

「九彩江……ですか？」

「どういう場所かは、現地で調べろ。いいか、追うな。これは命令だ。破ればクビと思え」

奇妙《きみょう》な指示だったが、訊《き》き返すような愚《ぐ》は犯さなかった。秀麗は一礼して足早に室《へや》を出て行った。その姿を皇毅はいつもよりは長く見送った。何ごとか考えたのは数拍《すうはく》だけで、あとは淡々《たんたん》と仕事をし始めた。

秀麗は御史大夫室《ぎょしたいふ》を出ると猛然《もうぜん》と駆《か》け出した。

許可をもらったらすぐに出立できるよう、蘇芳、燕青ともども旅支度《たびじたく》は調《ととの》えてある。邵可と静蘭にも、近々《きんきん》に藍州に行くことになると伝えてある。本当はちゃんと「行ってきます」と言おうと思ったのだが、二人宛《あて》に書き置きだけして発《た》つしかない——。

劉輝が城から消えた。

藍州に行ったのは、きっと楸瑛を追いかけたのだろう。でも、秀麗のカンが異変を告げていた。どこか、おかしい。何も告げず、護衛もなく。そんなふうに出て行くなんて。

静蘭さえ連れていかなかったことが、変事の象徴に思えた。

廊下《ろうか》の前方から、清雅が歩いてきた。

横を駆け抜《ぬ》ける間際《まぎわ》、目があった。

にやっと、清雅が笑った。その意味を秀麗が知るのは、もっとあとのことだった。

御史室にいた蘇芳に出立を告げ、荷物をとりに家に帰らせた。

秀麗も急ぎ邵可邸に戻ると、父の『ちょっと仕事で家を空けます』という書き置きがあった。秀麗はそれをいつもの府庫《ふこ》ごもりだと解釈《かいしゃく》し、父の書き置きの横に藍州に出立する旨《むね》を走り書きした。燕青に事情を説明し、旅装に着替《きが》え、荷駄屋《にだ》の馬《マー》おじさんから安く借り受けておいた荷馬車に飛び込む。馭者《ぎょしゃ》は燕青。途中で蘇芳と落ち合って大門に向かう。

ふと、燕青が秀麗の肩口《かたぐち》に乗っている黒い毛玉に気づいた。

「……姫《ひめ》さん、それ、なんだ？」

「へ？　って、あーっ、クロ!!　いつのまに！」

宋太傅が飼っている（多分）クロとシロのうち、クロのほうがいつのまにかくっついていた。あまりにおとなしくくっついているので、お洒落《しゃれ》なポンポン飾《かざ》りに見える。

「うう、返しに行く余裕はないわ！　クロ、一緒《いっしょ》に旅に行くわよ！」

貴陽の大門が近づいてきた頃《ころ》、荷台にいた蘇芳が、ぎょっと身を起こした。

「げっ、やべ！　エンセー速度あげてくれ!!　早く!!　はやくはやくはやく――」

馭者台から秀麗が振《ふ》り返ると、「すお〜う、見送りにきたぞ〜」と、前よりちょっと痩《や》せた蘇芳の父・榛淵西が一生懸命《いっしょうけんめい》短い足で追いかけてくるのが見えた。

もちろん、秀麗は馬車を止めさせた。

「蘇芳、たくさんおにぎりをつくったぞ。道中皆《みな》さんと食べなさい。旅は疲《つか》れるから、ちょっとしょっぱめで、梅干しもいれて――お母さんの出汁《だし》巻《ま》きたまごもあるぞ」

蘇芳は顔を覆《おお》った。

榛淵西は秀麗と燕青に深々と頭を下げた。

「本当にあなたにはお世話になりっぱなしで……なにとぞ息子《むすこ》をよろしくお願いします」

「あー！　わかった、わかったからオヤジ！　早く帰れー!!」

淵西はうるうると瞳《ひとみ》を潤《うる》ませた。

「お前が仕事で藍州まで行くほど立派になって……おとーさんは嬉《うれ》しいぞ。体に気をつけるんだぞ。生水は飲んじゃいかんぞ。お前がいない間、おとうさんもちゃんと働いて、秀麗さんに借りた賠償金《ばいしょう》をちょっとでも返せるように頑張《がんば》るからな。おかあさんも多分こっそりどこかから見守ってるぞ。出掛《でが》けに見たら室《へや》にいなくてなー」

蘇芳は今すぐ地平線の彼方《かなた》まで逃《に》げ去りたいと心底思った。

秀麗は蘇芳のかわりに淵西に旅立ちの挨拶《あいさつ》をした。

「ありがとうございます。いってきます」

蘇芳の父は、豆粒《まめつぶ》くらいになっても、まだ城門で一生懸命に手を振っていた。

「いい親父《おやじ》じゃん」と燕青は言い、秀麗も頷《うなず》いた。

蘇芳はしばらく真っ赤になってそっぽを向いていた。


そうして、劉輝の後を追って、秀麗たちも藍州へと出立したのだった。

＊　　＊　　＊

秀麗と燕青も貴陽を出たと静蘭から報告を受けた後、悠舜は執務室《しつむ》で一人仕事を続けた。時間を忘れて没頭《ぼっとう》していた最中、目眩《めまい》に襲われた。

……さすがに、働きすぎたかもしれない。体が強張《こわば》り、足もズキズキ痛んだ。水差しをとろうとしたら、気が遠くなりかけた。茶州にいたときはこうなる前に燕青が気づいてむりやり机案から引っぺがしたから、どうも加減がわからない。

懐《ふところ》をさぐり、妻の凜《りん》から渡された薬包《やくほう》を取り出した。震《ふる》える手で粉薬を水で飲み下す。なんとか。

薬の紙包みに、見慣れた妻の文字があった。

『これをお飲みになっている愛する旦那様《だんなさま》へ。どうか今すぐ寝《ね》てください。誰《だれ》が許さなくても、妻たる権限で私が許します』

笑《え》みがこぼれた。脂汗《あぶらあせ》が目に入り、字がぼやけた。

柴凜《さいりん》もいま工部《こうぶ》にこもりきりだ。碧歌梨《かりん》たちと鋭意《えいい》製作している新貨幣《しんかへい》についても、偽造《ぎぞう》防止のためのさまざまな開発をしていて、同じく寝ていないはずだ。なのに凜は悠舜が家に帰れば必ずいてくれて、掃除《そうじ》をし、ご飯をつくり、官服に火熨斗《ひのし》をあて、杖《つえ》の具合を点検し、決して悠舜より先に寝ようとしない。真夜中に悠舜のために薬を調剤《ちょうざい》し、包み紙にこんなことを書いて、笑顔で送り出してくれる。

……いつも思う。どうして女の人はそんな優《やさ》しさを、何でもない顔でくれるのか。

私はそんな優しさを、少しでも凜に返してあげられているのだろうか。ほとんど家に帰れず、帰っても少ししか話せず、気づけば気絶したように眠《ねむ》って朝になる。いつもありがとうと、バカみたいに繰《く》り返すことしかできなくて。それでも凜は笑ってくれる。

もっとも呆《あき》れるのは、こうなるとわかっていて凜に結婚《けっこん》を申し込んだ自分と、それをいまも後悔《こうかい》していないことだった。滅多《めった》に会えなくても、悠舜は彼女が妻というだけで幸せだった。……それを自己満足だと、人は言うかもしれなくても。

襲《おそ》ってくる目眩をやりすごす。薬のせいか、さっきよりはマシだ。足の疼痛《とうつう》も薄《うす》れてきた。

やることは山ほどある。

今までは前哨戦《ぜんしょうせん》。これからが始まりだというのに、自分がこんな状態でどうする。

不意に、誰かに強く手首をつかまれた。

顔を上げた悠舜は、ポカンとした。ずっと仕事をほったらかしていた――。

「……黎深《れいしん》、何をしているんです、こんなところで」

黎深はなぜか怒《いか》り狂《くる》っていた。ここまで怒髪天《どはってん》を衝《つ》いた黎深はあまり記憶《きおく》にない。

「――悠舜、もう一度言う。宰相《さいしょう》位を降りろ」

「やです」

「降りろ」

「いやです」

「そんなコドモみかんみたいな顔色をしてか!!」

コドモみかん？　悠舜は少し考え、それが熟す前の青い蜜柑《みかん》のことだと合点《がてん》し、思わず吹《ふ》きだした。黎深は笑わなかった。ちっとも。

「笑ってる場合か!!　見ろ、たった数ヶ月でこのザマだ。言わぬことじゃない。あのバカ王にお前の主君たる資格などどこにもない!!　お前がこんな状態だとも気づかないで―

──」

「気づかれないようにしているのですから当然です」

「それでも気づくべきだ！　藍州行きだと⁉　なぜそんな愚《おろ》かなことを許可した‼」

「今の王には必要だと思ったからです。何よりも静かな時間が」

少しずつ少しずつ、出口のない迷路《めいろ》にさまよいこんでいくかのような王。……それは悠舜にも覚えがあった。少しでいい。朝廷《ちょうてい》を離《はな》れてほしかった。藍将軍の件は格好の口実になった。だから反対しなかった。

「あの王が自分のことしか考えてないことくらい、お前とてわかっているだろう‼　何も見えていない。何もかもこんな中途半端《ちゅうとはんぱ》な状態のまま、お前に全部押しつけて逃《に》げだしたんだ」

「そうですね。昔の私と同じように」

黎深は手首を放さなかった。悠舜の氷のように冷たく、折れそうに細い腕《うで》がますます怒りに火をつける。あのバカ王はどこまで悠舜に寄りかかり、すり減らすつもりだ──。

「お前とは違《ちが》う‼」

「同じですよ。黎深……私は、戻《もど》ってくるのに十年もかかりました。主上にはそれだけの時間を差し上げることはできなくても、少しでも──」

悠舜が王を庇《かば》えば庇うほど、黎深はイライラした。悠舜にここまでいわせるほどの価値など、どこにもない。あるわけがない。そもそもあの小僧《こぞう》は──。

「お前はするべき仕事を丸ごと投げ出して行くようなことはしなかったはずだ！」

「……あなたがそれを言いますか？　吏部尚書《りぶしょうしょ》」

悠舜が真っ向から黎深を見据《みす》えた。

「私に仕事をして欲しいのか？」

黎深は悪びれなかった。黎深は別に逃げ出しているわけでも何でもない。する気がないからしないだけだ。それをやましいとも思わない。吏部の仕事は黎深にとって『するべき仕事』なんかではない。王も国もどうでもいい。優先順位など果てしなく低い。国試を受けたのは邵可のそばに留《とど》まる理由をつくるためでしかなかった。

それを承知で紅黎深という男を吏部尚書の地位に据《す》えた、先王と霄太師の責任だ。兄にしか執着《しゅうちゃく》のない黎深は、忠臣にもならないかわりに奸臣《かんしん》にもならない。吏部尚書の大権を利用して人事を操作することもない。今はそれが肝要《かんよう》だと、霄太師が黎深を選んだのだ。

が、今の黎深は仕事をしてもいい気になっていた。

「お前が宰相位を降りたら、今すぐ仕事してやる。それが条件だ」

悠舜に返せる答えは一つしかない。果てしのない堂々巡《どうどうめぐ》り。

察した黎深は最後の札を投げた。

「――あのハナタレがもう戻ってこなくてもか？」

「…………」

「戻ってきたとしても、どういう状態で戻ってくるかはわからん。九彩江はそういう場所だ」

「……そうらしいですね」

様々な伝承の残る神域・九彩江。縹家と藍家の直轄《ちょっかつ》地であり、禁忌《きんき》の地。

九彩江で何が起こっても、縹家と藍家は一切《いっさい》責めを負わない。たとえ王が不審《ふしん》死を遂《と》げたとしても、朝廷が追及《ついきゅう》することはできない。現に、今まで何人もの王や公子があの場所へ赴《おもむ》き、そのまま消息を絶つか精神をおかしくして帰ってきた。

今の時期、藍州に行くなら、必ずあそこにいくことになる。

帰ってこないなら、それでも仕方がない。悠舜の仕事は一つしかない。悠舜は手首から黎深の指を外した。

「戻ってくるもこないも、主上が決めることです。私は……ここで、待つだけです。黎深、あなたの指図は受けません。何度も言いますが、宰相位は絶対降りません」

黎深は乱暴に机案《つくえ》を打った。拍子《ひょうし》に水差しが跳《は》ね、床《ゆか》に落ちて砕《くだ》け散った。黎深は目もくれなかった。怒りで目の前が真っ赤になる。いつも――いつもいつもそうだ。兄でもないのに、絶対に自分のいうことをきかない。テコでも動かせない。

「宰相位を降りろといってるんだ！　いいか、私は変わらないといったはずだ。絶対変わらん。テコでも変わらん。マゴの手でも変わらん」

「わかってます。私も変わってほしいとはいわなかったはずです」

「なっ、なんでいわない。お前が変われといったら……」

悠舜は驚《おどろ》いた。

「変わってくれるんですか」

「……考える、くらいはしてもいい」

これには悠舜も感動した。まさかこんな言葉が聞けるとは思わなかった。が――。

それでは、だめなのだ。

「黎深、あなたの考えはわかりました。でも、いったでしょう。変わってほしいとは思っていないと。あなたが王家も王も嫌《きら》いなのは重々承知しておりますし、何より紅家当主です。絳攸殿《どの》より、遥《はる》かに窮屈《きゅうくつ》な立場のはずです。いざというとき紅家をとっても、それは仕方ないことです。私のことで迷わないでください。私もあなたのことで迷ったりしません。絳攸殿と違って、私はもう心を決めてあります。――宰相位は降りません」

黎深はカッとした。みるみるその日が冷淡《れいたん》になった。

「仕方ない……仕方ないだと？　お前にとってはその程度か」

「そうです」

「そうか。わかった。――よく、わかった」

黎深は言い捨て、出て行った。一瞥《いちべつ》もせず。

悠舜は杖《つえ》をついて、床に落ちた水差しの欠片《かけら》を拾い始めた。何個か集めた拍子に、破片《はへん》に指先を引っかけ、血が滲《にじ》む。悠舜は苦笑いした。我ながらかなり、動揺《どうよう》しているらしい。

黎深につかまれていた手首に、くっきりと赤く指の痕《あと》が残っている。

国政に無関心な黎深では、いつか必ず相容《あいい》れない日がくる。

黎深自身もわかっている。いざというとき王を選ぶことは決してない、と。

そして悠舜もまた、黎深のために変わることはできないのだ。

たとえ、黎深と断絶したとしても。


尚書令室を出た黎深を迎えたのは、いかにも適当な声だった。

「すごい愛情たっぷりな痴話喧嘩《ちわげんか》だったねぇ。誰《だれ》と誰が不倫《ふりん》してるのかと思った」

「凌晏樹……いつでもどこでもわいて出る男だな貴様は。今私の機嫌《きげん》は最凶《さいきょう》に悪い。強制的にこの世から抹消《まっしょう》するぞ」

「いいけど、困るのは悠舜だよ。ねえ紅尚書。僕は常々不思議に思ってたんだけど、もしかして君は悠舜の出自を知らないのかな？」

晏樹を無視して通り過ぎようとした黎深の足が止まった。

「……悠舜を呼び捨てにするな」

「知らないんだ。だからあんな厚顔無恥《こうがんむち》な態度をとれるわけだね」

黎深は晏樹に向き直った。

「……悠舜の出自はすべて抹消されていた。どうして貴様が知ってる」

「僕も皇毅も君が朝廷《ちょうてい》入りするより前からせっせと宮仕えしてるからね」

晏樹は珍《めずら》しくはっきり嘲《あざけ》りを浮《う》かべた。

「前からよく悠舜にあれだけ臆面《おくめん》もなく懐《なつ》けて結構スゴイなって思ってたんだけど、謎《なぞ》が解けたよ。知らなかったならね。むしろ何も言わず君を友人にした悠舜の心の広さに感服」

「……どういうことだ」

「どういうことかな～？　せっかく悠舜が隠《かく》してくれてることなんだから、あんまりつつかないほうがいいんじゃない。知ったらさすがの君も二度と悠舜と顔を合わせられなくなっちゃうかも。それにキッパリハッキリふられたんだし、今さらだし、知る必要ないと思うよ」

知らない方がいいといいつつ、意味深なことをいう。

――凌晏樹。人を煙《けむ》に巻《ま》いて操《あやつ》るのは天下一品だ。口が上手《うま》いだけの男なら三下だが、貴族派の領袖《りょうしゅう》・旺季の副官を務めながら、中立を保てるのはこの男以外には不可能だ。

『私もあなたのことで迷ったりしません』

黎深は問いつめたりはしなかった。尚書令室に背を向けた。

「――貴様の言う通りだな。もうどうでもいいことだ」

「そうだね。君はいつも自分中心の王様だから。さっき君が何かぶちまけたっぽい音、今《いま》頃《ごろ》悠舜が足を引きずって一人で片付けしるだろうってことも、どうでもいいんだよね～」

晏樹は冷笑した。

「じゃ、さよなら紅尚書」

黎深は応《こた》えなかったし、尚書令室を振り返りもしなかった。氷の長官と異名をとる冷徹《れいてつ》な表情が変わることもなかった。

黎深は変わらない。兄を利用し続けた王家に仕える日は一生こない。喜んで見捨ててやる。

――悠舜が自分を選ばないなら、黎深もまたその必要はなかった。

＊　　＊　　＊

生まれ故郷の懐かしい藍州の風を頬《ほお》に受けて、隼は目を細めた。

「……藍州か。久しぶりだな」

彼は、懐《ふところ》から漆黒《しっこく》の眼帯を取り出した。黒地に金糸の縁取《ふちど》りの眼帯。ずっと大切にとっておいたそれを、隼はおもむろに失った右目につけた。貴陽の牢獄《ろうごく》にいたときとは違《ちが》って、こざっぱりとした姿は、二十六という年相応に見えた。ただ額の死刑囚《しけいしゅう》の刺青《いれずみ》だけがそのままだった。隠そうともしない。

隼は一人きりの同行者を振り返った。

「大丈夫《だいじょうぶ》か？　珠翠」

「……なんとか」

珠翠は少し青ざめてはいたが、「珠翠」のままだった。

隼は内心感心していた。舟《ふね》も使ったとはいえ、人目を避《さ》けるため陸路はほぼ徒歩だった。かなりの速度で貴陽から藍州へきたのだが、ぴたりとついてきた。

さすが、元〝風の狼《おおかみ》〟だ。

紅秀麗の言葉でなぜか暗示が切れてから、「珠翠」としての意識を保っているものの、珠翠の眠《ねむ》りが日ごと、少しずつ長くなっていることに、隼は気づいていた。まるで、「珠翠」という存在が眠りのなかで徐々《じょじょ》に浸食《しんしょく》されていくかのように。

「……暗示、解く方法は本当にないのか？」

珠翠は首を横に振った。……あるわけがない。縹瑠花《るか》は、当代きっての術者だ。

今の珠翠は髪を一つにまとめ、木物の旅人と同じ身軽な格好をしていた。もちろん化《け》粧《しょう》もせず、髪飾《かみかざ》りひとつ挿《さ》していない。それでも美しさは変わらなかった。

「おかしなことをいうわね。暗示が解けない方があなたにとっても使い勝手がいいでしょう」

「馬鹿《ばか》言え。命令無視して勝手に喧嘩《けんか》ふっかけまくる配下なんてゴメンだね。それにオレは縹家の手下じゃないってのに、まったく顎《あご》で使ってくれるぜ。あんたを九彩江まで送れなんてな」

珠翠は顔を強張《こわば》らせた。

「九彩江……」

「あんたんちのご先祖とゆかりが深かったな」

昔、蒼玄王《そうげんおう》が妹の蒼遥姫《そうようき》とともに、その地で一〇八の妖《あやかし》を退治し、宝鏡に封《ふう》じ込めた。が、一〇八の妖の力に耐えきれず宝鏡は割れてしまった。そこで蒼遥姫が二胡《にこ》を奏《かな》でると、飛び散った鏡の欠片《かけら》は次々と湖になり、溢《あふ》れでようとする一〇八の妖をそれぞれの湖に封じこめた——。

その蒼玄王の妹・蒼遥姫が、初代縹家当主だ。

「九彩江に一〇八の湖沼《こしょう》があるのはそのせい、と。ホントかって」

縹家の神域指定を受けるゆえんである。他《ほか》にもこの九彩江には、数々の不思議な伝承《でんしょう》が残っている。実際、謎《なぞ》も多い。よほど強固な意志がないと、二度と出られない迷いの渓谷《けいこく》でもある。

隼はもとから藍州に行くつもりだった。楸瑛なら間違いなく帰還《きかん》する。その後の藍家の出方を見るためだ。ついでに縹家から『仕事』を押しつけられた時、隼は旅のどさくさを装《よそお》って珠翠を逃がしてやろうかと思っていたが、当の本人がくっついてきた。

「……あんたはどうして素直《すなお》についてきたんだ？」

「暗示がある限り、どこにいても同じだもの。瑠花様が私の九彩江行きを望んでいるなら、どうあってもそうなるわ。なら強制的に行かされるより、自分の意思で行くわ」

珠翠は前よりは晴れ晴れとしていた。事実、貴陽から遠く離《はな》れ、珠翠はホッとしていた。珠翠の暗示が発動しても、大切な人たちに刃《やいば》を向けることはない。この隼という男なら、珠翠をたやすくとりおさえられる。〝風の狼〟の中でも、これほどの使い手は滅多《めった》にいなかった。

川筋にでると、隼は岸にもやってあった小舟《こぶね》に乗り移り、器用にスイスイ操っていく。

珠翠は舟に揺《ゆ》られながら、長い長い間、使うことのなかった異能《いのう》〝千里眼〟をひらく。

貴陽ではよほどでない限り術が使えない。下手《へた》に使えば死ぬか発狂《はっきょう》すると言われる。珠
翠も思い切って使ってみたことがあるが、死にかけた。仙洞宮《せんとうきゅう》が安置され、妖が存在する
ことさえ許さない貴陽は、都自体が〝神域〟なのだ。いまだかつて一度たりとも遷都《せんと》をし
たことのない本当の理由は、そこにある。だが貴陽の外に出れば術は使える。

珠翠がおとなしく九彩江までできたのは、それが瑠花直々の指示と聞いたからだ。瑠花が
何を考えているのか、少しでも情報を得ておきたかった。

九彩江に『誰』がいるのか、見ようとしたときだった。

逆に、『目』と、ぶつかった。冷然《れいぜん》とした、氷のようなその『目』は――。

珠翠の全身から、ぶわりと汗《あせ》が吹《ふ》き出た。

(――まさか)

隼は珠翠の異変に気づいた。

舟《ふね》を止めようとした隼の手を、珠翠は押さえた。爪《つめ》のあとがつくほど強く。

「……言ったでしょう。どこに逃げても、同じなの。だから進んで……でも、お願い……」

珠翠は顔を歪《ゆが》めた。なんて、ことだろう――。

(『お母様』が、きてる——!!)

気づかれた。暗示が触手をのばし、ゾロリと珠翠をとらえる。

からみつくように、「珠翠」が奥へ引きずり込まれていく。

「お願い……もし、私が——……時は——」

コロシテ。

気力を振《ふ》り絞《しぼ》って囁《ささや》いたその瞬間《しゅんかん》、珠翠の表情《かお》から、「珠翠」が消えた。

第三章　九彩江

水の都と異名をとる藍州は縦横無尽《じゅうおうむじん》に水路が敷《し》かれ、移動手段はほとんど舟である。

とはいえ、楸瑛や十三姫をはじめ、多少なりと武を志す者は、馬術の鍛錬《たんれん》のため、あえて馬を使うことが多い。海戦には強いが陸に弱いと言われるのを何より嫌《きら》う。

が、今回ばかりは楸瑛は最短の移動手段をとった。陸路と航路を使い分け、龍神《りゅうじん》と異名をとる神速の藍家水軍を利用し、文字通り飛ぶように藍州へ帰還した。

楸瑛は藍州州都・玉龍《ぎょくりゅう》のさらに奥、人跡未踏《じんせきみとう》の高峰《こうほう》がつらなる臥竜山脈《がりゅうさんみゃく》に抱《いだ》かれるように存在する神秘の渓谷、九彩江をまっすぐ目指した。九彩江は河だけでなく、臥竜山脈を含む一帯の地名でもある。

夏でもとけることのない十二の雪山に囲まれ、そこを源泉として豊かな一〇八の湖沼群が点在する。地元の住民も滅多《めった》に最奥《さいおう》までは足を踏《ふ》み入れない。藍州にあっても州府の支配の及《およ》ばない縹家指定神域であり、昔からある小さな村々をのぞき、藍家の許可がなければ入ることのできない禁域だった。

藍家の総本山が、藍都・玉龍でなく、この九彩江にあると知る者は少ない。夏に藍家当主がこの九彩江に滞在《たいざい》するのも、一般には避暑《ひしょ》と思われているが、伝承によれば藍家が――当時はまだ八色《やくさ》の姓《かばね》になる前だが――藍州を預かるかわりに蒼玄王と交わした『盟約《めいやく》』といわれている。

楸瑛は九彩江の入り口まで来ると、舟からおり、単身峻厳《しゅんげん》な山を登っていった。楸瑛の体力をもってしても、館《やかた》のある場所まで辿《たど》り着くには丸二日かかる。むりをすれば一日で登れないこともないが、しばらく貴陽という平地にいたこともあり、高山病にかかる危険があった。体を慣れさせるためにも、焦《あせ》りを抑《おさ》えて二日の行程をとった。

楸瑛は黙々《もくもく》と山を登った。休憩《きゅうけい》したときに一度だけ、王が最後にくれた白い手巾《てぬぐい》と、珠翠に返せないままの扇《おうぎ》を取り出して、眺《なが》めた。貴陽をでる別れ際《ぎわ》の十三姫の苦しげな顔も思い浮《う》かんだ。

『……ごめんなさいお兄様』

兇手《きょうしゅ》として現れた司馬迅のことをいっているのだと知れた。十三姫が泣きそうな顔をする時、そこには必ず司馬迅の名が出てきた。右目を奪《うば》ってしまったこと、廃嫡《はいちゃく》されたこと。本当に私が迅と結婚《けっこん》してもいいのかなお兄様――……楸瑛と二人きりになると、時々十三姫は顔をくしゃくしゃにさせて不安そうに何度も楸瑛に訊《き》いた。どうして楸瑛兄様は、私を責めないの、とも。

『わ、私が兄様の大事な友達から、何もかも奪ったのに、なんでそんな優《やさ》しいの』

答えはあったけれど、答えられなかった。だからただ十三姫を抱《だ》きしめた。

……迅の身に起こったことは、何一つ十三姫のせいではなかった。

それでも十三姫が自分を責め、傷つくには充分《じゅうぶん》すぎる出来事だった。それを少しずつ乗り越えて、立ち直ろうとするたび、どうしてか不幸が起こる。

『お兄様……お兄様！　迅のせいじゃないの。私のせいなの!!』

――五年前の、妹の悲痛な声が、今でも耳にこびりついている。

迅と一緒《いっしょ》に育てた妹を、楸瑛は心から愛した。

……けれど十三姫を思うとき、思い浮かぶのはいつも泣きそうな顔だけだ。

ふと、楸瑛はすばやく周囲に警戒の視線を投げた。

楸瑛は立ち上がると、先を急いだ。

三日目の早朝には高地へ入っていた。

ここまで登ってくると、夏でも吐《は》く息が白くなるほど寒い。樹木や草花の相も変わった。

突如《とつじょ》、視界が開けた。一瞬、昊《そら》の中にいるのかと錯覚《さっかく》するほどの紺碧《こんぺき》が広がる。

九彩江の湖沼の中で、もっとも標高が高い場所に位置し、長大な面積を誇《ほこ》る湖・蒼湖《そうこ》――。

朝夕の凪《なぎ》の時間には、果てしない青海は天涯《てんがい》の宝鏡となる。小波《さざなみ》一つ立たないその湖は、いま、夏の昊と蒼湖を囲む山々をそのまま逆さにうつしていた。その向こうでは、臥竜山脈の一つ、万年雪をいただく白の高峰・竜眠山《りゅうみんざん》がすべてを阻《はば》むかのようにそびえたつ。

懐《なつ》かしい、雄大《ゆうだい》な景色の前にしばらく佇《たたず》んだあと、楸瑛は対岸にある藍本邸《ほんてい》へと足を向けた。

竜眠山の懐《ふところ》に小さく抱かれて立つ館は、州都にある表の本邸・湖海城《こかいじょう》どころか、貴陽の藍邸とさえ比《ひ》較《かく》にならないくらい質素だった。もとは九彩江を守る社《やしろ》だったという。毎年ちょこちょこ修繕《しゅうぜん》しながら使っているが、基礎《きそ》や骨組みなどは蒼玄王の時代のままだと言い伝えられている。それが事実かどうかはわからないが、頑丈《がんじょう》だけが取り柄《え》の古ぼけて小さい館なのは間違いなく、誰《だれ》もこんなところで藍家当主が夏を過ごすとは思わないだろう。

楸瑛はこの小さな館が好きだった。この館にいるときだけは、うるさい長老や親族の目から逃《のが》れて、家族水入らずで好き勝手に過ごすことができたから。

楸瑛は館の前に、末弟《まってい》の龍蓮を見留めた。まるで百年前からいたような顔で立っている。この鮮《あざ》やかな九彩江にいるときだけは、龍蓮の奇妙奇天烈《きみょうきてれつ》な格好も不思議ととけこんでいた。

「楸兄上、きたのか」

楸瑛は龍蓮がいても驚《おどろ》かなかった。この季節は龍蓮もよく九彩江に帰ってくる。

「ただいま龍蓮」

「ああ……お帰り、なさい」

ボソボソとした『お帰りなさい』に、楸瑛は目を丸くした。いつもは軽く頷くくらいなのだが——どうやら茶州で秀麗と影月にさんざん指導されて仕込まれたらしい。

一年でずいぶん人間ぽくなった龍蓮に、楸瑛は素直《すなお》に嬉《うれ》しさを感じた。

龍蓮はちらりと楸瑛の腰《こし》を見た。

「……〝花菖蒲〟の剣《けん》がないな」

「なんだ？　お前なら知ってるはずだ。返してきたからな」

『藍龍蓮』は特別な存在だ。歩く玉座《ぎょくざ》といってもいい。どこにいても、藍家当主と同等の情報が届くことになっている。それを龍蓮が利用したことはあまりないが、王都で起こったことのすべてを、龍蓮は既《すで》に知っているはずだった。

龍蓮は何か言いたげな顔をした。

（もしかして…………龍蓮なりに気を遣《つか》ったのか？）

落雷《らくらい》が直撃《ちょくげき》したような衝撃《しょうげき》だった。龍蓮が気を遣う!!　なんだそれは。

楸瑛は妙《みょう》な動悸《どうき》を感じた。三百年にいっぺんの珍事《ちんじ》だ。こうなったら他《ほか》に何が起こっても驚かない。というか他に何か起こったらどうしよう。九彩江名物、熊猫《パンダ》の大群に追っかけられるとか？

想像した楸瑛は思わず吹《ふ》きだした。

表情が乏《とぼ》しいものの、龍蓮がムッとしたのがわかった。

「いや、ごめん。心配をかけたのか。気を遣ってくれてありがとう。私は大丈夫《だいじょうぶ》だ」

笑ったら、気分が楽になった。

脇《わき》を通りすぎがてら、龍蓮の頭を軽く叩《たた》いた。

「──龍蓮、余計なことはするなよ。これは私の問題だ」

「……わかった。兄上がそういうのなら。ところで雪兄上《ゆき》に会いにきたのだな？」

「そうだが。今の時期ならもういるだろう？」

「雪兄上はいないぞ。玉華義姉上《ぎょくかあねうえ》ならいる」

楸瑛は足を止めた。微動《びどう》だにしなかった。

そのままぎくしゃくと体ごと返し、もときた道を引き返し始めた。

龍蓮がわっしと楸瑛の服の裾《すそ》を摑《つか》んだ。

「どこに行くのだ、愚兄《ぐけい》」

「二百年後に出直してくる。やっぱり今度の問題はお前が解決してくれ。任せたぞ弟！」

楸瑛自身、頭が真っ白で自分が何を口走ったのかよくわからない。

「前言撤回《てっかい》するとは情けないぞ愚兄!!　往生際《おうじょうぎわ》の悪い──それでも私の兄か！　いい加減覚悟《かくご》を決めたらどうだ。なんなら特別に即興《そっきょう》『ビンビンの曲』を吹いてやる」

「卑猥《ひわい》だぞ。それをいうなら勇気りんりんだろ。余計帰りたくさせてくれて心から礼を言うよ龍蓮。どうあっても帰る。槍《やり》が降ろうがコブタが降ろうがパンダが降ろうが何が何でも帰ってみせる」

「朝ご飯に、楸瑛さんの好きなものをたくさんつくったのに、帰ってしまうの？」

楸瑛は心臓が止まるかと思った。

「お帰りなさい、楸瑛さん。里帰りなさるのを、ずっと楽しみにしていたのよ」

この声に逆らうことはできなかった。楸瑛は声のほうを振《ふ》り返った。

何年ぶりかで目にした義姉は、昔と変わらない焼きたての玉子焼きみたいな笑顔《えがお》で、まるで昨日別れたばかりみたいに迎《むか》えてくれた。

「玉華義姉上……」

薄情《はくじょう》な龍蓮は「大自然が私の笛を呼んでいる」とかなんとか意味不明なことを言って、とっとと山の中にトンズラこいていった。このときほど楸瑛は弟に殺意を感じたことはなかった。

(あとで見てろ龍蓮。秀麗殿《どの》と影月くんにお前のあれやこれやを暴露《ばくろ》してやる——)

この館ではできるかぎり人を排《はい》し、家人《かじん》もごく少数だ。特に玉華が雪那《せつな》の妻となってからは、地元のおばちゃんが三日に一度、小遣《こづか》い稼《かせ》ぎで水仕事を手伝いにやってくるくらいだった。玉華は針仕事も山菜採りも台所仕事もするし、楸瑛たち兄弟は薪《まき》割り、水汲《く》み、家の修繕《しゅうぜん》などをする。

三人の兄は、あまり人と接することが好きではない。玉華はそれを察したのだろう。

(……そういえば合理的で行動的な人でもあったな……)

そばかすが増えるから外に出るなとお局様《つぼねさま》に小言をいわれても、「こんないいお天気なのに？　外に出るなというなら、もっと納得《なっとく》できる理由をちょうだいね」と窓から抜け出した。一緒にいた楸瑛も「護衛にきてね」と手を引っ張って、共犯にした。「そばかすは気になるけど、お日様のほうが好きだから仕方ないわ」そう屈託《くったく》なく笑った年上の少女に、楸瑛は恋《こい》をした。

漂《ただよ》ってくる炊《た》きたてのご飯のにおい、花瓶に活《い》けられた摘《つ》みたての花、森閑《しんかん》とした夏の朝の空気に、遠くで囀《さえず》る鳥の聲《こえ》――何もかも、子供の頃《ころ》にこの館《やかた》で過ごしたときのまま。

「楸瑛さん、朝ご飯ができましたよ。召《め》し上がってくださいな」

玉華が膳《ぜん》をもってきたとき、楸瑛は自分が何年もこの義姉に会っていなかったことが嘘《うそ》のような気がした。心臓はまだ少しドキドキしているが、思ったほどではない。

黄色い玉子焼きが皿の一つにちょこんとのっている。楸瑛は思わず訊《き》いた。

「甘いやつですか？　甘くないやつですか？」

「……甘いのです！　これだけは雪那さんがなんといおうと譲《ゆず》れません」

かつて雪那が「甘い玉子焼きなんか玉子焼きじゃない」などと言ったために勃発《ぼっぱつ》したという玉子焼き戦争。たかが玉子焼き、されど玉子焼き。玉華は頑として甘い玉子焼きを貫《つらぬ》いた。楸瑛は甘い玉子焼きがでるたびにはらはらしたものだ。いつもは優《やさ》しい長兄《ちょうけい》雪那がチラリと玉華に冷たい視線をやり、玉華が微笑《ほほえ》み返すその瞬間《しゅんかん》が何より怖《こわ》かった。

（……？　そういえば雪兄上は義姉上に甘いっていうより、むしろ結構本性《ほんしょう》を見せていたな）

「でも、雪那さんたちのお誕生日だけ、甘くない玉子焼きをつくることにしました」

「え？　そうなんですか？　どうして？」

「……雪那さんが『君が頑固に甘い玉子焼きをつくりつづけているから、何年も楸瑛が里帰りしないんだ』なんて嫌味《いやみ》をおっしゃるから……」

「は!?　な、なんですそれは!!」

インネンつけるにしてもあまりにも程度が低すぎる。

「昔から雪那さんはそうです。楸瑛さんには優しいのに、私にはすごく意地悪ですもの」

「ええ？　そ、そうでした……っけ？」

運命的な出会いをして、切っても切れない比翼連理《ひよくれんり》のごとく仲がいいはず——あれ？

（……あれ？）

「昔、楸瑛さん、私のこと『ふわふわの玉子焼きみたい』って褒《ほ》めてくれたことがあったでしょう？」

楸瑛は真っ赤になった。まさか覚えていたとは——。

「あ、でも、確か雪兄上も同じこと——」

「同じ言葉でも雪那さんはね、開口一番『今度の父の愛人はまた玉子焼きみたいに平凡《へいぼん》な女だな』って鼻で笑って仰《おつしや》ったの。嫌味です、嫌味。だから余計楸瑛さんの褒め言葉に慰《なぐさ》められました」

「——………」

運命の出会いがそれ――？

というか雪兄上、かなり最低ではないか。女性にかける言葉ではない。

楸瑛も滅多《めった》に見たことはないが、雪兄上は敵と見なせば豹変《ひょうへん》する。長兄の優しくたたえた笑みが一変する様はゾッとするほど怖い。

しかし出会い頭《がしら》から雪那が『本性』を全開にしていたとは思わなかった。

玉華は思いだしたようにぷりぷりしはじめた。

「もう私、頭にきて、こうなったら絶対雪那さんたちの新しいお義母《かあ》さんの一人として、息子《むすこ》たちのイジメに負けないようにしようと心に決めたのです。徹底抗戦《てっていこうせん》です」

楸瑛は飲んでいた冷茶を噴《ふ》き出しそうになった。あやうく鼻からも出そうになった。

想像するだに恐《おそ》ろしい絵図だ。第一、雪兄上相手に徹底抗戦の道を選ぶ義姉がすごい。すごすぎる。蒼玄王にもまさる英雄《えいゆう》がここにいる。

「……でも、結局は雪兄上の義母でなく、奥さんになったんですね？　義姉上」

自然に、その言葉が転がりでた。

玉華はちょっと悔《くや》しそうに、そばかすの浮《う》いた頰《ほお》を赤らめた。

「……そうなの。何だかよくわからないうちに雪那さんに丸め込まれて、こんなことになって。喧嘩《けんか》ばかりしていたのに、本当におかしいわ。特に楸瑛さんのことでやりあったものよ」

「え？　私のこと？　な、何か……？」

楸瑛は狼狽《ろうばい》した。夫婦仲に亀裂《きれつ》をいれるようなまずいことはさすがに――。

「あなたと一緒《いっしょ》にどこかへ出かけると、そのたびカンカンに怒って。楸瑛を君の毒牙《どくが》にかけるなとか、あちこち連れ回すなとか、行くならなぜ私に声をかけないとか。まったく！　一緒にいれば嫌味しか言わないのに、お花見に誘《さそ》われると思うほうがおかしいわ。楸瑛さんと一緒のほうが楽しいに決まってるのに。どうしてあんな人のお嫁《よめ》さんになったのかしら」

楸瑛は目を点にした。義姉はいまだに全然わかってないようだが――。

（……ゆ、雪兄上から嫉妬《しっと》されていたとは……）

あの冷静沈着《ちんちゃく》な雪那が、子供の楸瑛に嫉妬をして、しかもそれを直接言えずに遠回しに意味不明な言いがかりをつけて玉華を怒《おこ》らせていたのだ。

楸瑛はなんだかおかしくなった。

藍雪那を『普通《ふつう》の男』にしてしまえるのは、玉華しかいない。

「義姉上……幸せですか？」

義姉はちょっと笑って、内緒《ないしょ》ね、と唇《くちびる》に人差し指をあてた。

「雪那さんたちに聞かれると、絶対図に乗るもの。……幸せよ。楸瑛さんと龍蓮さんなら、お母さんになってもいいな、って思っていたけれど、お姉さんでも嬉《うれ》しいわ」

「いいえ」

楸瑛はこの時、果てがないと思っていた想《おも》いに、終わりがきたことを悟《さと》った。

それは、ずっと思い描《えが》いていたようなつらくて悲しいものではなかった。

「母でなく義姉上でよかった。雪兄上たちの奥さんになれるのは義姉上しかいませんから」

完璧《かんぺき》な長兄に及《およ》ばなかったからではない。楸瑛は負けたのだ。雪那は悪戦苦闘《あくせんくとう》をし、その末にようやく父にも玉華自身にも勝利し、運命を自分で引き寄せて妻にした。

それならいい、と思った。それなら仕方がない。心からそう思った。

玉華はにっこりと笑った。……玉華が楸瑛の気持ちに気づいているのかいないのか、楸瑛は今もわからない。わからないように接してくれた玉華に感謝した。だからこそ、楸瑛は何を失うこともなく、一つの箱にふたを閉めて、心の奥の棚《たな》にそっとしまうだけですんだ。

「楸瑛さん、大事な人ができたのかしら？」

「……え？」

「そんなお顔をなさってるもの。その扇《おうぎ》の女性かしら？」

玉華は手を伸《の》ばし、懐《ふところ》からスッと抜《ぬ》き取った。開けば、白檀《びゃくだん》の香《かお》りが漂《ただよ》った。

「素敵《すてき》な扇。きっとこの扇と同じくらい素敵な女性なのでしょうね」

「……とても。……いつも、怒らせてばかりですが」

楸瑛は目を伏《ふ》せた。……あの雪の後宮で出会ったときから、もう何年たつだろう。他《ほか》の男を想《おも》いつづけている珠翠を、楸瑛もまた目で追ってきた。

玉華を前にしているよりも、その扇を見ているほうが、今はずっと心が痛む。

その理由がなんなのか、楸瑛はもうわかっていた。どうしてこんなに穏《おだ》やかに、玉華への気持ちに終止符を打てたのかも。

「あらあら。それでは、これからたくさん頑張《がんば》らなくてはダメね」

「ええ。そのつもりです。だから帰ってきたんです」

はっきりと言い切った楸瑛に、迷いはなかった。

中途半端だったすべてのものは、王との仕合で残らず断《た》ち切ってきた。

玉華は微笑《ほほえ》んだ。たくましくなって帰ってきた義弟《おとうと》を嬉しく思う。やっぱり恋をすると違《ちが》うのね、と玉華はひそかにウキウキした。この時を雪那と一緒に待っていた甲斐《かい》があった。

「戦うために戻ってきたのね。桔梗《ききょう》の間を用意してあります。文《ふみ》で楸瑛さんが求めていた資料はすべてそろえてあります。朝ご飯を召《め》し上がったら、おこもりなさいな。他に必要なものがおありなら、ご遠慮《えんりょ》なく」

楸瑛は一つ聞いた。

「義姉上《あねうえ》、……縹家の社《やしろ》に誰《だれ》か巫女《みこ》でも入りましたか？」

この竜眠山の隣《となり》、宝鏡山《ほうきょうざん》に、ひっそりと縹家の鎮守《ちんじゅ》の社がある。約定でもあり、藍家が管理をしているが、巫女は常駐《じょうちゅう》していない。普段《ふだん》なら。

「そうなの。しばらくご滞在《たいざい》なさるみたい。かなりご身分の高いかたのようだわ。雪那さんがいらっしゃらないのも、ご挨拶《あいさつ》に行っているからなのよ」

「兄上がじきじきに？」

それが意味することは一つ。縹家の当主、あるいはそれに比する人物がきているのだ。

以前にも、縹家が不可解な動きをしたことが二回ある。朝賀の時と、茶州の疫病《えきびょう》の時。

そして三回目。

楸瑛は考え込んだ。

縹家が本格的に蠢《うごめ》き始めている。藍楸瑛《じぶん》の帰還《きかん》と同時に宝鏡山に巫女が入ったのが偶然《ぐうぜん》であるはずがない。藍家の動きを探《さぐ》る一手と見ていいだろう。しかもこの手際《てぎわ》の良さ。兵部侍郎《へいぶじろう》暗殺の件からすぐ、九彩江に巫女を派遣したのでなければ、この速さはありえない。珠翠の件といい、縹家は兵部侍郎暗殺にも関《かか》わっていたということだ。

追いかけてこい、と迅は言った。『司馬迅』が動いたことで、楸瑛にも御史台《ぎょしだい》の手が伸《の》び、罷免《ひめん》される前に藍州に帰るハメになった。

「……雪兄上から、私宛《あて》に何か伝言はありますか？」

「頂いております。『会う気はない』と」

予想していた答えだった。

——三つ子当主は公然の事実になっているが、正式には藍家当主は藍雪那一人だ。

かつて次期藍家当主を決めるとき、前当主の父は長兄《ちょうけい》『藍雪那』を指名した。

残りの二人は、それをもって殺されることが決まっていた。三つ子は不吉《ふきつ》だという因習を信じる親族たちの根強い反発があったからだ。それまでのらくらと三つ子を全員生かして育てていた父は、三人に告げた。長兄『藍雪那』だけは生かそう、誰が『藍雪那』になるか自分たちで決めよ、と。――兄たちが選んだのは三人共に『藍雪那』になることだった。

両親が三人の兄を見分けているのかはわからない。けれど親族の誰一人として、誰が『藍雪那』なのか、見分けることができなかった。そして父の裁定が下った。

『見分けることができぬなら、全員「藍雪那」と見なすほかないな。「藍雪那」が当主だ。こたびの当主は三人並立とする』

ただし――と父はつづけた。もし見分けられる日がきたら、「藍雪那」以外の二人は約束通り死ななければならない。それが嫌《いや》なら、一生かけて欺《あざむ》いてみせよ、と。

『藍家当主』は楸瑛に会わないといってきた。が。

「――待ちます」

藍家当主に会って話をするために、楸瑛は帰ってきたのだ。ひくわけにはいかなかった。玉華は三人がどんなに楸瑛を可愛《かわい》がっているか、よく知っている。それでも、甘くはない。

「義姉上、貴陽から入る全情報を常時私に回してください。特に紅秀麗と、王に関する」

「かしこまりました」

玉華がこの邸《やしき》に一人だけ残っていたのは『中立』だからだ。玉華は兄と楸瑛、どちらの味方にもならない。欲しい情報はくれるが、かわりに楸瑛が求めない情報を自ら差し出すこともない。――楸瑛が何か見落とせば、見落としたままになる、ということだ。だからこそ、縹家の社に「誰か」が入ったことも、楸瑛が訊《き》くまで話さなかった。

兄たちと楸瑛の戦いは、もう始まっている。

それでも、義姉はこっそり応援《おうえん》してくれた。

「……雪那さんたちは、とっても手強《てごわ》いわ。お頑張りなさいな」

ちょっぴりの贔屓《ひいき》が、楸瑛はとても嬉《うれ》しかった。

＊　＊　＊

蘇芳にとって、藍州行きは最低の旅だった。

「うげぇえええ〜〜……」

舟《ふね》に乗ってまもなく、蘇芳は舟縁《ふなべり》から離《はな》れられなくなった。

秀麗はオロオロした。

「た、タンタン、大丈夫《だいじょうぶ》？」

「……なよーに見えるわけ」

「うーん、今にも死にそうに見えるわ」

「つか今すぐ死にてーんだけど。なんであんたらはケロケロしてんだよ……」

燕青も秀麗も船酔《ふなよ》いとは無縁《むえん》のけろっとした顔をしていた。

「俺はみっちり平衡《へいこう》感覚仕込まれてるからかなぁ。どんなに揺《ゆ》れても気になんないけど。それに多分これってあんま揺れてねーほうだぜ。運良く腕のいい船頭に当たったって客が言ってたし」

「うそ!?　これでかよ!?」

波で舟が揺れて他の客がコロコロ毬《まり》のように転がっているときも、燕青は涼《すず》しい顔で小《こ》揺るぎもしない。燕青は物珍《ものめずら》しそうにへばっているタンタンをつついた。

「これが名物・船酔いかぁ。いい経験してんじゃんタンタン！」

「面白《おもしろ》がんなよ！　てかさ、なんでその女はへーぜんとしてるわけ。舟にのんの、初めてなんだろ？　実は武術の達人かよ」

「んなわけないでしょ。単なる体質じゃないの」

「酒もマジで底なしだったし。あんたほんと人間かよ……。いてぇ！」

蘇芳の顔面に突進したのは、クロだった。

秀麗は慌《あわ》ててクロを蘇芳の顔から引きはがした。

「こ、こらクロ！　だめでしょう、瀕死《ひんし》のタンタンをあんまりいじめないの。かわいそうな人には優《やさ》しくしないと」

「……あんたのほーがよっぽどひでーよ……」

クロはぷりぷりしたように毛を逆立てていた。いったい何がクロを怒《おこ》らせたのか。謎《なぞ》だ。

秀麗はオゲロンオゲロンしている蘇芳を見た。冗談《じょうだん》でなく本当につらそうだ。

「影月くんがいたら特効薬《とっこうやく》つくってくれそうなのに……。何とかならないかしら。ご飯だって全然食べてないし……藍州につく前に本当に死んじゃうわよ。陸路にしようかしら」

秀麗も薬の調合の知識はいくらかあるが、さすがに船酔いの薬は知らない。

「陸路にしたら三倍かかるぜ。んじゃ、ここで俺の頼《たよ》りがいのあるところを見せるかな！」

「え？　なんとかできるの⁉」

「マカセロ！」

燕青は最高の笑顔《えがお》でキラーンと白い歯を輝《かがや》かせた。

——そして、問答無用で蘇芳を殴《なぐ》り飛ばして失神させた。

「ぐぼぁぉ……っ」

秀麗はその瞬間《しゅんかん》、蘇芳の目から悲しげな涙《なみだ》が飛び散ったのを確かに見た。

「吐《は》いてるより寝《ね》てる方がマシだろ！　体力も温存できるから、ちょっとのメシでも生きられるぜ。名づけて冬のクマさん戦法！　頼りがいあるだろ？　完璧《かんぺき》な解決法だよな！」

「え、燕青………」

秀麗は心からここに影月がいたらと思わずにはいられなかった。なくしてわかる、影月くんのありがたみ。本当に何か考えないとタンタンが死んでしまう——。

「ただでさえ私と会ってからろくなことがないってしょっちゅうぶつくさ言われてるのに、これじゃますます反論できないじゃないのー！」

「ぶははは！　それ姫《ひめ》さんのせいっつーか絶対静蘭のせいじゃねぇの。まあまあ、若いときの不幸は買ってでもしろっつーじゃん」

「そりゃ苦労でしょ!!　不幸なんて買ってどーすんのよ！」

かわいそうな蘇芳に外套《がいとう》をかけてやりながら、秀麗は燕青が気絶させたのもあながち悪くはない選択《せんたく》だったかもと思い直した。蘇芳は夜もほとんど眠《ねむ》れていないみたいだったし――。


（何かいい方法ないかしら）

考えながら振《ふ》り返ると、燕青とクロが見つめ合っていた。

じりじりとクロがあとじさる。なんだかクロのほうが敗色濃厚《のうこう》だ。

「燕青、クロいじめないの。唯一《ゆいいつ》の旅の慰《なぐさ》めなんだから。ほら、おいでおいで」

秀麗が手を差し伸《の》べると、クロはいそいそと秀麗の掌《てのひら》に転がり寄った。

「唯一って、俺とタンタン君はナニ。慰めにならんのか」

「次にナニしでかすかわかんないんだもの。タンタンは常に死にそうだわ、大人《おとな》しく寝てるかと思えばぼったくり商人にカモられてあやしい酔《よ》い止め薬を買いそうになるわ、ちょっと波がくれば船縁《ふなべり》から落っこちて川底でドザエモンになりかけてるわ……燕青は燕青で予算以上のご飯たらふく食べて気づけばお金も底をつきかけてるし、かと思えば魚釣《つ》って勝手に甲板《かんぱん》で焼いて死ぬほど船頭さんに怒《おこ》られるし、あちこち好奇心《こうきしん》でいじって舟のモノ壊《こわ》して借金増やすわ、ヒゲも剃《そ》んないし、全然慰めになりません」

「ううっっ。姫さんヒドイ！　ヒゲ関係ねーし！」

秀麗はよしよしとクロを撫《な》でた。

「あのさー姫さん、そいつのことなんだけど」

「なに？」

「……うーん、まあいいや」

燕青にはどうしてもそれが『あるモノ』に見えて仕方ないのだが、秀麗が気にしてないならいいのだろう。

「しっかしタンタン、舫《もや》っといたほうがよくねぇ？　また落っこちるぞ」

「そうよね……またどんぶらこと川に流れたら燕青、拾うの大変だものね」

と言った瞬間、どんぶらこと音がした。川に何か白いモノが沈《しず》んでいく。

秀麗は飛び上がった。

「またタンタン!?」

「にしちゃー、音が小さいな」

川をのぞきこんだ燕青は、仰天《ぎょうてん》した。

「もったいねー！　なんで饅頭《まんじゅう》流してんだよ！　俺が食う！　今すぐ飛び込む！」

「バカやめなさい燕青っ」

見れば本当に饅頭だった。しかも大きい。次々どんぶらこっこと流れていく。

（なな、なんでお饅頭が！　あっ、いやー！　おいしそうなのになんてもったいないー!!）

精霊流《しょうろうなが》しならわかるが、饅頭流しなんて聞いたこともない。

「なんでお饅頭流してるのー!?」

そのとき、舟《ふね》がひときわ大きく揺《ゆ》れた。転倒《てんとう》しかけた秀麗を、燕青が助けた。あちこちで「わー」という悲鳴があがり、舟の中を船客がコロコロ転がる。幸い、落ちた人はいないらしい。タンタンも無事だ。凄《すご》い音がしたから頭にたんこぶができたかもしれないが。

するると、近くにいた客が親切に教えてくれた。

「ここは昔から舟の難所で、よく人が死んだんだ。ちょっと前までは、川を鎮《しず》めるために犯罪者や女子供を人柱にして河の神――河伯《かはく》に祈《いの》ってたんだが」

秀麗の顔色が変わった。……茶州で奇病を鎮めるために秀麗を人身御供《ひとみごくう》にしようとしたのと同じだった。

「数十年前、乗りあわせた一人の監察御史《かんさつぎょし》が『人を生贄《いけにえ》にするなど馬鹿《ばか》馬鹿しい。饅頭で充分《じゅうぶん》だ』ってそのとき食べていた饅頭を放《ほう》り込んだら、みるみる波がおさまった。それからここらへんじゃ、生贄をやめて人形《ひとがた》の饅頭を流すことにしたんだ」

燕青は口笛を吹《ふ》いた。

「やるじゃんその監察御史。粋《いき》なやつだなー」

秀麗は旅人に尋ねた。

「あの……その人の名前って知ってますか？」

「うーん……そこまでは知らないねぇ」

急に水夫《かこ》たちの様子が慌《あわ》ただしくなった。

燕青が視線を前方に投げた。

「うおっと。あれがもう一つの名物〝水の貴族〟ってやつか。難所狙《ねら》ってきやがったか」

「え？　なにそれ。偉《えら》い人？　挨拶《あいさつ》したほうがいい？」

燕青はゲラゲラ笑いだした。

「そんな暇《ひま》ないと思うぜ。水の貴族ってのはわっかりやすくゆーとな――」

＊　＊　＊

「つまり賊《ぞく》よ賊。山は山賊、海は海賊、湖は湖賊。ハイ十三姫豆知識でしたー」

劉輝は船縁をつかみながら、悲鳴を上げた。なんでこんなときに！

「ここは川だぞ！　山でも海でも湖でもないっ」

「水賊。いーからあなたは寝《ね》てなさいっ!!　私がなんとかするから!!」

「冗談《じょうだん》じゃない！　余も――」

「田んぼのカエル大合唱みたいにゲロゲロやってる男が何いってんの!!　よろよろ盆踊《ぼんおど》り踊って川に落ちてドザエモンになるのが関の山よ。――って言ってるでしょ寝てろバカモノ!!」

とにかく起きようとした劉輝を一喝《いっかつ》して脳天に肘鉄《ひじてつ》を叩《たた》き込む。劉輝は冗談でなく、目の前に星が飛び散るのが見えた。一切《いっさい》手加減なしだ。

（ほ、本当に楸瑛の妹かー!?）

最後なんか姫どころか宋将軍のシゴキを思いださせる大喝だった。

「いい、今からもっと揺れるんだから。しっかりつかまってなさいよ。なめんじゃないわよ」

船酔《ふなよ》いでへろへろな劉輝の顔に、冷たいおしぼりを叩きつける。

「邵可様、今から私が舟の指揮をとります。しっかりつかまっててください！」

邵可は従った。名将と名高い司馬龍仕込みの腕《うで》なら心配ない。水賊が乗り込んでくる前に、とっとと逃《に》げ切れるはずだった。邵可の出番はない。勿論《もちろん》〝黒狼〟の出番も。

「お願いするよ。私は主上をつかまえておくから」

それからあとは、劉輝の記憶《きおく》にない。突如《とつじょ》、船足が一気に加速したのだけはかろうじてわかった。立つどころか、舟から振り落とされないのが精一杯《せいいっぱい》だった。何度か舟がぶつかるような激しい衝撃《しょうげき》があり、体が上下左右に毬《まり》のように跳《は》ねた。まるで胃の腑《ふ》がひっくり返るような大揺《おおゆ》れで、最後、舟守《ふなもり》や水賊たちの怒号《どごう》が微《かす》かに聞こえた。


……劉輝が波の音で目を覚ますと、甲板《かんぱん》に仰《あお》向けに寝っ転がっていた。もうとっぷり夜になっていて、天涯《てんがい》の星くずが今にも雨になって降ってきそうに一面瞬《またた》いていた。十三姫に肘鉄《く》を食らったときの光景だ、と思って、劉輝は少し、笑った。

時折聞こえる小さな櫂《かい》の音と、寄せては返す波の音……。

ここには誰《だれ》もいない。劉輝が王であることを知る者も十三姫と邵可だけで、その二人も今はいない。船酔いしてひっくり返ろうが、情けなく気絶しようが、泣こうが喚《わめ》こうが、劉輝を咎《とが》める者などいない。劉輝を見定める者も、……失望する者も、呆《あき》れる者もいない。

『余は別に何も間違《まちが》っていない』

そんな風に自分に言い聞かせながら、足早に貴陽を出た。貴陽を離《はな》れれば薄《うす》れると思っていた焦燥《しょうそう》は消えるどころか、劉輝の心をしめつける。

大事な何かを、置いてけぼりにしてきてしまった。そんな気がしてならなかった。

心のあわだちが、やまない。奥深く、小さな泡沫《あわ》が次から次へと浮かび、劉輝の胸をざわつかせる。陸に上がった魚のように、うまく息もできない。

今まで、劉輝は貴陽を出たことはなかった。初めての長い旅は驚《おどろ》きの連続だった。同行する邵可も十三姫も世界中を旅してきたかのように物知りで、時間の許す限り劉輝を引っ張り回して多くのことを教えてくれた。それはまるで、秀麗が後宮にきたときのようだった。

邵可は驚くほど旅慣れていた。父茶《ちちちゃ》だけは相変わらずの味だったが、十三姫以上に地理も風土も、各地の情報や食べものにも精通していた。本当に若い頃《ころ》はあちこち回っていたらしい。船酔いも全然しない。いちばん頼《たよ》りになった。

でも、劉輝は出立してから一度だって心の底から笑うことができなかった。もやもやとした感情が、ずっと切れっ端《ぱし》のように心の隅《すみ》に引っかかっていた。

『王としてか、紫劉輝としてか』

リオウの問いに答えられなかったこと。

『……わかった、行ってこいよ』

あきらめたようなリオウの溜息《ためいき》が、耳にこびりついて離れない。

（ここでは王である必要も、責務も仕事もない）

この夜が過ぎても、また次の夜が明けても、山のような執務《しつむ》に追われて過ごすこともない。うーさまに「嫁《よめ》〜」と追っかけられることも、旺季に批判されることも、絳攸や楸瑛に怒鳴《どな》られることもない。下した判断に不安になることも、何かが間違っていても怒《おこ》られることもない。

今の劉輝は自由なはずだった。すべてから解放されたはずだった。

なのに、城にいたとき以上に劉輝は苦しかった。

苦しくて苦しくて苦しい。

「起きた？　具合は——」

劉輝をのぞきこんできた顔が、秀麗と重なって見えた。

（でも、秀麗ではない）

秀麗のような顔をした少女は、劉輝を見て、はっとしたような表情をした。

オタオタとうろたえる素振《そぶ》りを見せたあと、寝っ転がる劉輝の傍《そば》に膝《ひざ》を抱《かか》えて座った。

もう一人の、秀麗の幻影はちょっと笑って踵《きびす》を返した。途端《とたん》、横顔が厳しい官吏のものに変貌《へんぼう》する。そして劉輝を置いて、眼差《まなざ》しの先を目指して進んでいく。

追いかけようとしても、身じろぎ一つできなかった。手足を縛《しば》られているように、動くことができない。秀麗の先にいるのは、自分のはずなのに、どうして背中を見ているのだろう。

体が、ずぶずぶと底なし沼《ぬま》に沈《しず》んでいくかのように重かった。

秀麗は振り返った。そしてまっすぐ指さした。朝廷《ちょうてい》——貴陽の方角を。

（ああ……）

この時になって、劉輝は自分が涙《なみだ》を流していることに気がついた。

（……本当は、わかってた）

星の仙女《せんにょ》が無造作《むぞうさ》にばらまいたような星々の光が、目に沁《し》みて、歪《ゆが》んでいた。

十三姫がそろそろと手を伸《の》ばし、劉輝の顔を見ないように、頭を撫《な》でてくれた。

「……劉輝様」

邵可が、静かに劉輝の隣《となり》に立った。ひとこと、そっと呟《つぶや》いた。

「逃げるのは、苦しいでしょう」

いっそう、涙があふれた。あふれて、止まらなかった。

邵可は最初からわかっていたのだ。わかっていて、黙《だま》って付き合ってくれた。

顔を覆《おお》い、両手でぬぐってもぬぐっても止まらなかった。

くしゃくしゃに顔を歪めた。喉《のど》の奥で嗚咽《おえつ》が漏《も》れた。

「……るしい」

必死で振《ふ》り絞《しぼ》った声は、かすれて弱々しくほとんど聞こえないくらい小さかった。

『余は別に何も間違っていない』

間違っているから、そう言い聞かせなくてはならなかった。

しなくていい山のような仕事は、今誰がやっているのだろう。

（悠舜）

『いってらっしゃいませ、我が君。どうぞご無事で……』

あの言葉に答えることもできずに、微行《おしのび》だからと逃《に》げるように出てきた。

こんな自分を兄に知られたくなかったから、最後まで静蘭に同行を頼めなかった。

かつては兄・清苑公子を、そして今また、楸瑛を言い訳にして、何もかも中途半端《ちゅうとはんぱ》なまま、するべき仕事を丸ごと投げ出して、こんなところにいる。

置いてけぼりにしてしまった大事なもの。

——自分は逃げ出したのだ。

絶対に逃げてはいけなかったものから。

だから、こんなに苦しくて苦しくて苦しい。

秀麗はどんなときも逃げなかった。困難があっても敢然《かんぜん》と立ち向かった。きっと今この瞬間《しゅんかん》も。

秀麗が指さした朝廷で、昨日も今日も明日もあさっても、誰《だれ》もが、それぞれ自らの負う責任を果たしている。どんなにつらくても、怒鳴られても否定されても批判されても、自分で選んだ仕事じゃなくても、好きな仕事なんかじゃなくても、愚痴《ぐち》を言って弱音を吐《は》いて、それでもちゃんとやっている。

初めて、劉輝は二年前にしでかしたことがどんなに愚《おろ》かだったかを思い知った。半月足らずで、すでにこんなに罪悪感で押し潰されそうなのに、どうしてあのときの自分は、半年——いや、それ以上の年月を、何もしないことに何も感じないまま、過ごしていられたのだろう。自分はあの時から何一つ変わっていない。

『……わかった、行ってこいよ』

おそらくはあの場の全員が、心の中でリオウと同じ溜息をついていたに違いなかった。みんな、わかっていた。わかっていて、誰一人劉輝を止めなかった。

すべての責任を投げ出して、逃げることに、怒りもしなかった。ただ無言であきらめた。

なんと情けない——それが——。

劉輝は歯を食いしばった。

(それが王と、いえるのか⁉)

悠舜がきたから、何かが変わったわけではない。

劉輝は玉座を楯《たて》に自分に都合のいいことしかやってこなかっただけだ。絳攸と楸瑛の言葉だけを頼《たの》みにして、今まで大官たちが劉輝の独断についていただろう溜息の数々に、気づこうともしなかった。二人がいなくなって、強制的に紗《しゃ》が剝《は》がれ落ちた。

そして劉輝はひとりぼっちの王様なことに気づいてしまったのだ。

『何があっても傍《そば》にいます。私と――お嬢様《じょうさま》だけは、必ず』

劉輝自身が、その言葉に値《あたい》しない王だということに気づいてしまった。

支えてくれた静蘭も、悠舜も置いてけぼりにして。

今、はっきりわかる。

(私は王ではない……)

何一つ王ではなかった。

それを認めることが嫌《いや》で、逃げ出したのだ。

そしてそれがわかった今でさえ、劉輝は帰れなかった。

逃げれば逃げるほど戻《もど》れなくなるとわかっていても、どうしても帰ることができなかった。

劉輝は王でいることがつらかった。あの場所に一人でいることが苦しかった。

どんどん期待に応《こた》えることができなくなっていく自分を、これ以上見ていたくなかった。

子供のように泣きながら眠《ねむ》った王を、十三姫は膝《ひざ》を抱《かか》えながら見つめた。

こんなところでしか、泣けない。王都から遠く、大河に頼《たよ》りなく揺《ゆ》れる、孤舟《こぶね》の中。

ここまでこなければ、王は泣けない。

それはなんて寂《さび》しいのだろうと、十三姫は思った。

(あたしは――いたわ。楸瑛兄様も、龍おじいさまとおばあさまも、……迅、も)

でも、この王は違《ちが》う。

「……ひとりぼっちなのね」

「……二年、よく頑張《がんば》ったと思います」

疲《つか》れ果てたような劉輝の泣き顔が、邵可には痛々しかった。

王になって欲しいと彼に即位《そくい》を願ったのは、他《ほか》ならぬ邵可だった。

「うん……」

どうして楸瑛が十三姫を王のそばに置いていったのか――。

王のこの姿を見れば、わかる。

「……もう、限界なのね……王様」

一人きりで玉座に座るには――そこは、あまりに冷たく寂しすぎるのだろう。

だから、王には帰る場所が……どこまでも共に寄り添《そ》う妻が必要なのだと。

それは楸瑛兄様や李侍郎《じろう》や清苑公子でも不可能なこと。

「必要なのは、あったかい家族、なのね」

迅と自分を思いだす。

……幸せだった。ずっとずっと一緒《いっしょ》に生きたかった。世界でいちばん愛してた。でも、だめだった。それはどちらが悪いというわけでもなく、ただどうしても一緒にはいられなかった。

どうしてかわからないけれど、一緒にいれば十三姫は迅を不幸にすることしかできなくて。

……王と秀麗も、もしかしたらそういう巡《めぐ》り合わせなのかもしれない。

秀麗が意地を張っているわけではないことを、十三姫は知っている。藍家の情報もあったし、自分でもそれとなく女官に確かめた。……秀麗の判断は正しい。

秀麗を妃《きさき》にしても、王が思っていたほど、きっと幸せにはなれないだろう。

彼は秀麗を妃にしたことを後悔《こうかい》さえするかもしれない。秀麗はそれをわかっているのだ。

（……愛だけじゃ、どうにもならないこともあるわ）

迅と離《はな》れて、十三姫は悲しむよりも、……ホッとした。

もう、迅を不幸にしなくてすむ。迅のことだから、きっとどっかで勝手に幸せになる。

自分も、どこかで幸せを摑《つか》もう。迅がすべてと引き替《か》えに助けてくれた命だから。

もし、世界でいちばん好きな人が別にいても構わないといってくれる、奇特《きとく》な人がいたら、その人と一緒に生きることも、できるかもしれない――。

だから、十三姫は王との縁談《えんだん》を、むしろうまくいくかもしれないと思って受けた。

劉輝の泣き顔は、十三姫の心を揺《ゆ》すぶった。

わかっている。自分とこの王は似たもの同士で、一緒にいても傷をなめ合うだけでしかない。十三姫のいちばんも変わらず、王のいちばんも変わらない。もしかしたら一生。

でも傷をなめ合って、癒《い》やすことはできる。恋《こい》をしなくても互《たが》いを理解し、支え合い、信頼《しんらい》と友情に似た愛情で、あたたかい家族をつくることもできるだろう。もともと十三姫はその努力をするつもりできたし、実際会ってみてもそう悪くはないと思う。

（迅より美形だし――でもあたし美形キライじゃなかったっけ――えっと迅よりやさしーし、迅より強…くはないか。でも迅よりバカ…かもしれないけどえーと――）

互いにこうして心の中でぶつぶつ言い聞かせながら、相手のいいところを一つ一つ見つけて。寂しさを埋め合って……。何もかも欲しいと欲張らなければ、……幸せになれると思う。

王と秀麗が何もかもうまく行く道は、時間をかければなんとかなるかもしれない。

でもそれを待つ心の余裕が、王には多分、もうないのだ。

そのくらい、今の王はひとりぼっちで、切々と振り絞られた涙は、十三姫さえ悲しくさせた。

そばにいてあげたいなと、思うくらいには。

（……一つだけ、あるけど。秀麗ちゃんと幸せになる方法）

ひどく単純なこと。

劉輝が誰《だれ》かに玉座を譲《ゆず》って、王であることをやめればいい。

＊　＊　＊

なぜだか秀麗は劉輝に呼ばれたような気がして、二胡《にこ》を弾《ひ》く手を止めた。

……泣いているように聞こえた。

舟は岸辺に停泊《ていはく》していて、遠くに航行する夜舟の火が一つ。川風に耳をすましても、もう声は聞こえなかった。

以前、府庫《ふこ》で劉輝とリオウと三人で桃《もも》を食べたときを思い出す。

父様が言っていたことがある。劉輝が府庫にくるのは、……孤独《こどく》な時だと。

だから、劉輝にご飯をつくって一緒に食べようと思った。

けれどもはやそんなものでは駄目《だめ》だったのかもしれない。十三姫以外、近しい人を連れていかず、誰にも——秀麗にも何も言わず、城を出て行った劉輝。

劉輝が今、何を思っているかはわからない。でも、秀麗は迎《むか》えに行く。

(さびしんぼだから、誰も迎えに行かないとますます落ちこむに決まってるもの)

秀麗は曲を変え、静かに『薔薇姫《ばらひめ》』を弾き始めた。

一度曲が止まったときはどうかしたかと思ったが、すぐ別の曲が流れはじめた。

蘇芳は秀麗から離れた艫《とも》で、燕青に傷の手当てをしてもらっていた。

「久しぶりだなー。姫《ひめ》さんの二胡。はっはっは、タンコブの痛みなんか忘れるだろ⁉」

「……んなわけあるか！」

なんかうるせーと思って目覚めた瞬間《しゅんかん》、そこは戦場だった――というほどひどくなかったが、なぜか水賊《すいぞく》と大乱闘《だいらんとう》になっていた。まごつく間もなく蘇芳の上に、燕青が棍《こん》でぶっ飛ばした水賊が降ってきて頭をぶつけ合い、再び気絶した。伸《の》びた蘇芳がまたまた目覚めたら、打ち身すり傷青アザたんこぶ他モロモロで全身ズタボロだった。

秀麗と違ってそのまま放《ほう》っとかれ、あちこち踏《ふ》まれたり踏まれたり転がされたり、喧嘩《けんか》のとばっちりを食ったのは明らかであった。

ちなみに蘇芳以外は全員無傷でピンシャンしていた。

（……俺ってもしかして今年人生最凶《さいきょう》の厄年《やくどし》とかじゃねぇ？）

今年に入ってからこのツイてなさはどうだ。ありえねー。

「悪い。他助けるのに精一杯《せいいっぱい》でさー。舟《ふね》の上で喧嘩すんのはじめてで、勝手がつかめなくてな。時間くった。ほんと悪かった。俺の手当てはすげー効くから、それで許せ」

燕青は渋《しぶ》い顔をしていた。本当に悪かったと思っているらしい。

（……あのタケノコ家人より遥《はる》かにいいやつじゃん）

あいつがべた褒《ぼ》めするなら同じ人種かと思っていたので、蘇芳は結構感動モノだった。

ざざ、と闇《やみ》のなかで波の音がする。蘇芳は満天の星の下で溜息《ためいき》をついた。

（あー……もう俺、なんかどこでも生きてけそーな気がしてきたよ……）

秀麗と会ってから半年も経《た》っていないというのに、人生経験値が一気に三倍くらい跳《は》ね上がったように思う。気づけば何が起こってもたいして動じなくなっている。

まるで「まあいーや」ですませてきた年月を、一気に取り戻《もど》すかのような日々だった。

風に乗って秀麗の二胡が聞こえてくる。

蘇芳は湿布《しっぷ》を貼《は》ってくれている燕青に言った。

「……あのさー、あんたさー」

「んー」

「なんのために俺がついてきたか、知ってるよな。多分」

燕青は視線をあげた。蘇芳の顔を見つめる。

おもむろに燕青は蘇芳の額にデコピンを食《く》らわせた。

「いってー！」

「……なータンタン。俺が姫さんと初めて会ったとき、ものすげー感情豊かで怒《おこ》ってるときも元気で明るい娘《むすめ》さんだったわけ。でも茶州にいるときは、いっつも眉間《みけん》に皺《しわ》よせててさ」

官吏になった秀麗は、身を削《けず》って、何もかも完璧《かんぺき》にやろうとした。ワガママもいわず、一人で抱《かか》え込み、自分が泣きそうな顔をしていることにも気づかずに。燕青も静蘭も、わかっていてもどうしようもできなかった。ただ、秀麗の望むことを、望む形でかなえてやることしかできなかった。

それは、秀麗に無力さを思い知らせる結果になったかもしれない。願いはかなった。でも、自分一人だったらどうだったろう――？　そんなふうに。

追い打ちをかけるように、秀麗一人だけ冗官《じょうかん》に落とされたことも効いたろう。別れる前に「ムリしすぎ」とは言ったが、秀麗は多分、『どうしたらムリしすぎないですむのか』も、よくわかっていなかったと思う。燕青もうまく伝えることができなかった。

「……でも、春がひとつすぎただけで、姫さんは会ったときと同じ顔に戻ってた」

多分、静蘭も悔《くや》しかったのだろう。だからついタンタンに意地悪をしてしまうのだ。

秀麗の力を最大限に発揮できる方法を、蘇芳が教えた。最初から最後まで全力で走るのではなく、いつ力を全開にすれば効果的なのか。今自分が何をすべきなのか。

燕青に「制試をあきらめて一緒《いっしょ》に来て」といえるくらいにしたたかになった。

「あーそれ、セーガのせいじゃん？　あいつほんっと容赦《ようしゃ》ねーもん」

蘇芳は全然自覚がないようで、テレテレと言った。

燕青もちょっと思わないわけではないが、静蘭は一生言わなそうなので、かわりに言っておくことにした。

「セーガってやつじゃなくて。――姫さんはお前がいて幸運だったと思うぜ」

蘇芳はしばらく黙《だま》り込んだ。

「……あの家人はお嬢様《じょうさま》至上主義で、あんたもそうだろ。多分」

「そうだな」

蘇芳は流れてくる二胡の音色に耳を傾《かたむ》けた。

あの二胡の音が、蘇芳は嫌《きら》いではなかった。一緒に過ごした波瀾万丈《はらんばんじょう》な数ヶ月も、多分。父親ともども命を助けられたし、借金も肩代《かたが》わりしてもらった。それは感謝している。

「……でもさー、俺は違《ちが》うの。何が何でもあの女をとることはできない。俺フツーの人間だから。あんたやタケノコ家人やあの女みたいに、『特別』じゃないんだ。頭も悪いし、強くもないし、船酔《ふなよ》いするし、川に流されるし、よりによってセーガからタヌキ買っちゃうし」

「いーじゃんタヌキ。うまいよなタヌキ汁《じる》！　つかまえるの難しーけどさ～」

……何？

蘇芳は耳を疑った。

…………タヌキ汁？

「食ってねぇ!!」

「じゃ、今度食おうぜ。どっかの山でたぬタン、つかまえて姫さんに料理してもらってさ～」

「ぎゃーなんてこといいやがる！　昔話のジジババかよ!!　たぬタンかわいそうだろ！」

想像してしまった蘇芳は、ひぃと震《ふる》え上がった。なんて残酷《ざんこく》な!!

（おおお俺のお守りがーっ）

「えー……うまいのになータヌキ汁……」

「ヤメロ！　俺が消えたら遠慮《えんりょ》なく食っていーから、せめてそれまではやめてくれ」

蘇芳は燕青に伝えた。

「この旅が終わったら、あの女のお供、あとはあんたとあのタケノコ家人に任せるわ」

燕青は返事をしなかった。

流れてくる二胡の音が、静かに水面をたゆたい、やがて消えていった。

第四章　玉龍でのさがしもの

藍州州都・玉龍についた秀麗は、その壮麗《そうれい》な水の都に圧倒《あっとう》された。

燕青も蘇芳も呆気《あっけ》にとられた。

都の中を行き交《か》う舟《ふね》。縦横無尽《じゅうおうむじん》に張り巡《めぐ》らされた水の路《みち》は、どんな整備がされているのか、ちっとも嫌《いや》な臭《にお》いがしない。美しい弧《こ》を描《えが》く橋の数々は、どれ一つとっても国宝になりそうな細工だ。まるで水に浮《う》いているように見える石造りの家々。

着ているもの一つ見ても豊かさがわかる。何より人々の表情がまるで違う。明るく開放的な雰囲気《ふんいき》は、気候に恵《めぐ》まれた地ゆえというだけではあるまい。何十年も戦火をまぬがれ、飢《う》えを知らず、誰《だれ》も明日がくることを疑わない。まるでたわに熟した果実のように、誰もが思い切り平和を謳歌《おうか》していた。

「ちぇ。いーなー」

燕青がボソッと漏《も》らした。燕青の気持ちが、秀麗は手に取るようにわかった。

燕青は茶州と比べて、秀麗は貴陽と比べて、心底この玉龍を羨《うらや》ましいと思った。

情けないことではあるが、間違いなく、王都貴陽より藍都玉龍のほうが栄えていた。

それを守ってきたのは藍家と、代々の藍州州牧。

（いまの藍州州牧は――）

「美しい都だと思わないかね？」

後ろから誰かが秀麗を追い越して街を望んだ。

「魚がうまい。水もうまい。酒も美味《うま》い。藍鴨《あいがも》もうまい。美人も多い。楽園だよ。面倒《めんどう》といえば、海賊《かいぞく》水賊を追っ払《ぱら》うことと、がめつい塩商人と日夜税率を巡ってタヌキの化かし合いをすることくらいだよ。悠舜も貴陽で宰相《さいしょう》などならずに、藍州や紅州で楽をすればよいのに」

振《ふ》り向いた男の歳《とし》は四十代半ば。なんだか陰鬱《いんうつ》そうで、あまり愛想《あいそ》はなく、秀麗を歓迎《かんげい》しているようには見えないが、邪魔《じゃま》っけにしている様子でもない。まるで何の連絡《れんらく》もなく突然《とつぜん》姪《めい》っ子が訪ねてきた、とでもいうような顔だった。

「ようこそ、紅御史《ぎょし》。監察《かんさつ》御史にしてはわりあい派手にやってきたものだね。道中で水賊を片付けてくれたことには礼を言うが、役人に引き渡《わた》すときに偽名《ぎめい》くらい使わぬと覆面《ふくめん》にはならんよ」

「……あなたが――」

鄭悠舜や黄奇人《きじん》、管飛翔《ひしょう》らと同期及第《きゅうだい》したという、悪夢の国試組のひとり――。

「さよう。藍州州牧、姜文仲《きょうぶんちゅう》だ」

＊　＊　＊

「ここにきた監察御史は陸清雅以来だな」

それが州府・玉龍城に落ち着いて開口一番の姜州牧の言葉だった。

「陸御史が、ここへ？」

「ここだけじゃなく、全州を巡って貴陽に帰ったはずだ。あの生意気さだと、治外法権の縹家領地にも無断で侵入《しんにゅう》してるような気もするね。歳は若いが、すでに他《ほか》の官吏《かんり》とは見聞も経験も雲泥《うんでい》の差だ。王都に戻《もど》れば十中八九きり吏《り》部《ぶ》侍《じ》郎《ろう》くらいにはなるかと思ったが、まだ名を聞かないな。いま何をしてるか知ってるかね？」

「……同じ、御史を」

「ほーお。葵皇毅もやるな。まだ焦《あせ》らぬか。我々の時代は貴族派を親の官位にあぐらをかいてるボンボンとバカにしてたものだが、これじゃ、遅《おそ》かれ早かれ我々のほうが国試出身にあぐらをかいてる頭でっかち野《や》郎《ろう》と陰《かげ》でバカにされそうだな」

あくまで淡々《たんたん》としている。無感情ではないのだが、どんな感情でそういっているのかが少しもつかめない。陰鬱そうな顔つきも変わらない。どうやらこれが地顔らしい。

それにしても、清雅がここへきた――。

姜州牧は秀麗が訊《き》くより先に、答えた。

「いろいろ仕事をしていったが、主に司馬家に関して調べていたな」

秀麗はここに来る前、皇毅から渡された『司馬迅』に関する報告書を思いだした。

(バカだ私――！　あれ、誰かが調べたから、ああして長官のとこにあったんじゃない!!)

「不審《ふしん》な点がある、と言ってしばらく調査していたが、結局司馬家に関しては何もしないで帰っていったな。他はいろいろ風通しよくしていってくれて大変助かった」

「風通しよく？　でもそんな話――」

「すべて私の手柄《てがら》にしていいと言ってくれたのでね。遠慮《えんりょ》なく」

秀麗は聞き間違《まちが》いかと思った。いつも手柄手柄といっている男が――。

「あの清雅がそんなことを!?」

「まったくやり手だ。例えば将来」

この陽気な藍都でもっとも陰鬱そうな顔で、姜州牧は指を組んだ。

「彼と君が一つの地位を争う日がきたら、私は間違いなく彼を推《お》すね。そういう根回しもあるんだろう。能力は勿論《もちろん》、先を見据《みす》えて動く辛抱強《しんぼうづよ》さと老獪《ろうかい》さも気に入っている。全か無かの博打《ばくち》でなく、八割確実に碁石《ごいし》をとっていく官吏なら、何につけても間違いはないからな」

姜州牧が秀麗と比べて皮肉をいっているのはさすがにわかった。

「さて紅御史、ご用件は何かな？　できるかぎりの協力はしよう。官位の低い監察御史だが、州牧解任もできる権限をおもちだからね。ご機嫌《きげん》はしっかりとらねばならん」

秀麗は挑発《ちょうはつ》を聞き流した。

「……今から私が申し上げる件は、どうか内密にお願いします。大至急、藍州の全関塞を調べてほしいのです。捜《さが》していただきたいかたがおります――」

秀麗が劉輝の件を告げた瞬間《しゅんかん》、姜州牧の顔色が変わった。


「――すぐに手配しよう。五日の内には必ずご報告する。それまでこの玉龍城への滞在《たいざい》を許可しよう。その間、他に調べたいことがあれば、なんなりと漁《あさ》ってかまわない」

姜州牧が秀麗を退出させると、傍《かたわ》らに控《ひか》えていた州尹《しゅういん》がすぐに配下に呼びだしをかけた。

(今この時期に、王が微行《しのび》で藍州へきているだと!?)

今のところ、姜州牧の許《もと》にはそれらしき報告は何もない。

だが、藍家の十三姫が王に同行している、と紅秀麗は言った。

それならば、州府の網《あみ》を抜《ぬ》けた可能性はある。藍家水軍の使う道を通っているとしたら、監視《かんし》の目も届かない。神業《かみわざ》の操舵《そうだ》が必要な数々の難所越《ご》えを要するため、一般《いっぱん》兵を置けないのだ。

姜州牧は召集した官吏《かんり》らへ王の足取りを追うための指示を次々と飛ばした。

最悪なのは、王に禁域・九彩江に入られてしまうことだった。

九彩江は治外法権だ。あそこに入られたらいかな藍州州牧でも手が出せない。

（どうして誰も王を止めなかった!!）

王がいまこの時期、藍州へくるほど愚《おろ》かだとは思わなかった。

朝廷《ちょうてい》がまだまとまっていないこの時期に、王が玉座を空けたらどういう目で見られるか馬鹿《ばか》でもわかる。何より、一人きりですべてを背負わされた悠舜は――。

姜州牧は同期で状元及第《じょうげんきゅうだい》した悠舜を思い、矢も盾《たて》もたまらなくなった。

副官の州尹が、姜州牧の心中を察して口を開いた。

「鄭尚書令《しょうしょれい》がご心配なら、お帰りになったらどうですか。あなたが望めば、すぐにでも中央に戻れるでしょう。今ならどの地位もガラガラじゃないですか。尚書は空いてませんけど、侍郎は定員二名だから空き一人ずつ。尚書令を輔佐《ほさ》する左僕射《さぼくや》・右《う》僕射の二官位も空位、御史台副《ふく》長官も空位、中書省《ちゅうしょしょう》に至っては閑古鳥《かんこどり》が啼《な》きまくりですよ。……尚書令もいなくてよく何年ももちましたねぇ」

「もったんじゃない。もたせてたんだ」

姜州牧は呟《つぶや》いた。

「それに、今私が戻って平気かね？」

副官は黙《だま》り込んだ。姜州牧が中央に戻るとしたら、かわりに誰かが藍州州牧にならねばならない。副官には誰《だれ》も思い浮《う》かばなかった。とてもじゃないが自分では務まらない。

藍州州牧の資格はただ一つ。いざというとき王の代理として藍家と真っ向から戦える官吏。

それは全州同じだ。現状、茶家以外はどの家も王に恭順《きょうじゅん》を示してはいない。のこりの六家は朝廷からみれば、それぞれ立派な不穏分子《ふおんぶんし》なのだ。

「そういうことだ。それぞれ動かしようのないギリギリの人選なんだ。……が、ギリギリだからといって、いつまでもそのままではいられん。張りつめたまま替《か》えぬ糸は摩耗《まもう》して、やがて切れる。やがてというか、すでに切れかけだ。もう何年も主要大官の異動が起こってない。異常だ。……悠舜が帰ってきたなら、コトが動くと思ったのだが――まずいな……」

あの超やる気のない悪夢の同期・紅男《アカオ》（姜文仲は黎深をたまにこう呼ぶ）が明るい未来を目指して意欲的に人事刷新なんぞするわけがない。吏部侍郎以下も右に同じだったらしかった。

姜州牧は苛立《いらだ》った。

（……黎深が吏部尚書のままでは何も変わらん）

朝廷の水面下で不穏《ふおん》な動きがあるのも、気がかりだった。

悠舜は理想主義だ。すべての碁石をとろうとする。官吏《かんり》の決断は八割でいい。全部をとろうとするのは、賭《か》けと同じだ。時にすべてを失うことになりかねない。

（八割でいいんだ、悠舜。それで充分《じゅうぶん》なのだ。頼《たの》む――何もかも背負おうとするな）

悠舜の能力を全開に活《い》かすためには、王が必要だ。悠舜が王を庇《かば》うのではなく、悠舜の楯になり、自由に動かせてやれる王が。茶州での浪《ろう》燕青がそれだった。あれは見事だった。だが、現時点で見る限り、まるで逆だ。もしあの若い王が、「悠舜がいるから全部預けられる」などと思っていたら――ゾッとする。悠舜は輔佐であり、王ではないのだ。

（お前が潰れる――相手は容赦《ようしゃ》なく突《つ》いてくるぞ）

王の藍州行きは取り返しのつかない悪手となりかねなかった。

一方、州尹は手配をしながら、至って呑気《のんき》な顔で話題を変えた。

「それにしてもどうしてそう素直《すなお》じゃないんです？　紅御史《ぎょし》がいらっしゃるのを、とても楽しみにしてらしたではありませんか。紅尚書の姪御《めいご》さんがくるって、いそいそ立ったり座ったり」

姜州牧はムッとした。

「君には私が心から歓迎《かんげい》していたようには見えないのかね。わざわざ迎《むか》えにいったのだよ」

「……疫病神《やくびょうがみ》が可愛《かわい》い女のコに取り憑《つ》いていじめているようにしか見えませんでしたが」

「うむ、実はその通りだ。いつまでも可愛い女のコとやらでは困るからね。三十年後にゃ、ただの可愛くないおばちゃんでしかなかったらなおさら困る。それに別に嘘《うそ》は言ってないしな」

指示を出し終えた姜州牧は、机案《つくえ》に座り直した。もう今さら焦《あせ》っても仕方ない。

副官が評した。

「思ったより冷静だったじゃないですか。御史台に引き取られたのがよかったみたいですね」

「御史大夫が葵皇毅だからな。甘さを抜くにはちょうどいい」

「姜州牧」

「何かね」

「さっき紅御史にあんなこと言ってましたけど、私は覚えてますよ。あなたの副官に任命されたときにいわれたこと」

姜州牧は沈痛な面持ちになった。……この歳《とし》になると、甘酸《あまず》っぱい昔の想《おも》い出を聞かされることほど嫌《いや》なモノはない。ああいうのはナマモノなのだ。大事にとっとくんでなく、その場でとっとと食べて腹におさめ、ほじくり返さないべきだというのが姜州牧の持論であった。

しかし副官はまったく上司の気持ちを忖度《そんたく》せず、得意げに披露《ひろう》した。

「『八割碁石をとっていく官吏になれば、確実に出世できる。出世大いに結構。だが一つだけ。出世のための官吏ではなく、民《たみ》のために出世する官吏になりたまえ。人を切り捨てるのではなく、人がついてくる官吏でなければ、上に行っても大概《たいがい》うまくいかない』名言ですよネ！」

……『よネ！』のオマケまでついた。ああ甘酸っぱい。州尹は今年で四十三歳になるのに。

姜州牧はいたたまれなくて、ますます陰鬱になった。もう疫病神というより、死神に近い顔つきだった。国試の時、この顔のせいで「お前顔色悪くね？」などと受験前日に管飛翔にむりやり酒場に拉致《らち》られ、受験途中《とちゅう》うっかり厠《かわや》に立とうものなら「亡霊《ぼうれい》が出たー！」などと他受験生に泣いて逃《に》げられ、その噂《うわさ》を聞いた別棟《べつむね》の黎深が、鳳珠《ほうじゅ》と悠舜を引きずって（無論受験真っ最中）わざわざ『亡霊退治』にきやがったほろ苦い想い出まで蘇《よみがえ》った。ああほろ苦い。

思えば彼にとっても悪夢の国試だった。占い婆《うらなばば》に『アンタの人生二番目にツイてる星巡《めぐ》り』と言われ受けた国試があれだ。もう姜州牧は『人生で一番ツイてる星巡り』などと言われてもちっとも喜ばない。二番目であれなら一番もたかがしれている。もう人生も八割で充分だ。

副官は心配そうな顔をした。長い付き合いで、気心もしれた州尹である。

「お腹《なか》でも痛いんですか？　しぶり腹みたいですね。ガマンしないで早く行ったほうがいいですよ。どうです。私もなかなか姜州牧の心が読み取れるようになったでしょ？」

「…………」

自信満々な副官に、また一つ、姜州牧のほろ苦い想い出が増えたのであった。

姜州牧の胸の底を冷たい風が吹《ふ》いた。

もしかしたら自分も、近いうちに中央に帰りたくても帰れない事態になるかもしれない。

（……私も、選ぶときが近いかもしれないな）

誰が王でも、姜文仲は構わない。良い王であってくれれば血筋もどうでもいい。

そうでなければ、王に対立する碁石《ごいし》となる選択《せんたく》を、ためらうつもりはなかった。

＊　＊　＊

「ここの州牧、どーだった姫《ひめ》さん。悠舜の同期だって聞いたけど」

秀麗はしばらく考えて、簡潔に答えた。

「つつかれたわ」

それしか答えようがない。

この鮮《あざ》やかな水の都を守ってきた州牧なのだ。何を言われても仕方ない。

旅の道すがら、秀麗たちも舟《ふね》の停泊《ていはく》した折々に関塞や役所、全商連等のツテを使って劉輝の行方《ゆくえ》を探《さぐ》ったが、煙《けむり》になったように何一つつかめなかった。

「んで、王様の件は？」

でも姜州牧の反応を見ると、心当たりがあるようだった。

（九彩江……って場所かしら）

焦《あせ》りはあっても秀麗が情報も土地勘《とちかん》もなく捜《さが》し回っても無意味だ。贋作《がんさく》の時と同じ。だからこそ、確実な情報を得られる州府をまっすぐ目指してきた。

秀麗は焦りを腹の底に沈《しず》めた。やるべきことは他《ほか》にもある。

「主上の件は姜州牧に任せましょう。私たちはその間、別にやれることとやっとくわよ」

してみた。

危なっかしいところがなくなった秀麗は、燕青の目にも頼《たの》もしく映った。

テレテレしている蘇芳に目をやる。今度から俺もテレテレしてみるかなーと考え、想像
(……やべ、テレテレしてる俺って全然違和感《いわかん》ねぇかも)

テレテレ往来を歩いている俺。テレテレメシ食ってる俺。テレテレ喧嘩《けんか》してる俺──。

(んん? なんかそれって──)

秀麗にペンと額を叩《たた》かれた。

「こら燕青! テレテレしないのっ。テレテレしてる燕青なんて単なるチンピラよ」

「……あ、やっぱり?」

秀麗はテキパキ仕事を割り振った。

「じゃ、やるわよ。燕青は塩の件について、タンタンは藍州の郡府以下のお役所で文武官の人事記録をなるべく細かく調べてちょうだい」

蘇芳は首を捻《ひね》って、聞き返した。

「……郡府以下? 州府じゃなくて? てかなんでまた塩と人事?」

「せっかく藍州にきたんだもの。気になるものは片っ端《ぱし》から調べておこうと思って」

燕青は貴陽で起きた件を洗いざらい聞いていたので、ピンときた。

「……ははーん。なるほどな。わかった。俺は塩だな? じゃーちょっくら調べてくる」

「げっ。マジで!? 今のでわかったわけ!?」

蘇芳は衝撃《しょうげき》を受けた。

「顔からして絶対俺と同じくらいバカだと思ってたのに!!」

「……タンタン、お前ほんっとしょーじきだな……」

いっそ清々《すがすが》しいほど心中ダダ漏《も》れな蘇芳に、燕青はむしろ好感をもった。静蘭のネチネチと陰湿《いんしつ》で遠回しな嫌味《いやみ》よりよっぽど気持ちいい。

「心配すんなって。俺はちゃんとバカだ。多分タンタンと同じくらいには」

「嘘つけ!!」

「ほんとほんと～。静蘭言ってなかったか?」

「……あー、そいや言ってたな。『馬鹿《ばか》そうに見えてほんとに馬鹿』って」

「……おい、あいつマジで言ってたのかよ」

燕青は左頬《ひだりほお》の十字傷をひきつらせた。

「俺がわかったのは単なるカン」

「カンー?」

「一応十年州牧やってたからな。なんとな～く当たり所はココかって。経験だろこんなの。習うより慣れろってやつ。実際、頭の良し悪《あ》しより熱意と経験だもんよ。州牧やってて漢詩が役に立ったことなんてマジで一回もねーし」

「ふーん。熱意と経験か。じゃ、せっせと花街《はなまち》に通ってれば、どこに胸の大きい美人のお姉さんがいるか、門構え見ただけでなんとなーくわかるってのと同じかなー」

「…………た、多分な……」

燕青はあさってのほうを向いた。いわんでいいことまでいってやがる。

『……燕青、タンタン君の口には気をつけろ。洒落《しゃれ》にならんぞ』

出掛《でが》けに言われた静蘭の忠告がガツンと跳《は》ね返ってきた。

案の定、燕青は秀麗に初めてそういった意味の冷ややかな視線を投げられてしまった。

こりゃ静蘭にタケノコ投げられてもしゃーねぇわ、と燕青は痛感した。

（ただでさえあいつ超カッコつけだし。そんなカッコつけな自分大好きだからなー……）

キツネ静蘭がせっせと築いた牙城《がじょう》をタヌキが片っ端からぶっ壊《こわ》していく光景が目に浮《う》かぶ。

いつもなら大爆笑《だいばくしょう》してむしろけしかけるが、火の粉が自分にまで及《およ》ぶと笑い事じゃなかった。

頼《たの》むタンタン、それくらいで勘弁《かんべん》してくれ。秀麗の棘々《とげとげ》しい視線が突《つ》き刺《さ》さり、燕青は切に祈《いの》った。蘇芳はフムフムと頷いた。

「そっか。バカってケイケンでなんとかなるのかー」

「――納得《なっとく》したなら、さっさとやるわよ」

二人を仕事に叩《たた》きだすと、秀麗は自分の目的に着手した。

（清雅が調べていながら、手をつけていかなかった件――）

秀麗の仕事は、司馬家の件についてできるだけ詳《くわ》しく調べ直すことだ。

もう一つ、現兵部尚書《へいぶしょうしょ》であり、前藍州州牧を務めた、孫陵王についても。

秀麗は牢城《ろうじょう》関係の役人をつかまえ、まずは司馬迅の調書を出してもらった。

「司馬迅。五年前、二十一歳の時、父の司馬勇《ゆう》を殺害後、自ら藍州州府に出頭――」

皇毅に渡《わた》された調書とさして変わらない羅列《られつ》が並ぶ。皇毅のものよりは細かい情報が書かれてはいたものの、名門司馬家の御曹司《おんぞうし》の大事件にしては妙《みょう》に素っ気なく簡潔な文面だった。いかにも熱のこもっていない仕事ぶりだ。

「ん？　この記録だと、迅さんは貴陽に送られてないのかしら」

極刑《きょけい》に値《あたい》する罪《つみ》を犯《おか》した罪人は、州府で取り調べたあと貴陽に護送される。相当の事由がない限り、各州府が勝手に極刑を決めて死刑にすることはできない。貴陽の大理寺《だいりじ》で裁判され、刑部《けいぶ》がさらに吟味《ぎんみ》して何度か差し戻《もど》し、刑部尚書や宰相《さいしょう》、王のハンコをもって正式に刑が確定する。さらにそこに御史台《ぎょしだい》が首をつっこむこともままある。

が、調書からすると、どうも司馬迅は貴陽に送られることなく、この藍州州府で極刑が決まったらしい。事後に朝廷《ちょうてい》の承諾《しょうだく》はもらったと追記してある。

（……清雅が目をつけた理由はこのあたりかしら）

気になるのは、司馬家の御曹司の極刑判決を、藍州州府がムリして出したがるだろうか、という点だ。藍家と州府の関係にどんな悪影響《あくえいきょう》を及《およ》ぼすかしれない。中央に送って知らんぷりするほうがよっぽど楽だ。

秀麗は肩《かた》を落とした。御史台でこってり絞《しぼ》られているせいか――。

(……。……私、スレてきちゃったかしら……)

藍州府で判決をだしたかったとしたら、今のところ考えられる仮定は三つ。

(ひとつ――たとえばそのとき藍家と州府の関係が悪くて、藍門筆頭司馬家の迅さんを見せしめに州府で極刑判決を下すことで、州府が藍家に対して主導権を握《にぎ》ろうとした、とか)

ふたつめは、司馬迅が処刑前に何らかの手段で逃亡《とうぼう》して、州府がそれを隠蔽《いんぺい》するために慌《あわ》てて書類を偽造《ぎぞう》。すでに極刑に処したという事実をつくった。これならなぜ『司馬迅』が生きていたかにも理由がつく。

(……でも、自首してきたのに、逃《に》げるかしら……)

短い間だったが、秀麗も彼と接した。……覚悟《かくご》を決めたあとで、逃げるような人には見えなかった。

最後の一つは、藍家と州府が癒着していた場合。

秀麗は楸瑛と十三姫を思って、顔を曇《くも》らせた。司馬迅と親しい間柄《あいだがら》だったという二人。

(……どうしても迅さんを救いたくて、『藍家の力』を使って州府に圧力をかけ、救命……)

……清雅が目をつけるはずだ。このうちのどれであっても、手柄になる。

大事な人を助けたいという気持ちはわかる。だがもし藍家が裏から手を回したのなら、――『違法《いほう》』だ。

葵皇毅の言葉が蘇《よみがえ》る。

『七家は様々な面で優遇《ゆうぐう》されすぎている。特にあの二家は財産と権力を武器に時に法規を無視し、朝廷を軽んじること甚《はなは》だしい』

……お金をもっているから、特別に助かる、というのは、間違《まち》っている。

でも、そう考える心の声は、自分でもわかるくらい頼《たよ》りなかった。

秀麗は気をとり直した。まだ事実がわかっていないのに、あれこれ考えることほど馬鹿げたものはない。仕事に私情は厳禁。

調書には、なぜ『司馬迅』が父親を殺害したのかも記されていなかった。『司馬迅』は最後まで理由について頑《がん》として口を割らなかったらしい。

藍州で極刑にできたのはなぜだろうと、調書を探してみる。

（そもそも、こんなやる気ない調書書いた取調官はどこのどいつよ――）

確かめると、藍州州牧の印が押してあった。

（げっ。州牧自ら訊問してる……てことはこのやる気なさそうな調書書いたのも――）

――例の煙管《きせる》の兵部尚書であり、前藍州州牧・孫陵王。

紫州《しゆう》州牧は別格として、紅藍州牧は州牧のうちでも最上位にくる。

この司馬迅の処刑からまもなく、孫陵王は貴陽に戻って兵部尚書になっている。かわって着任したのが現藍州州牧・姜文仲――。

さらに読み進めてみると、どうして藍州州府で司馬迅の極刑を執行《しっこう》できたのかもわかった。

（うわ……御史台長官がちょうど巡察《じゅんさつ》しにきてる。だから貴陽に送らなくてもよかったんだ）

御史大夫がじきじきに判決の承認をし、刑が執行されていた。

御史大夫の名は――旺季と書かれていた。

＊　＊　＊

『名前がつまんねぇ？　じゃあ俺がつけてやる。螢《ほたる》みてーな女だから、螢でいいだろ』

螢みたいな女ってなによ、と、いくら訊《き》いても、迅は笑うばかりで答えなかった。

その日から、十三姫は螢になった。

『螢、何もかもうまくいく方法って、あると思うか？』

それが迅の口癖《くちぐせ》だった。

十三姫が少し考え、あるかもしれないけど一人じゃ見つけられないと思う、と言ったら、そんじゃ一緒《いっしょ》に探すか、と返ってきた。

『螢』

迅にそう呼ばれるのが、十三姫はこの世でいちばん好きだった。

たった一人だけの名前。

いつから恋《こい》をしていたのかなんて、わからない。

迅が十三姫のために右目を突いた瞬間《しゅんかん》だったかもしれないし、泣いている十三姫を抱《だ》きしめてくれたときだったかもしれない。螢という名前をくれたときかもしれない。

いつであろうと、出会いからして十三姫が迅を慕ったのは必然だった。

……でも、迅は違う。八つも年上で、十三姫は三歳のころからおねしょを始め情けないところを散々見られていて、背伸《せの》びをしたってたかがしれている。まさに妹でしかない。好きって本当なのかな。本当に私でいいのかな。いや、いいといってくれてるんだから、あいつの気が変わらないように頑張ろう。自分が十六になったら、迅は二十四。司馬家の総領息子《むすこ》でなくなっても、司馬龍のところにあっちこっちの武門の名家から縁談《えんだん》話がわらわらきてることとなんか知ってる。一緒に暮らしてるからといってノンキに余裕《よゆう》かましてる暇《ひま》なんかないのだ。

迅のためでもあったけれど、自分のためでもあった。

早く背が伸びるよう毎日牛乳を飲んだし、嫌《きら》いだったタマネギも頭が良くなると聞いて食べるようになった。胸が大きくなるというあやしい体操もしていたが、ある晩迅に見つかって大笑いされた。ニガテだった礼儀《れいぎ》作法も真面目《まじめ》に習い、本も読み、武芸も磨《みが》いた。迅がなんでもできたから、それに釣《つ》り合うように十三姫も一生懸命《いっしょうけんめい》頑張った。

……それでも、なぜだろう。どうして自分たちは、いつも最後の最後で、うまくいかなかったのだろう。

十三姫は夢を見る。

あの夜がなかったら、自分たちはどうなっていただろう？

迅と、楸瑛兄様と過ごした十年間。

幸せだった。泣きたいくらい幸せだった。

その先も、幸せなままでいたかった。ずっとずっと――。

迅と一緒に。

……何が、悪かったのだろうと、十三姫はいまも泣きながら目が覚める。

『螢、……螢。悪い。ごめんな』

謝らないで。それ以上何も言わないで。私を見ないで――。

すべてが壊《こわ》れてしまったあの夜の悪夢とともに。


「――――!!」

目覚めた瞬間、目の前に男がいた。十三姫は反射的に小柄《こづか》をつかんで刃《やいば》を抜《ぬ》き去った。

「十三姫!?」

十三姫はあわや男の喉頸《のどくび》をかっ斬《き》ろうとしていた腕《うで》を止めた。なんとか。

頭がひどく混乱していた。脂汗《あぶらあせ》が目にしみた。

心臓がドクドクとものすごい速さで鳴っていた。

「……十三姫？　だいぶ、うなされていたが……」

心配そうな王の声が、耳にすべりこむ。ようやく十三姫は現実に立ち返った。

（そうだ――仮眠《かみん》、とってて）

九彩江が近くなり、小回りがきく頑丈《がんじょう》な舟《ふね》と、腕のいい舟守《ふなもり》たちとの道行きだ。日はまだ高い。

べっとりと、汗であちこちはりつく髪《かみ》がきもちわるかった。手の甲《こう》で、顎《あご》まですべりおちた汗を乱暴にぬぐう。……何度、見ても、あの夢だけは、全然慣れやしない。

声を出そうと口を開き、五回目で、やっとまともな声が出た。

「……ごめんなさい……悪い夢……見てて」

よりによって王に刃を向けるなんて、首を刎《は》ねられても仕方がない行為《こうい》だ。

十三姫は顔を背《そむ》け、足を引きずるように船尾《せんび》に移動した。

たいした距離ではなかったが、一人になれないことはない。

と思ったら、足音がついてきた。ためらいがちに。

二人並んで船尾に座った。二人分ほどあいた微妙《びみょう》な距離が、王の「気遣い」らしい。一人になりたいと思っていたのに、十三姫はホッとした。一人でいたら、余計悪夢を思い出していた気がする。……王も悪夢にうなされたことがあるのだろうか？

「……ありがと」

十三姫はぽつりと礼を言った。

王はもう舟に慣れ、ときどき櫂《かい》もこぐようになった。

あの晩のことはなかったような顔を十三姫も邵可も貫《つらぬ》いている。

しばらく、二人でぼんやりと川風に吹かれて座っていた。互《たが》いに情けない姿をさらしたせいか、相通じるような無言の共感があった。口に出せない弱味を見られた者同士、半笑いしたくなる感じ。

ややあって、王が呟《つぶや》いた。

「あの馬は、いいな」

「夕影《ゆうかげ》のこと？」

「そう」

十三姫は化粧《けしょう》道具や衣裳《いしょう》はどうでもいいが、愛馬だけは連れていくと言い張った。

結局十三姫に押し切られ、青毛の馬・夕影は涼《すず》しい顔でちょこんと舟に乗り、劉輝がゲロゲロしているときも、大揺《おおゆ》れで気絶したときも、水賊《すいぞく》に襲《おそ》われたときも動じず、むしろ水賊撃退《げきたい》に一役も二役も買ってダイカツヤクしたという。劉輝は馬より身の置き所がなく、うじうじしていたら、夕影が近寄ってきて、くわえたニンジンを劉輝にくれて慰《なぐさ》めてくれた。なんというできた馬なのだ。劉輝は心底感動し、今ではお悩《なや》み相談をするまでに仲良くなった。

「いいでしょ？　頭も良くて足も速くて、何より優《やさ》しいの。長い付き合いなのよ」

「でも、十三姫には大きすぎないか？　あれは男用——」

劉輝はハッと口をつぐんだ。

十三姫は答えた。

「当たり。夕影はもともとは私の馬じゃないのよ。——迅の馬だったわ」

十三姫はそれ以上は言わなかった。

「……ねぇ王様、このまま、本当に九彩江に進んでいいの？」

劉輝は目を点にした。

「は？　九彩江？」

十三姫も目を点にした。

「そうよ？……え？　あなたどこ行くつもりだったの？　楸瑛兄様のとこでしょ？」

「……楸瑛の家は、藍都・玉龍じゃないのか？」

しばらく舟が川を進む水音だけが落ちた。

「地図くらい頭に叩《たた》きこんどきなさいよっ!!　玉龍は向こうでしょうが!!　あっちからあっちまでずーっと見える山の影《かげ》は臥竜山脈！」

「ここから玉龍に向かうのかと思ってたのだ!!　ええ？　楸瑛は九彩江にいるのか？　まいったな。うーさまに九彩江は不吉《ふきつ》といわれたが……」

十三姫は気を静めようとした。無理だった。

「首しめていい？」

「い、いやだ」

「でもしめる」

「ぎゃー」

十三姫は本当に劉輝の首を両手でぎゅーっとしめあげた。武門の司馬家で育てられた十三姫には、いくら船酔《ふなよ》いでしばらく転がっていたとはいえ、王が現在位置も知らず安穏《あんのん》としていられたことが信じられない。戦《いくさ》だったらその時点で負けだ。

「もう少しで九彩江の水と合流するわ。そこから舟おりて山登り！」

「や、山」

「そう、あの竜眠山。で、あっちの山が同じ九彩江でも縹家の社《やしろ》がある、宝鏡山」

隣《とな》り合う二つの山を指さす十三姫。劉輝は首をさすった。

「宝鏡山？　どこかで聞いたことが——あ!!　もしかしてあの宝鏡山か、邵可!?」

「そうですよ。昔、お話ししてきかせたあの宝鏡山です」

邵可がひょっこり現れた。十三姫が補足した。

「むかーし昔、さんざん王家の人がおかしくなって帰ってきたり帰らなかったりした山よ」

「九彩江にあったのか……！」

昔々、時の王が毎日のように次期王を巡《めぐ》って争う九人の息子《むすこ》に辟易《へきえき》し、王位がほしかったら宝鏡山へ行け、と言った。帰ってきた者が次期王だ、と。先を争って宝鏡山に赴《おもむ》いた九人の息子のうち、六人がそのまま帰らず、三人が精神に異常をきたして下山した。王位は宝鏡山に行かなかった十番目の子供に巡ってくることになったが、彼は「兄たちと同じことをしなくては公平ではない」と、引き留める王を振り切り、まだ子供ながら単身宝鏡山に赴いた。そして何ごともなく帰り、彼のもとで国は栄えた――といわれている。

史実にも同じような話がいくつもある。この九彩江で王や公子が死のうが、不問に処される理由がそれだ。一説には『彩八仙《さいはっせん》に王の資格を試《ため》される』ともいわれる。

劉輝は邵可から教わったことを記憶《きおく》から掘《ほ》り返した。そうだ、確か――。

「王たる者だけがあの宝鏡山の上にある縹家の社にたどりつける……とか」

「鎮《しず》めの社はあるってきいたけど、単に方向感覚の問題じゃないの。実際、迷いの渓谷《けいこく》っていわれてて、私でも同じとこぐるぐるぐるぐる回ったし。絶対一人でフラフラすんじゃないわよ」

「十三姫は行ったことあるのか？」

「……一度ね。竜眠山のほうだけど」

川に沿って行けばいいだけなのに、気づけば十三姫は川から逸《そ》れ、山のなかを彷徨《さまよ》っていた。

星も読める。月や太陽、影《かげ》で方角もわかる。目印もつけた。方向感覚にも自信があった。なのにいつのまにか自分がどこを歩いているのか、わからなくなっているのだ。どうやって館《やかた》についたのか、実のところ十三姫もまったく覚えていない。ただひたすら山を彷徨い歩き――あるとき、目の前に広大な湖が突然《とつぜん》現れた。そんな感じだった。

「面白《おもしろ》いの。楸瑛兄様はね、館まで二日あればつくっていうの。確かに、山の高さからすれば、私も最初ゆっくりで三日くらいかなって思ったわ。でも実際、迷いに迷って半月もかかった」

不思議なことに、本家の五人の兄たちはまるで迷わないらしい。この九彩江に代々住み暮らしている、地元の村人たちも。だが、それ以外はなぜかたいがいダメなのだ。慣れの問題でもないらしい。藍家の血を引いている十三姫だってそのありさまだった。

「禁域って言われてるけど、入ろうと思えば入れるのよ。別に藍家は見張りとか、置いてないし。置いた見張りが行方《ゆくえ》不明になるから。それに、宝鏡山の社までつけば、願いが叶《かな》うって言われてるから、こっそり入山する人が跡を絶たなくてねー」

「願いが叶う……」

劉輝は日の下、高峰《こうほう》連なる臥竜山脈を仰《あお》いだ。

その表情が微《かす》かに変化したことに、邵可は気づいた。

「王の話と同じようなモンでしょ。あれが変化したみたいね。でもほとんどの人は帰ってこられないって聞くわ。それで捜索《そうさく》願いが年がら年中州府に届くんだけど、州府だってどうしようもないわよね。入り口に看板《タテカン》立ててるくらいが関の山」

「タテカン？」

「『ここから先、九彩江。命が惜《お》しかったら回れ右』って。もっと良い文句考えればいいのに。おかげで今じゃ、藍州観光本で自殺名所にされちゃってんだから」

実は藍家の総本山だというのに、『自殺名所』。あまりにも情けないのである。

「……で、明日の朝には九彩江の水と合流しちゃうけど、どうする？　べ、別に九彩江に入る前にあちこち見て回ってもいいわよ。ここらへん結構おもしろい観光名所だし……」

劉輝はボソボソと逃げ道をつくってくれている十三姫に顔を向けた。

「……優しいな」

吹っ切れているとは言い難《がた》い笑顔《えがお》だったが、十三姫はドキッとした。

劉輝はそのあと何も言わず、臥竜山脈を見上げていた。


……翌日、目覚めた十三姫はまず一寸先も見えない濃《こ》い朝靄《あさもや》に驚《おどろ》いた。それから愛馬に餌《えさ》をやりに行こうとし——やけに胸騒《むなさわ》ぎがしたので、舟を見て回った。

隅から隅まで捜した後、十三姫は呆然《ぼうぜん》とした。へなへなとへたりこんだ。

「……嘘《うそ》でしょ？」

舟からは、劉輝と——そして邵可の姿もまた、忽然《こつぜん》と消えていたのだった。

＊　　＊　　＊

玉華からその報を受けとった楸瑛は、すぐさま筆を擱《お》いて立ち上がった。

「行くつもりか？　楸瑛」

楸瑛は振り返った。

扉《とびら》に寄りかかっていた兄は、ゆったりとした室内着を羽織っていて、長い裾《すそ》からのぞくくるぶしには片方だけ足環《あしわ》を飾《かざ》っている。三人の兄はなぜか沓《くつ》が嫌《きら》いで、あちこちペタペタ裸足《はだし》で歩く。相変わらず麗《うるわ》しい微笑《びしょう》を口許《くちもと》にたたえた――。

楸瑛は正直、三つ子の兄を完璧《かんぺき》に見分けることはいまだにできない。情けないことに間《ま》違《ちが》ってバカにされることもしょっちゅうだ。

けれど、『今』この状況《じょうきょう》で、ここに現れた兄が誰《だれ》かはわかる。長兄《ちょうけい》――。

「雪兄上……」

「もう一度訊《き》く。行くつもりか？」

「行きます」

「『私』がダメだといっても？」

「兄上」

楸瑛は長兄に向き直った。

「どうして私が帰ってきたか、わかっているはずです」

「藍家を捨てて、あの王を選ぶのか？　よりによって『今』こんなところにきた愚《おろ》かな王を」

楸瑛は笑った。

「お似合いじゃないですか。バカな王とバカな臣下。……藍家は私がいなくても潰《つぶ》れませんが、あの王は確かに時々えっ⁉と思うくらいおばかさんなんです。私を追っかけてこんなところまでノコノコくるんですからね。藍家が王を選ばなくても、私はあの人を選びます」

長兄の瞳《ひとみ》が冷徹《れいてつ》な光を帯びた。

「それを私たちが許すとはまさか思っていまいな？　私たちに逆らうことの意味をわかってのことかい」

「わかっています」

十三姫を送りこんできた時から、兄たちの意図は明白だ。

楸瑛に〝花菖蒲〟を返上させ、王と中央から引き離《はな》して藍州へ帰還《きかん》させる――。藍家がそういう態度をとる時は、決まって何かが起きた。清苑公子の事件《とき》もそうだった。

「……兄上、王は何度も言ってくれたんです。私が必要だと」

楸瑛が自覚さえしていない時から、何度も繰《く》り返し。最後の最後まで。

楸瑛には兄も藍家も捨てられない。楸瑛の人生も誇《ほこ》りも、すべては藍の名とともにあった。

けれど。

「……考えたんです。もし清苑公子のように王に何かあったら、と」

きっと楸瑛は死ぬまで後悔《こうかい》する。それが、何よりも先にきた自分の答えだった。

「王の悲しい顔は見たくないんです。死なせたくない。もしその時がきたら、最後まで共に」

何があっても、きっとあの王と一緒なら後悔はしない。そう思ってしまったから。

——王か藍家か、楸瑛は選んだ上で、帰ってきたのだ。

十三姫の後宮入りを隠《かく》れ蓑《みの》に邸《やしき》に引きこもって朝廷の情報を集めた。王に会わなかったのも、〝花菖蒲〟を返上したのも、すべては必要があってのこと。

残る大仕事は、三人の兄を攻略《こうりゃく》することだけだった。そのために帰ってきた。

長兄はたいした感慨《かんがい》もなさそうに聞いていた。その目は冷ややかなままだ。

「楸瑛、お前をあの未熟な王にやるつもりはない。絶対にな。藍家はあの王を認めていない」

「……そのお話は、戻《もど》った後、改めて」

長兄の脇《わき》を通りすぎる刹那《せつな》、ひそやかな溜息《ためいき》がした。

「……楸瑛、一つ、教えよう。宝鏡山の社《やしろ》に入った巫女《みこ》だけれどね。珠翠さんだよ」

楸瑛は目を見開いた。

楸瑛が出ていったあと、玉華がそっと近寄ってきた。

雪那は八つ当たりをした。

「君が一年に一回しか甘くない玉子焼きをつくらないからこうなるんだ」

「またそんなこと仰《おっしゃ》って」

「龍蓮は？」

「玉龍へ行きました。お友だちのところでしょうね」

「十三姫も山に入ったか。……正念場だな」

宝鏡山には司馬迅がいる。

……五年前、ただ一人で九彩江を踏破《とうは》し、この館《やかた》まで到達《とうたつ》した妹。

ボロボロの姿で、泣いて自分の前に額をこすりつけて愛する男の救命を頼《たの》んだ。

雪那たちは、とりわけてこの妹が好きだった。

困難があっても、ものともしないで踏《ふ》み越《こ》えていく。――楸瑛もまた。

「雪那さん、本当に許してあげないつもり？」

雪那の答えは、鋭《するど》く簡潔だった。

「当然だ」

それが正真正銘《しょうめい》、本気の言葉であることを、玉華は察した。

第五章　行方不明の王様

王都——貴陽。

絳攸は筆を止めた。窓景色はいつのまにか、夏になっていた。

季節さえも移ろおうとしているのに、この吏部《りぶ》侍郎室だけは何一つ変わっていなかった。

絳攸は筆を硯《すずり》に叩《たた》きつけるように擱《お》いた。

両手を組み、額に押し当てる。このままでいいはずがないことを、誰より絳攸がよくわかっていた。黎深の様子が以前とは違っていることも、絳攸は気づいていた。

以前の黎深も確かに仕事嫌《ぎら》いだったが、「面倒《めんどう》」という感情が先に立っていた。絳攸や配下が口を酸《す》っぱくして言えば、しぶしぶやるくらいはしていたのだ。だが、今の黎深は何を言っても頑《がん》として動かない。理由はわからないが、あの徹底《てってい》した拒絶《きょぜつ》は、自らの意思で吏部尚書という地位の責任を放《ほう》り出したとしか思えなかった。

——このままでは、いずれ何もかもがだめになる。絳攸が黎深のかわりに積まれていく仕事を片付けていくのは、崩れようとする堰《せき》を手で必死に押さえているようなものだ。遅《おそ》かれ早かれ、必ず崩壊《ほうかい》する。

それでも、今の絳攸にはどうすることもできなかった。日々山のような仕事をこなすのに精一杯《せいいっぱい》で、他《ほか》に何もする時間や余裕《よゆう》はありはしなかった。絳攸がこの椅子《いす》から離《はな》れることは、即刻《そっこく》堰が壊《こわ》れることを意味する。身動きがとれなかった。

楸瑛が貴陽を出て行ってから、もうずいぶんたつ。

『……楽しかったね、絳攸。でも、それだけではだめだったんだ』

あの言葉を言ったとき、楸瑛は確かに、何かを心に決めた顔をしていた。

何がだめだったのか、どうすればいいのかに気づいて、そのうえで帰還を選んだ顔をしていた。だからこそ、絳攸はあれ以上言わなかったし、引き留めることもしなかった。

今度は、自分の番だ。

それもわかっていたけれど、どうすればいいのか、今の絳攸にはまるで見えなかった。

ただ、何かが壊れていく音だけが聞こえた。

……その様子を、ちょうど室《へや》へやってきた楊修《ようしゅう》が、じっと見ていた。

＊　＊　＊

秀麗は数日州府の一室にこもって資料をひっかき回していたが、司馬迅の件について目新しい進展はなかった。いくら捜《さが》しても殺害の事由を記した調書が見つからない。『父殺し』は十悪の上位なので、理由にかかわらず極刑《きょっけい》にできるが――。

(……理由、調べなかったはずがないわよね)

たとえ司馬迅が黙秘を貫いたとしても、捜査はしたはずだ。当然、司馬家で話も聴《き》くだろう。なのに、それが一切《いっさい》書かれてない。

そもそも、日付がおかしい。司馬迅が出頭した日と、処刑の日まで、だいぶ間がある。それなのに、異常に調書が少ない。まるで誰《だれ》かが廃棄《はいき》処分したかのように。

『司馬迅』が生きているとしたら、当然『助けた』者がいる。

もしも『司馬迅』と『隼』が同一人物だとすれば――。

司馬迅は各地で死刑囚《しけいしゅう》を逃《に》がして『牢《ろう》の中の幽霊《ゆうれい》』をつくりだし、地方で五人の官吏《かんり》暗殺をしていた兵部《へいぶ》侍郎ともなにがしか関係があり――そもそも『隼』は兵部侍郎殺害の下手人だ――さらには十三姫暗殺未遂《みすい》。

……とんでもないことだ。隼が司馬迅だと確認がとれれば、……藍家にも追及《ついきゅう》の手が及《およ》ぶ。

だからこそ清雅は、楸瑛や十三姫を引っかけて裏をとろうとしたのだろう。

(……藍将軍の親友で、十三姫の許嫁《いいなずけ》……)

司馬迅との関係が深いがゆえに、当然、秀麗は彼らを取り調べなくてはならない。

葵皇毅はそのうえで秀麗がどういう処置をするか、見極《みきわ》めるつもりなのだろう。

秀麗は調書に目を落とした。本当はわかっている。ぐずぐずありもしない調書をひっくり返していたのは、単に先延ばしにしたかったからだ。

葵皇毅の冷笑《れいしょう》が見えるようだ。お前はどうする——と。

『特に何もわかりませんでした』といってこのまま帰ることだって勿論《もちろん》できる。でも、葵皇毅はその時点で、『使えない』として間違《まちが》いなく秀麗をクビにする。

『官吏ごっこがしたいなら、そこらの子供相手にやるんだな』

もう一度、あの言葉を秀麗に投げつけて。

——逃げるわけにはいかなかった。

「失礼」

そのとき、うしろから姜州牧に声をかけられた。

まるで気配を感じなかった秀麗は、口から心臓が飛びだすかと思った。

姜州牧がじきじきに来る用件といったら、一つしかない。

「見つかりましたか!?」

「遅《おそ》かった」

姜州牧はこの世の終わりの目撃者《もくげきしゃ》のごとく陰鬱だった。

「どうやら王はすでに九彩江へ入ってしまったようだ」

もはやできることは何もない、と、姜州牧は告げた。

「九彩江？」

燕青と蘇芳を前に、秀麗は姜州牧から聞かされた話を繰《く》り返した。

「州府の権力の及ばない、禁域だそうよ」

「山狩《やまが》りは？」

「できないっていってたわ。下手《へた》に捜索隊《そうさくたい》を派遣《はけん》すると、丸ごと行方《ゆくえ》不明になったりする山なんですって。王一人のために多くの配下を無駄《むだ》にはできないって、はっきり言われたわ」

蘇芳は耳をほじった。

「……葵長官にも、いわれたんじゃなかった？　王様が九彩江に入ったら捜《さが》すなって」

秀麗は面食らった。あれ、蘇芳に話したっけ。

「そうね、言われたわ。姜州牧も同じことを言ったわ。迷うからっていうのもあるんでしょうけど、九彩江に王が入ったら、誰も手助けしてはならない――配下はただ帰ってくるのを待つ。それが昔からの暗黙《あんもく》の掟《おきて》である、ですって。それを破れば――」

「破れば？」

「禍《わざわい》が起きる、ですって」

燕青は面白くもないといった顔をした。

「へーえ。……で？　姫《ひめ》さんはどーするつもり？　王様を信じて待つ？」

「――当然、捜しに行くわ」

蘇芳は目を丸くした。

「マジで？　破れば悪いことが起きるっつーのに？　ばれたらクビなのに？　しかも迷って行方不明になるヤツが続出する場所なのに？　あんた何考えてんの。王様が帰ってくるの、待ちゃいーだけの話じゃん。なんで入ったかしんないけど、王様なんだしさー、信じてあげなよ」

秀麗は馬鹿《ばか》馬鹿しそうに半笑いする。

「タンタン、あいにくだけど、私は主上を全っ然信じてないの。いろいろあって天然ぶりとマヌケっぷりはよーく知ってるから。うっかり藍将軍のいる隣山と間違えて入っちゃいましたーとかってオチでもはっきりいってまったく驚《おどろ》かないわね！」

ひでー、と蘇芳は思った。ちょっと王様かわいそう。

「あのね、大事な人が山で遭難《そうなん》してるかもしれないときに、『信じて待つわ』なんてノンキに言ってられるわけないでしょう。やれることがあるなら全部やるに決まってるじゃないの。相手がタンタンだって燕青だって、私は同じように捜すわよ。起きるかどうかもわからない禍なんたらより、いまできることに全力を注ぐわ」

燕青はニヤッと笑った。

「だな。祈《いの》って病気が治るなら、姫さん虎林郡にこなかったよなー」

秀麗の真の武器は、決して目先のことに惑《まど》わされない超《ちょう》のつく現実感覚だ。誰に何といわれても、「幸運」をただ待っていたりはしない。

蘇芳も冗官《じょうかん》解雇の時を思いだした。そういえばあのときも、秀麗はじっとしていたりはしなかった。全然。

蘇芳は、秀麗を運のいい女だなーと思っていたが、よくよく考えればそれらは秀麗が自力でもぎとってきた結果だ。実際の秀麗は結構不幸だ。

秀麗はもう何度となくそうしたように、もどかしさを飲みこんだ。

(劉輝の居場所がつかめた)

刹那《せつな》、『九彩江に入ればクビだ』と言った皇毅の言葉が浮かんだ。

肚《はら》は決まっている。覚悟《かくご》の上だ。

劉輝を迎《むか》えにいくためにここまできたのだ。

「──全速力で宝鏡山まで行くわよ。もちろん、万全《ばんぜん》の装備を調《ととの》えてね。タンタンは残ってちょうだい。実際、危険な山みたいだし。誰か一人は州府に残って、いざというとき貴陽に連絡《れんらく》してもらう必要があるから──」

「行くよ」

蘇芳はボソッと言った。

「長官へのレンラクは姜州牧に頼《たの》めばいーだろ？　俺も行くよ、仕方ねーからさー。『役に立たないからくるな』とかゆーなよ？　焚《た》き火くらいはできるし。……多分」

秀麗はてっきり「俺、ここで待ってるからガンバってー」と言われると思っていたので、嬉《うれ》しくなった。

「言うわけナイでしょ。いっとくけど、体力的にはタンタンより私の方が役立たずだわ」

きりっと号令をかけた。

「じゃ、準備しましょう。まずは九彩江まで行ってくれる腕《うで》のいい船頭さんを姜州牧に探してもらって、今日中には出発するわよ!!」

燕青と蘇芳は「了解《りょうかい》」と口をそろえた。


――姜州牧は、意外にも秀麗の決定に異を唱えたりはしなかった。

秀麗が必要だといったものを、大至急すべて手配してくれた。

姜州牧は舟《ふね》を州府の船着場へつけてくれ、そこまで見送ると言ったが、秀麗は断った。

執務室《しつむしつ》で礼を伝えたとき、秀麗はふと、姜州牧にあることを訊《き》いてみた。

「姜州牧、黄身が二つ入ってる藍鴨《あいがも》のタマゴと、サルの頭に似たキノコって知ってます？」

姜州牧は目を瞬いた。

「おや。よくそれを知っているね。かなりの珍味《ちんみ》なのだが。それは――」

聞き終えると、秀麗は一つ、頷《うなず》いた。

「ありがとうございます。それでは、私たちから十日たっても何も連絡がなかったら、大至急貴陽の御史台《ぎょしだい》と、鄭尚書令《しょうしょれい》に内々に事の次第《しだい》を報告、指示を仰《あお》いでください」

「了解した。気をつけて」

「ああーっと！　もう一つ!!」

これっきり聞けなくなるかもしれないと思い、秀麗は最後に尋《たず》ねた。

「あの！　藍州で、川に饅頭《まんじゅう》を流す習慣のある場所がありますよね？　あれって――」

「ああ。それをなさった監察《かんさつ》御史のお名前かね？」

姜州牧が敬語を使ったことに、秀麗は気づいた。

姜州牧は微《かす》かに笑った。それでもなぜかますます不幸そうに見える七不思議。

「今も現役《げんえき》でいらっしゃる。門下省長官《もんかしょう》・旺季様がその監察御史ご本人だ」


「よろしいんですか？　行かせてしまって……」

姜州牧はいつもよりは陰鬱《いんうつ》でない顔で副官に頷いた。

「君にもう一つ教えよう。古今東西、名官吏《めいかんり》にはことごとくある一つの傾向《けいこう》がある」

州尹はパッと筆と料紙を手にした。書き留めて、のちに『姜州牧名言集』を出すのが密《ひそ》かな野望だ。

「決して、つまらぬ迷信《めいしん》・妄言《もうげん》に惑わされて民《たみ》を見殺しにせぬこと、だ。旺季様しかり」

紅秀麗しかり。どうやら虎林郡の件も、あの娘《むすめ》自身の判断に基《もと》づいて行動した結果のようだった。

名官吏が自分の命をかけて助けに飛んでいく王は、マシな王になる可能性が高い。

悠舜の件もある。まだ予断は許さない。現時点で藍州にきた王はバカでアホだ。間違《まちが》いない。けれど王に対する評価を一時棚上《たなあ》げするくらいはいいだろう。臣下に育てられる名君も、確かに存在するのだから。

紅秀麗がいささかの迷いもなく、九彩江行きを即断《そくだん》したことはそれだけの価値がある。少しずつ姜州牧が育ててきた副官でさえ、九彩江行きに不安げな顔をしているのだから。人は、どんなに長く生きても、これほど簡単に惑う。

姜州牧は、もう一つの話をした。

「……君は、昔話で、なぜ兄公子たちがみんな宝鏡山から帰らなかったり、おかしくなって帰ってきたりしたのに、十番目の公子がちゃんと帰ってきたと思うね？」

「ええ？　それは単なるお伽噺《とぎばなし》で――」

「これには、一つの仮説が立てられる。王位を巡《めぐ》って争いばかりしていた九人の兄公子たちに、王はいつも苛立《いらだ》っていた。ゆえに、禁域を利用してうまいこと片付けようと、宝鏡山に兇手《きょうしゅ》を配置、残らず始末した。あの山は伝説を利用して、王族を体《てい》よく片付けられる場所なわけだ」

副官はぎょっとした。姜州牧の顔で話されると余計怖《こわ》い。

「ただ、確かに何か不可思議な力が働き、迷う場所なのも事実だ。ではなぜ十番目の公子が無事戻《もど》ってきたか。それは、九人の兄公子たちと違い、十番目の公子には、彼を何とかして助けたいと願い、迷いの山だろうが、禍が起ころうが、構わず力を貸した臣下たちがいた、と考えられないかね。その後、十番目の公子は名君となった。周りに彼を助けようとする名臣たちがそろっているなら、それも当然といえる。……そういう考え方もできる、というこことだ」

だからこそ、姜州牧は紅秀麗の行動を評価する。

とはいえ、王や彼女が無事帰ってくる保証はどこにもない。ともに姜州牧から見れば子供といっていいほど未熟なうえに、鎮守《ちんじゅ》の社《やしろ》に縹一族が入ったという情報がある。

縹家は異能と兇手の一族だ。玉座に関しても大きな発言権をもつ。代々あの山に入った王侯《おうこう》貴族を吟味《ぎんみ》し、始末してきたのは縹一族と見て間違いない。おそらくは今回も。社に入ったという縹家の人間が、彼らにどういう裁定を下すか――。

……どうなるかはわからない。だがもし戻ってきたら、紅秀麗の忠心に敬意を表し、現藍州州牧・姜文仲は王に対し、現時点で静観及《およ》び中立、という立場を選ぶことにした。

秀麗は船着き場に全力疾走《しっそう》した。すでに燕青と蘇芳は舟《ふね》に乗り込んでいる。なんだか二人が微妙《びみょう》な顔をしていることに秀麗は気づかなかった。

「とぉっ」

秀麗はそのままの勢いで踏《ふ》み切りをつけ、舟の中に見事ひらりと着地した。

「行くわよっ!!　船頭さん！　全速力で九彩江まで!!」

返事のかわりにペロレロと、脱力《だつりょく》するような笛の音がした。

……その、忘れようにも忘れられない怪音《かいおん》――。

秀麗は『船頭さん』を顧《かえり》みた。

その、忘れようにも忘れられない奇天烈《てれつ》な格好――（今回は頭に『歓迎《かんげい》！　心の友其《そ》の一ご一行』という小さな旗がささっている）。なぜ存在を見落としたのか、のちに秀麗は深く苦悩《くのう》する。

「龍蓮――!?」

「心の友其の一の願い、確かに聞き届けた。我が全力をもってかなえよう。いざゆかん」

龍蓮は櫂《かい》を手に取った。

そして地獄《じごく》の道行きが始まった。

＊　＊　＊

……劉輝はふらふらと山の中を彷徨《さまよ》っていた。

山頂を目指してただ歩いた。

時々、人の気配がしたが、すぐに消えた。劉輝もたいして頓着《とんちゃく》しなかった。

川や湖で魚を捕《と》ろうとしたが、……驚《おどろ》いたことに、この九彩江には魚が一匹《ぴき》もいなかった。それに、水がみたこともない碧色《みどりいろ》で、湖底までくっきり見通せた。何本もの巨大《きょだい》な倒木が湖底に沈《しず》んでいて、横たわる古木たちはなぜか雪が降ったように白かった。水があまりにも美しく透《す》き通っているので、浅いのかと思って一回入ってみたら、おぼれかけた。

とんでもなく深かった。

いくつもの色鮮《あざ》やかな湖や沼《ぬま》を越《こ》え、真珠《しんじゅ》が散っているような雄大《ゆうだい》な滝《たき》や、山と見まがうほどの巨大な一枚岩にも遭遇《そうぐう》した。淡《あわ》い緑の水草が一面に揺《ゆ》れる沼や、逆さまに山を映す鏡のような湖もあった。ある場所では、なんと川の中に森があった。どうして木々が急流に押し流されずに川の中に生えているのか、劉輝は不思議だった。

まるで桃源郷《とうげんきょう》のように、九彩江は神秘的で美しかった。

山に生えているヘンなキノコや木の実を採って食べ、ひたすら歩いた。夜は警戒して木の上で寝《ね》た。毎日のように〝莫邪《ばくや》〟は鳴り響《ひび》いた。やがて面倒《めんどう》で鳴っても起きもしなくなった。朝は、高い鳥の聲《こえ》と、朝靄《あさもや》でぐっしょり濡《ぬ》れそぼって目覚めた。

のぼっているつもりだったが、気づけばなぜか下っていたりした。

どうやら迷っているらしかったが、構わずにまた上を目指した。少しずつ少しずつ、肌《はだ》寒《ざむ》くなり、やがて吐《は》く息も白くなり始めた。日数はかろうじて数えていた。一人で舟をおりてから、かなりの日が過ぎていた。どう考えても迷っている。

あるとき、喉《のど》が渇《かわ》いて湖で水を飲もうとしたら、岸にヘンな生き物を発見した。

クマ。に見える。でも毛が白と黒に色分けされている。

だいぶ朦朧《もうろう》としていたので、劉輝はしばらくなんだかわからなかった。

「……パンダ？」

見たことはなかったが、そういう生き物がいると、確か十三姫と邵可がいっていた。

（……なんだっけ。九彩江の主《あるじ》、とか……）

肉食か草食かで劉輝の命運がわかれるので、劉輝は教えてもらったことを思い返した。

食べものは、笹《ささ》？　草食だ。ならいいや。一緒《いっしょ》に水を飲もうっと。

劉輝はフラフラと湖に近づき、水を飲んだ。

すると、何かやわらかく温かいものが腹にもぐりこんできた。

「？……わっ」

見ると、パンダの子供が劉輝にくっついていた。いつのまにか頭と背中にも一頭ずつ乗っかっている。全部で三頭の仔《こ》パンダにくっつかれていた。

親パンダは離《はな》れた場所から見守っている。別に襲《おそ》ってくる様子はない。

劉輝はぺたんと腰《こし》を下ろした。腹の仔パンダを撫《な》で、抱《だ》きしめた。

久しぶりのあったかさに慰《なぐさ》められ、劉輝は少し、泣いた。ずっと一人きりだったから。

劉輝はやがて仔パンダを親パンダの許《もと》へ返し、また一人で山を登った。

『あんた個人としてか、王としてか』

ずっと、あの言葉がぐるぐると脳裏《のうり》をめぐっている。

楸瑛に会いたい。でも、今のままでは会えなかった。

楸瑛だけではない。自分が誰《だれ》か、確かめなくては、これ以上どこにも行けなかった。

もう逃《に》げるのは嫌《いや》だった。逃げても逃げても、ちっとも楽にならない。

誰のためでもなく、ただ自分のために、劉輝は社をひたすら目指した。

……そのうち、高い針葉樹林の生《お》い茂《しげ》る、鬱蒼《うっそう》とした薄暗《うすぐら》い森林に入った。斜面《しゃめん》が、鍛《きた》えている劉輝でもつらいほどの急勾配《きゅうこうばい》になってきた。相当標高の高い場所にきていることは肌寒さや息苦しさからもなんとなくわかるのに、一向に木々が途切《とぎ》れない。丈《たけ》の高い樹木に日差しが遮《さえぎ》られ、太陽の光も届かない。寒々しく落ちる影と、絨毯《じゅうたん》のような苔《こけ》と落ち葉を踏《ふ》みしめてのぼりつづけ――。

前方に石段のようなものが見えた、と思ったときだった。

ずっとこらえていた激しい頭痛と、目眩《めまい》、だるさに耐《た》えられず、劉輝はついに地面に倒《たお》れ込んだ。起きようとしても手足が痙攣《けいれん》していた。胃《い》の腑《ふ》がねじれてかき回されているかのように吐き気がした。

急激に体が冷えていく。意識がすごい勢いで薄れていく。

……誰かが近づいてくる足音を最後に、劉輝はついに気を失った。

＊　＊　＊

静蘭は震動《しんどう》する〝干将《かんしょう》〟を見た。

……ここ最近、ずっと、鳴りっぱなしだった。

静蘭は破魔《はま》の剣《けん》を手でおさえ、気配を殺し、耳をそばだてた。

壁《かべ》を通して、室《へや》の中の陸清雅の声が聞こえる。常人ではわからない微《かす》かな声だったが、公子時代にある程度の特殊《とくしゅ》な訓練を積んでいた静蘭には、かろうじて会話として理解できた。

「……ええ、これなら充分《じゅうぶん》な証拠《しょうこ》になります。ありがとうございました」

室内で、清雅は相手に礼を言っていた。

「監察御史《かんさつぎょし》の権限において、可及的《かきゅうてき》すみやかに吏部侍郎《りぶじろう》・李絳攸の罷免請求《ひめんせいきゅう》をしましょう。この二年、王の寵愛《ちょうあい》をいいことに吏部侍郎の分を越《こ》える数々の越権行為《えっけんこうい》、及《およ》び、吏部であなたが集めてくださったこれらの証拠があれば充分です、楊修殿《どの》」

応じる声は、冗官解雇《じょうかんかいこ》の折、秀麗の査定をしていた吏部の覆面官吏《ふくめんかんり》、楊修のものだった。

「私は上に立つのは向いてないんですよねぇ。いろいろ面倒ですし、責任もとらなきゃなりませんし。誰かの下で好き放題やるほうが性《しょう》にあってます。でも、自分より無能な上司の下にいるのは、もっとイヤなんです。もういい加減、李絳攸の下にいるのはカンベン願いたいものですから。ではよろしく、陸御史」

静蘭は話を聞くだけ聞くと、その場をあとにした。

楸瑛は罷免される前に何とか叩《たた》き出せたが――絳攸のほうは難しかった。清雅は無能とはほど遠い。

もともと、吏部侍郎のまま、安穏《あんのん》として責任も負わず、横から劉輝に口だけ出していた絳攸に問題がある。清雅の格好の標的だ。相応《そうおう》の地位を得ていたなら、劉輝が一人で全責任を負わずにすんだ。濡れ衣《ぎぬ》でもなんでもなく、正当な糾弾《きゅうだん》だった。

特に絳攸は養い親が問題だった。

間違《まちが》いなく御史台は、絳攸をとっかかりに紅黎深の罷免問題にまで手を伸《の》ばしてくる。職務を放棄《ほうき》した吏部尚書《しょうしょ》、しかも紅家当主とくれば、御史台が的にしないわけがない。黎深は、吏部尚書の地位に執着《しゅうちゃく》してもいない。やめろと言われればあっさりやめるだろう。

そのとき、絳攸がどうするか——それは絳攸自身の問題だった。

＊　＊　＊

「皇毅、君、どうしてお姫様《ひめさま》を藍州にやったの」

晏樹の問いに、皇毅は答えなかった。答えなくても晏樹ならわかっているはずだった。

「清雅の『仕事』の邪魔《じゃま》になるから？　厄介払《やっかいばら》いしないと面倒《めんどう》なことになるって君が思うくらい、お姫様は成長してきたってこと？　だよねー」

「……嬉《うれ》しそうだな」

「嬉しいよ。思わず意地悪しちゃったじゃないか。そうこなくっちゃ面白《おもしろ》くない。そろそろ本格的に陣取《じんと》り合戦の始まりだね。二年、じーっと待ってた甲斐《かい》があるってものだよね～。悠舜にあんまり不利で、ちょっとかわいそうな気がするけど。しょうがないね」

晏樹はくつくつと笑った。

「黎深、あの様子じゃ吏部尚書やめろね」

「やめてもらわないと困る。侍郎ともどもな。使えない者はいらん」

「王様も？」

「替《か》えはいないと思っていたらバカだな」

「お姫様、どんなカオするかな。尊敬する吏部侍郎がそんなことになっちゃって」

「帰ってきたらの話だ」

「ねー皇毅、誰に頼まれてお姫様を九彩江へやったの？」

「……」

皇毅は何も言わない。その答えも晏樹は知っているはずだった。

皇毅は薄い色の双眸《そうぼう》を細めた。

「……帰ってきたら、少しは使えるようになっているか」

もし縹家の手から逃れて帰ってくるのなら。

それを自分が期待しているのかどうか、皇毅は考えると面白くない結果になりそうだったので、考えなかった。

第六章　本当の王

「……おーい、姫さん、タンタン、起きろって」

ピタピタと頰《ほお》を叩かれ、秀麗は呻《うめ》いた。

目を開けると、鬱蒼《うっそう》とした森の中だった。

「……滝《たき》はドコ？」

ぼへーっと、秀麗は訊《き》いた。

かろうじて覚えているのは、舟《ふね》が空を飛んだときまでだ。

文字通り、飛んだ。

瀑布《ばくふ》の上から、滝壺《たきつぼ》へ。

あとはまったく記憶《きおく》にない。

横で、蘇芳も同じように起きたところだった。

「滝は終わり。もう九彩江の中。舟は岸辺につないで、結構歩いてわけいったとこ」

「嘘《うそ》!?　起こしてくれたら――」

慌《あわ》てて起きると、やけに全身がずっしり重たい。と思ったのも道理――。

「……びしょぬれじゃないの」

服を着たまま川の中につっこんでいったが如《ごと》くである。濡《ぬ》れた犬のように三人はしょぼたれた気分になった。

「そりゃーあれだけ無茶《むちゃ》すればな……おかげで普通《ふつう》三日かかるところ、半日でついたぜ……」

さすがの燕青も笑えなかった。秀麗と蘇芳が気絶している間もしっかり起きていた燕青は、南老師《なんろうし》と修行していた時以来のスゴイものを色々見てしまった。二人は気絶していて正解だった。起きていたら、たっぷり三年は悪夢にうなされたに違いない。

秀麗はぶるりと震《ふる》えた。蘇芳もくしゃみをし、鼻水をたらした。

「さっみー。風邪《かぜ》ひいちまうぜ」

「タンタンの言う通りだわ。……龍蓮は？」

「温泉探しにいってる」

「温泉？」

「この近くに一カ所、温泉が湧《わ》いてるんだと。だから起こしたわけ。ちょうどいいから入って温まってこいよ。このままだと確かに風邪ひいちまうからな。これから上に行けば行くほど寒くなる。山登りはそれから――」

不意に、燕青が棍《こん》をとり、秀麗と蘇芳を庇《かば》うように背を返した。木々の奥《おく》に注意を向ける。

「……燕青、もしかして？」

「ああ。温泉の前に、お客さんみたいだな、姫さん」

「別に温泉先に入ってきてもいーぜ？」

木立からふらりと、黒地に金糸の縁取《ふちど》りの眼帯をした青年が現れた。

額には、死刑囚《しけいしゅう》を表す刺青《いれずみ》。

見慣れぬ眼帯をし、こざっぱりとした姿になっているが、間違いようもなかった。まさか、こんなところで会うなんて――。

相手は秀麗に笑いかけた。あのもの憂《う》げな笑みで。

「久しぶりだな、お嬢《じょう》ちゃん」

「――隼、さん」

『牢《ろう》の中の幽霊《ゆうれい》』のことを教えてくれ、兵部侍郎《へいぶじろう》を殺害した、隼だった。

そしておそらくは、司馬迅という過去を持つはずの。


「お嬢ちゃんを迎《むか》えにきたんだ」

相変わらず飄々《ひょうひょう》とつかみどころのない口ぶりで、そんなことを隼は言った。

秀麗は燕青の袖《そで》をひっぱり、隼と会話をする意思を伝えた。

「……誰《だれ》の命令で？」

「縹家のおばちゃん」

秀麗は眉根《まゆね》を寄せた。

「縹家のおばちゃん？」

「そう。お嬢ちゃんを連れてこいってさ」

「……やけにペラペラしゃべるわね。縹家のおばちゃんが私に何の用？」

「そこまでは知らない。別に縹家のおばちゃんは俺の主《あるじ》じゃないんでね」

秀麗は注意深く、隼がくれる情報を頭に入れた。嘘か本当かはわからないけれど、もらえる情報はもらっておこう。ついでに訊けることも訊いておこう。

「……ここに、私の捜《さが》している人がこなかった？」

「王様なら、山中でぶっ倒《たお》れてたから俺が拾っておいた。山の上の社《やしろ》で寝《ね》かせてるぜ」

隼はあっさり言った。

「寝てる⁉」

「高山病だな。急に標高の高い場所に行くと、なるときがあってね。人によりけりだが」

秀麗は燕青に確認した。

「……燕青、ほんと？　劉…王はそんな体とか弱くないはずだけど――」

「高山病は船酔《ふなよ》いと同じで体質の問題だからな。体力とか強さはあんま関係ねーな。よっぽど悪化してなきゃ、山下りて、しばらく休めばすぐ治るから心配すんな」

秀麗はホッとした。

「……で？　わざわざその社まで連れてってくれるんですか？」

「そう。お嬢ちゃんに手荒《てあら》な真似《まね》したくなかったんでね。うろうろ迷うより、俺ときたほうがずっと早いぜ？　でも連れてくのはお嬢ちゃん一人な。野郎《やろう》はダメ」

秀麗は思案した。燕青ならきっと隼と喧嘩《けんか》をしてくれるだろう。が、ここで喧嘩しても、あまり状況《じょうきょう》はよくなりそうにない。地理に疎《うと》いのは事実だし、迷いやすい山だというし、唯一《ゆいいつ》この山を知ってるっぽい龍蓮もどこぞへ温泉探しに行ってしまった。

燕青と隼が怪我《けが》をするのが一番考えたくないことだった。

「わかりました。――じゃ、二人とも、行ってくるから」

蘇芳はまたくしゃみをした。

「……まさか、ここで俺と燕青、置いてくとかゆー？」

「いうわけないでしょ。別の仕事してちょうだい。燕青は藍鴨《あいがも》をつかまえて。タマゴが必要だから生け捕《ど》ってね。タンタンはサルの頭の形をしたキノコ採りね！」

蘇芳は「はあ？」と素《す》っ頓狂《とんきょう》な声をだした。

「どっちもこの九彩江にしかないんですって。おみやげに持って帰れって長官に言われたし、私のかわりに二人ともしっかり励《はげ》んでね。藍鴨つかまえたり、キノコ採るのが二人の任務よ。それでいつのまにか上の社まできちゃったって、別にいいわよね？」

秀麗はそう言った。

隼は吹《ふ》きだした。貴陽でも思ったが、まったく度胸もあるし、機転も利《き》く。自分にたいしてやる気がないことをちゃんと見抜《みぬ》いている。なにより無駄に戦《いくさ》を仕掛《しか》けないところが最高にいい。

「それならいーぜ？　お嬢ちゃん一人だけ連れてこいって命令だからな。こっそり誰がくっついてこようが、構わない。ま、お嬢ちゃんにあわせて、せいぜいゆっくり歩いてやるよ」

ようやく蘇芳もわかった。キノコ探したり、カモ追っかけたりしながら、つかず離《はな》れず追っかけてこい、と秀麗は言うのである。しかも敵（多分）の前で堂々と。

蘇芳は燕青に訊《き》いてみた。

「……あの女、茶州でもあんな感じだったわけ？」

「そーだな。あの眼帯《がんたい》野郎より遥《はる》かにヤバげな若様が『迎えに』きたときも、一人で乗り込んでいったからな。どんなに強い駒《こま》もってても、姫さんはギリギリまで実力行使はしねーなぁ」

嬉《うれ》しそうに破顔する。蘇芳は秀麗が以前『戦わずに兵を屈服《くっぷく》させることが最高に優《すぐ》れたこと』という格言を教えてくれたことを思いだした。

「ふーん……」

なんだか、蘇芳も笑ってしまった。蘇芳も喧嘩はめっぽう弱いので、痛い思いをしなくてもなんとかなるのは、大歓迎《だいかんげい》だった。

秀麗と隼は連れだって歩き出した。森の中へ。

「そんじゃ、行くかタンタン。サルのキノコ探しに熱中しすぎて姫《ひめ》さん見失うなよ」

「……あんたこそ、うまそーなカモ追っかけてって別の山に入っちゃったりするなよなー」

二人とも口をつぐんだ。

「なんか俺、すんげーやりそう」どちらもすごく不安になった。

＊　＊　＊

九彩江の千変万化する景色《けしき》は、この世ならぬ風韻と奇妙な不思議に満ちていた。

「どうして水が翡翠色《ひすいいろ》をしてるの？　こんなの見たことないわ……！」

隼は本当に色々なことを知っていて、訊けばなんでも答えてくれた。

「この九彩江はみんなこんな感じだぜ。底までくっきり見えるだろ？　浅く見えるが、ものすごく深いからな。うっかり足つっこむなよ。流されて一巻の終わりだぞ。水の色は九彩江の謎《なぞ》の一つだが、理由があると思うって、オレの主はいってる」

「理由？」

「この臥竜山脈の土は、他《ほか》の山土とは種類が違《ちが》うんだろうってさ。水が碧《みどり》になるような特《とく》殊《しゅ》な成分が土壌《どじょう》から溶《と》けだしてるから、この翡翠色になったんだろうって。魚もいない」

「魚がいない？」

「そう。一つの湖をのぞいて、この九彩江はなぜか一切《いっさい》の魚が生息してないんだ。それも

『桃源郷《とうげんきょう》』たるゆえんだが、多分理由はさっきと同じ、土の問題じゃないかとオレは思ってる。めちゃくちゃ深いのに、底まで見渡《みわた》せるくらい透明度《とうめいど》が高い。確かに綺麗《きれい》だが、つまり、魚のエサになる養分が一切ないってことだ。湖底が不思議に白いだろ。養分が、ことごとくあの白い土に吸われちまうんじゃねーかなあ。だから魚が棲《す》めない」

「でもさっき、一つの湖だけ魚が棲んでるって」

「そうなんだよなー。その魚ってのも、鱗《うろこ》がないヘンなヤツでな。魚の棲めない九彩江でも、なんとか生き延びられるように変化したんじゃないかと思うが、オレもなんでそこにしかその魚がいないのか、なんでそこだけ魚がいるのかってのはわからん」

秀麗が足を取られたりすると、隼はちゃんと支えてくれた。

うしろを見て、ときどき燕青と蘇芳がついてきていることを確認《かくにん》する。……しばらくすると、燕青がカモを生け捕《ど》りにしていて、蘇芳もキノコを風呂敷《ふろしき》に入れているのが遠目から見えた。ちゃんと『仕事』もこなしている。

（偉《えら》いわ二人とも！）

「あそこに見える湖も九彩江の大いなる謎の一つ。一〇八の湖沼《こしょう》の中で、唯一真冬でも絶対に凍《こお》らない摩訶不思議《まかふしぎ》な湖。猛暑《もうしょ》や干ばつで他の湖沼がことごとく涸《か》れるときも、あそこだけは干《ひ》上《あ》がらない。この九彩江に住む村人は、あの湖を『彩八仙の池』って呼んで、最後の頼《たの》みにしてる。お嬢《じょう》ちゃんはこの謎をどう思う？」

秀麗は真剣《しんけん》に思案した。……そういえば、さっき、温泉がどうとか――。

「……もしかして、あそこは湖底から、お湯がわいてるから、とか？　だから、真冬でも凍らないし、どんな干ばつでも、ポコポコわいて干上がらない……」

隼は口笛を吹き鳴らした。

「オレも同意見。この『彩八仙の池』の水温が低いのは、水深が深すぎて湖底で湯がわいてても熱が上まであがってこないんだと思う。それでなくとも上流から常時雪解け水が流れこんでるしな。でも本当のところはわからない。いつかもぐって確かめたいんだが、まだできてなくてな」

隼の話は、どれもこれも引き込まれた。その考え方もものすごく合理的だ。

彼とこんなふうに呑気《のんき》に話せるのも、社までだ。九彩江の謎解明より、するべき話があるはずだった。

秀麗は口を開いた。

「――隼さん」

「んー？」

「……藍将軍の幼馴染《おさななし》みで、十三姫の許嫁《いいなずけ》だった、司馬迅、ですね？」

隼は一つきりしかない目で、懐《なつ》かしそうに笑った。そして。

「人違いだな」

はっきりと、告げた。

……秀麗は、その答えが、聞きたかった。

藍将軍と、十三姫のために。

その晩は、焚《た》き火をして夜を過ごした。燕青と蘇芳はちゃっかり焚き火に寄ってきた。燕青は藍鴨《あいがも》を一羽さばき、蘇芳の採ったヘンなキノコで秀麗が料理をした。隼も山菜を摘《つ》んできてくれたので、豪華《ごうか》な夕食になった。

秀麗はまじまじとキノコを見た。

「……うわー……ほんと、サルの頭っぽい……」

かなり気色悪い形のキノコだったが、味は最高に美味《おい》しかった。摩訶不思議。

翌日は朝からかなり冷え込んだ。

標高が高くなったのか、午《ひる》が近くなっても寒々しく、息が白いままだった。

秀麗は、なぜか歩いても歩いてもちっとも疲《つか》れなかった。

隼も不思議に思ったらしい。

「……ずいぶんと、体力があるな？　王様でもへばってたんだが」

秀麗がうしろを振《ふ》り向くと、蘇芳とかなり離《はな》れていた。勾配《こうばい》もだいぶきつくなり、標高や疲労《ひろう》もあって歩く速度が格段に落ちている。燕青が遅《おく》れる蘇芳を助けていた。

……なのに、秀麗はまったく平気だった。

確かに、おかしかった。体力がないとは思わないが、二十代の成人男性・蘇芳よりあるとも思わない。だいたい、こんなに歩いても、息さえあがらないなんて変だ。

背筋がゾクリと冷えた。

『……お前……体の具合が悪いとか、おかしいとか、ないか』

貴陽で、リオウに言われたことを思いだす。そうだ——手をすりむいたときも血が一向に止まらなくて、どこかおかしいと思ったのだ。

（あのとき、血が止まったのはなんでだったっけ——）

秀麗はハッとして、おとなしく袖口《そでぐち》でポンポン飾《かざ》りのままくっついているクロを見た。

あのとき、クロとシロが掌《てのひら》の傷口に寄ってきたら、血が止まったのだ。

秀麗はクロを撫《な》でた。すると、クロが小さく掌にすりよった。

『うちの一族、なら。……なんとかできるかもしれない……』

リオウの一族は縹家だ。

この先の社《やしろ》にいるのも、縹家の人間だという。

（偶然《ぐうぜん》、なの……？）

少しずつ、自分の周りで何かが起こりかけているような、そんな気がした。

……やがて、日が届かないほどの高い原生林が生《お》い茂《しげ》る森に入った。暗い。

ごく近くから、ごうごうと河の流れる音がする。音からしてかなりの急流らしい。

夕方——前方に長い石段が見えた。雲をつくような石段だった。

石段の脇《わき》に馬が一頭うろうろして草を食《は》んでいた。漆黒《しっこく》の、とても綺麗《きれい》な馬だ。

隼は目を丸くし、その青毛の馬に近寄った。

馬は隼に甘えるように鼻先をこすりつけた。秀麗はその漆黒の馬が、なんとなく十三姫の愛馬に似ていると思った。でもまさかそんなわけもあるまい。

「あなたの馬？　綺麗な馬ね」

「うーん……」

隼は苦笑いして、答えなかった。

振り返っても、燕青と蘇芳の姿はない。蘇芳はだいぶ疲れていたから、引き離してしまったのかもしれない。

秀麗は一抹《いちまつ》の不安を覚えながらも、ここまできたら隼について行くしかなかった。

「これが最後の関門、九九九段ある石段だ。これをのぼれば社だぜ。さ、行くか」

＊　　＊　　＊

隼は嘘《うそ》をつかなかった。九九九の石段をのぼった先には、どことなく王都の仙洞宮《せんとうきゅう》を思わせる、古く壮麗《そうれい》な社があった。広大というわけではないが、決して小さくもない。

クロは微動《びどう》だにせず、秀麗の袖にくっついている。

社に入れば、ひんやりと静謐《せいひつ》な空気に満ちて、息をするのも遠慮《えんりょ》がちになった。

人っ子一人いない廊下《ろうか》を、隼は奥へ奥へと向かう。人が生活している気配さえない。

さすがにこの辺りで秀麗も不安を覚えた。

「お、王は本当にここにいるんでしょうね？」

「いるって」

隼は数えきれないくらい廊下を曲がったあげく、外れの突《つ》き当たりで止まった。陽《ひ》の射《さ》さない、暗い、影《かげ》がゾロリと這《は》っているような、嫌《いや》な感じのする場所だった。

壁《かべ》をさぐると仕《し》掛《か》け扉《とびら》が回転して、壁の向こうに薄暗《うすぐら》い空間が現れた。地下へと続く階段がある。

おそるおそる隼のあとについておりた先は、かびくさく、木の格子《こうし》で遮《さえぎ》られた座敷牢《ざしき》がいくつも連なっていた。かなり広い。なのにポツポツと思い出したようにしか灯火《とうか》がなく、闇《やみ》の中を歩いているようだった。

灯火をたどった先の座敷牢で、誰《だれ》かが横たわっていた。

秀麗は駆け出した。

両手で格子をつかむ。目を凝《こ》らさなくてもわかる。劉輝だった。

意識がなく、熱を出しているようだった。灯火の下に水差しと薬の包みみたいなものが置かれている。ちゃんとした布団《ふとん》に寝かされ、額におしぼりが当てられているのを見て、秀麗はホッとした。

涙《なみだ》がでた。

堰《せき》を切ったようにボロボロこぼれた。

何も言わずに城を出て、全然足取りもつかめなくて、もうひと月近くになる。

──心配、したの。

無事でよかった。

秀麗は顔をくしゃくしゃにして、呼びかけようとした。

「りゅ、劉──」

そのとき、うしろからついと細い指が伸《の》び、秀麗の顎をとらえた。

振り向いた秀麗は、目をいっぱいに見開いた。そこにいたのは──。

「珠翠!?」

珠翠の朱《あか》い唇《くちびる》が傲然《ごうぜん》とつりあがる。唇から漏《も》れでたのは、珠翠の声ではなかった。

「よくきたの、娘《むすめ》。待ちかねておったぞ」

──秀麗の全身を奇妙《きみょう》な衝撃《しょうげき》が貫《つらぬ》いた。

秀麗は「え？」とだけ呟《つぶや》いた。

どこかでこんなことがあった気がする──遠のく意識の中で、秀麗は思いだした。

（そうだ……石榮村《せきえいそん》で、消えた影月くんを捜《さが》して──）

採掘場《さいくつじょう》に、足を踏み入れたとき──こんな風に搦《から》め捕《と》られるような感覚がして。倒れた。

背中に格子《こうし》がぶつかる。秀麗はそのままくずおれた。

＊　＊　＊

劉輝は薄暗いなかで目覚めた。

（……ここは、どこだ……？）

目を凝《こ》らすと、森の中ではなく、室内だった。暗くて奥《おく》が見えない。

窓一つなく、枕頭《ちんとう》に灯火が一つきりともっている。

額に、ぬるくなった布があてられている。上半身を起こすと、ひどい目眩《めまい》がした。

「ようやっと起きたか」

のろのろと声のほうを向くと、木の格子が見えた。そこにも灯《あか》りがあり、火影《ほかげ》を格子に落としていた。

……座敷牢の中に、劉輝はいた。

格子の向こうで火灯りに浮かび見えたのは一人の女だった。

「珠翠!?」

「体はそうじゃの。少々借りておる」

淡々《たんたん》と、珠翠の口から、珠翠とはまるきり別の女性の声が流れ出る。表情はなく、話し方もひどく冷淡《れいたん》で、姿形は同じなのに珠翠とはまるで別人だった。

「……誰だ」

「お初にお目もじつかまつる。縹家当主・縹璃《り》桜《おう》の姉、縹瑠花と申す」

珠翠の唇が酷薄《こくはく》に笑《え》みを形作った。珠翠なら浮《う》かべるはずもない嘲《あざけ》りだった。

「……なるほど。璃桜のいうたとおり。先王とはまるで違《ちが》うようじゃ。あの鬼《おに》のような男の子供とは、とても思えぬ優《やさ》しげな面差《おもざ》しをしておる」

瑠花は格子の扉をあけると、するすると中に入ってきた。格子のきしむ音が反響《はんきょう》する。思ったより天井が高く、ずいぶん奥行きのある場所のようだった。まるで一族郎党《ろうとう》ごと監《かん》禁《きん》できるような……。

白い指先が、劉輝の顎を軽く持ち上げたので、思考は途《と》切《ぎ》れた。

「ふ、ふ。まさかあの男が、あのような形で早々に去《い》ぬるとはの。思わなんだわ」

「父の……ことか？」

「さても、そなたが宝鏡山にやってくるとは思わなんだが、会ってみるものじゃの」

瑠花は劉輝の反応に一切頓着《いっさいとんちゃく》しなかった。

「清苑よりは、扱《あつか》いやすい王と思うたがの」

「兄上……？」

「のう、そなた、王位を捨てたらどうじゃ」

瑠花は歌うように告げた。

「そなたのような弱腰《よわごし》では、とてもあの男の跡《あと》はとれまい。もともと、望んでなったわけでもあるまいに」

ゆらゆらと、明かりが揺《ゆ》れる。

劉輝の頭が、霞《かすみ》がかったように朦朧《もうろう》としてきた。

「心配せずともよいぞ。替《か》えはちゃんとおる」

「替え……」

「ふむ。羽羽はいっておらなんだか。即位《そくい》の折に、普通《ふつう》は伝えるものなんじゃがの。よほどそなたが不甲斐《ふがい》なく見えたか。王家と縹家の関係は、硬貨《こうか》の表と裏のようなものじゃ。どちらが欠けても成り立たぬ。蒼玄王の血が長きに亘《わた》って続いてきた理由でもある」

瑠花は懇切丁寧《こんせつていねい》に説明しようとする気はまるでないようだった。

「あの男が、片っ端《ぱし》から殺し尽《つ》くしたゆえ、だいぶ少なくなってしまったがの。玉座を継《つ》ぐ資格の主は、そなたの他《ほか》にもまだ残っておる、ということじゃ。ゆえに、そなたが王位を捨ててもなんら支障はない。——見ておったぞ。つらいと泣いておったではないか」

「…………」

「そなたは王ではない。こんなところまで、ノコノコくるようではの。そなた自身も気づいておるはずじゃ。そなたは王ではない。一人の女のために政事《まつりごと》をとるのでは、王たりえぬ。ゆえに、人心が離《はな》れてゆくのじゃ。一人になるまで、何も見えぬのじゃ。当然じゃ。そなたは兄公子たちがみんな去《い》んでも、何もしようとしなかった。王位を継いでも、後宮にこもりきり。この二年間はといえば、女のために、王様ごっこをしておっただけじゃからの」

劉輝は否定できなかった。

秀麗の望んだ王になろうと、劉輝にはただそれしかなかった二年だった。

瑠花はコロコロと鈴《すず》の音のように嗤《わら》った。

「そなたはどんな王を目指した？　良い王などと答えるでないぞ。嗤ってしまうからの。それは、一人の女がそなたに望んだことであって、そなたが望んだことではない。それに、良い王とはなんじゃ？　何とも雲をつかむような話ではないか。そなた自身が目指す王は、どこにある」

「私は……」

「逃《に》げて、逃げて、逃げて、こんなところまできおって。ほんに愚《おろ》かじゃ。お馬鹿《ばか》さんじゃの。いっそ愛《いと》しいほどじゃ。わらわが若ければ、情人の一人にしてもよかったの。可愛《かわい》がってやったものを。この肉体《からだ》でもよければ、褥《しとね》をともにしてもよいが」

劉輝の青ざめた頬《ほお》を愛しげになでる。

「女のために政事をする。女のために官位を用意してやる。女のために誰とも結婚《けっこん》せぬ。次はなんじゃ？　まったく、臣下も民《たみ》もいい迷惑《めいわく》じゃの。何度旺季に叱《しか》られても、今の今まで悩《なや》みもせぬ。羽羽もかわいそうじゃ。一生懸命《いっしょうけんめい》、そなたの玉座をなるたけ早く確たるものにしようと、毎日奔走《ほんそう》しても、ことごとく袖《そで》にされての。愚かな王には愚かな臣下。中身を伴《ともな》わぬ〝花〟などなんの役にもたちはせぬ。そんなにその女が良いなら、王位をおりて、一緒《いっしょ》になればよい。女のためにそこまですれば、女だとて断れまい。きっとそなたを養ってくれるぞ」

けらけらと嗤う。目眩がするような笑声《しょうせい》だった。

「――さあ、捨てるというがよい。あとは――が継ごう。王位にありながら、一度たりとて王になろうとしなかった愚かな子供。今のままで充分《じゅうぶん》と、与《あた》えられたものを与えられたまま。ただ玉座に座り、日々机案《つくえ》につまれる仕事を惰性《だせい》でこなしておっただけ。空位を埋《う》めようともせず、臣下はつぶれかけておるわ。古参の有能な臣下は年老い、やがて去ぬ。そのあとはどうする？　臣を育てようともせず。臣らに認められようと人心を得る努力もせず。無為《むい》にすごしたこの二年はもはや取り返しがつかぬ。そなたに王位はふさわしくない。もっとふさわしいものは他におる。縹家はそなたを認めぬ。そしてそれは、縹家だけでもないぞ」

劉輝の顔がくしゃくしゃに歪《ゆが》んだ。

女の指先が劉輝の首筋を這《は》う。

「ほんに愛《う》いやつじゃ。さあ、はよう言うがよい。楽になれるぞ。それでしまいじゃ。今ならば、誰を巻き込むこともなく、国譲《くにゆず》りができよう」

「……いやだ」

「……なに？」

珠翠の顔をした女は、柳眉《りゅうび》を顰《ひそ》めた。

「いやだといった。王位は捨てない。捨てないと決めた」

逃げてはいけなかったものから、逃げた。

期待に応《こた》えられない自分を、知りたくなかった。

『王としてか、紫劉輝としてか』

あの問いに答えることもできなかった。

それはあまりに苦しくて苦しくて。

……気づいたのだ。

どうして、苦しいのか。どうして、今になって逃げ出したくなるほど、苦しいと思うのか。

王になんかなりたくないと思っていた。ただ邵可から王位を継いで欲しいと懇願《こんがん》され、即位を承知した。そのあとも兄を待つという自分だけの理由で、政務を執《と》ろうともしなかった。秀麗と出会った後、秀麗のために王になろうと思った。楸瑛と絳攸が傍《そば》からいなくなって、一人で胸を張れなくなったのも、今までの決断が「二人がいいと言ったから」であって、劉輝が王としての信念のもとに、決断したものではなかったからだ。だから、簡単に揺れた。

その通りだ。劉輝は王ではなかった。全然王ではなかった。

王ではない自分に気づき、不安になり、焦《あせ》り、息が詰《つ》まるほど苦しくなった。リオウの問いに答えられない自分が恥ずかしくてたまらなかった。玉座から逃げれば逃げるほど、ますます苦しくなった。

劉輝は、王でありたかったのだ。

秀麗のためでも、邵可のためでもなく、霄太師に強制されて渋々《しぶしぶ》でもなく、こうなって初めて、劉輝は王になりたいと思ったのだ。誰《だれ》のためでもなく、自分の意志で。

だから、そうでない、情けない自分が嫌《いや》で、期待に応えられないダメな自分がイヤで、今までの未熟さと向き合うことになって、自分で自分に絶望した。

『王たるものだけが、宝鏡山の社《やしろ》にたどり着ける』

一人で、舟《ふね》を抜《ぬ》け出して、宝鏡山をひたすらのぼってきたのは、あの言葉を信じたからではない。自分が王だと、証明したかったわけでもない。ただ、本当の王になりたいと、心の底から願っている自分を、確かめたかった。

一人でも、周りに誰もいなくても、そう願いつづける自分を。

遅《おそ》いかもしれない。でも、劉輝はまだ王だ。王である限りはそうある努力をし、自分から王位を投げ捨てることはしない。

「余は王だ。最後までその自分を捨てない。ただの紫劉輝になることはしない――」

王として、楸瑛を手に入れて、王都に帰るのだ。

こんな自分をひたすら待っていてくれる悠舜と、静蘭の許《もと》に、帰る。

もう、逃げ出さない。紫劉輝という個人の名に甘え、逃げ込むこともしない。

劉輝は劉輝であり、同時に王である自分を絶対に捨てない——。

二度と、劉輝は王になりたくないなどとは言わない。

「余が、王だ。もう逃《に》げぬ。この命が尽《つ》きるまで王であり続ける」

「——よくぞ申されました」

不意に、格子《こうし》の向こうで声がした。

瑠花も驚《おどろ》いたように振《ふ》り返った。

そこにいたのは、会心の笑《え》みを浮かべた楸瑛だった。

「そのお言葉、確かに」

楸瑛は一足飛びに瑠花と劉輝の間に割って入った。

瑠花は身軽に飛び退《すさ》り、劉輝から離《はな》れた。

「……ほぉ。存外しぶとい子じゃ。ならば、よい。存じておろう？　この九彩江は俗世《ぞくせ》の権の及《およ》ばぬ不可侵《ふかしん》の領域。ここでは何が起ころうと、すべてが許される。——隼!!　珠翠とともにこの子供の首をとって参れ。よいな！」

その傲岸《ごうがん》な命令を最後に、珠翠の表情から、縹瑠花という女が消えた。

珠翠の体がくずれ落ちて明かりの届かぬ、牢の奥の暗闇《くらやみ》に沈《しず》む。

「珠翠!!」

劉輝は立とうとしたが、できなかった。ひどい目眩《めまい》とだるさで、吐《は》き気がする。

楸瑛が慌《あわ》てて抱《だ》き起こした。

「高山病です。山をくだって休まない限り、症状《しょうじょう》はおさまりません。ムリなさらずに」

「……楸瑛、そなた……いつからいたのだ？」

「私ですか？　だいぶ前から主上のあとを追っておりましたが。せっせとキノコを摘《つ》んでいるところも、パンダにくっつかれているところもちゃんと見てました」

劉輝は恥ずかしさで死にそうになった。……全然気づかなかった。

楸瑛は格子の向こうに顔を向けた。

「――もちろん、そこのバカが倒れた主上を拾ったのも見てました」

「お礼くらい言ってもいーんだぜ？　楸瑛」眼帯の男がいつのまにかそこにいた。

「馬鹿も休み休み言え。秀麗殿《どの》をとっつかまえたやつがのうのうと」

劉輝は空耳かと思った。

「秀麗がここにいるのか⁉」

「ええ。秀麗殿はあなたを迎《むか》えにきてくれたんです。あなたを見て、泣いてましたよ。果報者ですねぇ。何が何でも帰らないといけませんね」

そのとき、闇の中で、珠翠が身をもたげた。

「珠翠‼」

珠翠は縹瑠花という女でも、珠翠の表情《かお》でもなかった。一切《いっさい》の感情が剝《は》がれ落ちた、面のような無表情。

ちゃき、と両手にきらめくのは二口《ふたふり》の暗器。

珠翠が襲《おそ》いかかってきた。劉輝へ。

「しゅ、珠翠⁉　なんだ、どうしたのだ！」

「洗脳ってやつです。洗脳と暗殺は縹家のお家芸ですからね」

珠翠と迅、両方相手取り、なおかつ動けない劉輝を守り抜くのはさすがに厳しかった。

（まずい。せめてあと一人誰か――）

そのとき。誰かが迅の背後をとった。

「十三姫⁉」

「兄様‼　迅のバカたれは私が相手をするわ。珠翠さんを早く‼」

いるはずのないかつての自分の愛馬を見ていた迅は、やっぱりな、と苦笑《くしょう》した。

自分と秀麗の後について仕掛け扉をくぐってきたことも気づいていた。

「よぉ。螢」

背にふれる愛した少女の気配を、迅は全身で感じた。


楸瑛は劉輝を一度放《ほう》り出した。火明かりと暗闇の交錯《こうさく》する中、珠翠は楸瑛には目もくれず、瑠花から受けた命令通り、まっすぐ劉輝を目指してきた。

うまく体が動かず、受け身もとれなかった劉輝は牢《ろう》の石の床《ゆか》に頭をぶつけつつも叫んだ。

「楸瑛！　珠翠に傷をつけるな」

「わかってます」

剣を抜《ぬ》かずに、珠翠の腕《うで》を摑《つか》み、暗器を叩《たた》き飛ばして投げ技をかける。

珠翠は反転して、立ち上がった。珠翠のただならぬ身のこなしに、劉輝はオロオロした。

「楸瑛、愛でなんとかできないのか！　洗脳を解くなら常道だろう!!」

「そうよ兄様!!　兄様の取り柄《え》なんてそれっくらいじゃないの!!」

……なんでばれてんだろう、と楸瑛は思った。とんだ弱味をつかまれた。

迅がにやにや笑いながら見ているところがさらに頭にくる。あんの野郎《やろう》。

一度洗脳がとけたのは、秀麗が呼んだときだった。

「珠翠殿――珠翠殿、目を覚まして下さいっ」

猛然《もうぜん》と殴《なぐ》りかかられた。

避《よ》けながら、何度も名を呼ぶも、まるで効果はなかった。どころか、いっそう攻撃《こうげき》が激しくなっているのは気のせいだろうか。楸瑛は過去の自分の行状を深く反省したが、今さらまったくもって遅《おそ》すぎた。

(……順位としては秀麗殿よりも下ってことか)

楸瑛は落ち込んだ。

楸瑛は最後の手段に訴《うった》えることにした。くそ、これだけはやりたくなかったが――。

「あーっ!!　あんなところに邵可様がっっ!!」

……効果はてきめんだった。

ピタリ、と珠翠の動きが止まった。

迅も十三姫も肩《かた》を落とした。……なんだそりゃ。

劉輝も絶句した。まさか珠翠の好きな男というのは――いやそんなことより！

「楸瑛！　そなたには男の誇《ほこ》りがないのか！　ちょっと情けないぞっ」

「ちょっとどころか、かなり情けないわよ兄様!!　サイテーよっ」

「お前さ……なりふり構わないのもほどがあるだろ」

楸瑛はやけっぱちに怒《ど》鳴《な》り返した。

「ええい黙《だま》ってろ外野!!　そんなもん気にしてる余裕《よゆう》なんか、切羽《せっぱ》詰《つ》まってる男にあるわけないだろうがっっ!!　手段を選んでる暇《ひま》なんかないんですよこんちくしょう！」

なんたって、楸瑛自身がいちばん泣きたい。愛は愛でも他人の愛。

珠翠は目に見えて動揺《どうよう》していた。嬉しいやら悲しいやら。とにもかくにもこの機を逃《のが》さないようにと、楸瑛は必死で揺《ゆ》さぶった。

「珠翠殿!!　しっかりしてください」

頬《ほお》も叩いた。

すると、カッと珠翠に睨《にら》まれた。

「……痛いわね!!」

「責任はとります！」

「結構!!　そんなものお金を払《はら》ってでも叩き返させていただきますっ」

「うう」

即座《そくざ》に突《つ》っ返され、滅多《めった》に振られたことのない楸瑛はひるんだ。

劉輝も十三姫も迅も、楸瑛を不憫《ふびん》に思った。

珠翠は牢の床で動けずにいる劉輝を見留めた。

「……主上！」

「珠翠、よかった——」

「何してらっしゃるんですこんなとこで！」

「す、すまぬ！　自分探しの旅に出ていて」

珠翠は周りを見回した。

「秀麗様は!?」

格子の向こうで迅が答えた。

「お嬢《じょう》ちゃんなら、社《やしろ》の最奥《さいおう》の室《へや》で寝かせておいたぜ」

「あ、どうも」

劉輝が礼を言うと、楸瑛に怒鳴られた。

「自分を殺そうとしている相手にお礼なんか言ってどうすんですっ」

「で、でも——」

迅には殺気がない。十三姫に背後をとられているとはいえ、格子の中に入ろうともしなかった。

そのとき、迅が格子に背を向け、十三姫に向き直った。

十三姫は小柄《こづか》を構えた。

まっすぐに刃を迅に向けて。

「──兄様たちは行ってちょうだい。こいつの相手は私がするわ」

楸瑛はためらった。十三姫では、迅には敵《かな》わない。迅が丸腰《まるごし》でも。

「お願い、兄様」

楸瑛は劉輝を腕に抱き寄せ、背にかついだ。

「……わかった」

そういうしかなかった。

＊　＊　＊

瑠花は、横たわる娘《むすめ》をとっくりと見つめた。

……かつての冴《さ》え渡《わた》る美貌《びぼう》の薔薇《ばら》姫《ひめ》とは似ても似つかない、平凡《へいぼん》な容姿の娘だった。

スッと、指を伸《の》ばす。その指先は半透明《はんとうめい》に透《す》けていた。珠翠の肉体から抜け、魂《たましい》だけ飛ばしているため、実際に娘に触《ふ》れることはできない。

頰を撫《な》で、顎《あご》にすべり、首筋を辿《たど》り、鎖骨《さこつ》のくぼみに触れる。そんな仕草をした。

瑠花の漆黒《しっこく》の眼差《まなざ》しが、凄《すさ》まじい憎悪《ぞうお》に彩《いろど》られた。

――薔薇姫。

彼女のたった一人の美しい弟、璃桜が恋着《れんちゃく》しつづけた女。

鎖《くさり》に繫《つな》ぎ、毎日のように通い、何十年もの間、璃桜のすべては薔薇姫のものだった。

瑠花が弟のために何もかもを捧《ささ》げても、虚《うつ》ろに通り抜けるのに。弟は薔薇姫が鎖から逃《に》げたあとも――いや、逃げたせいで、よりいっそう薔薇姫に心を囚《とら》われた。

いまもなお。

瑠花に手に入らぬものなどなかった。弟をのぞいて。

生まれてからすでに百年近い時を過ごしているのに、璃桜が瑠花を見たことはない。

ただの一度も。

そのすべての元凶《げんきょう》が、いま、目の前にいる。

百年の間に凝《こ》り固まった憎悪の目が、不意に、夢見るようにトロリととろけた。

「……これで、璃桜も喜ぶ」

いとおしむように、秀麗の青ざめた頰を撫でる。

憎《にく》んで憎んで憎みつづけた女。

けれど、この娘は薔薇姫であって薔薇姫でない。

弟が一度も瑠花を見なかったように、一度も弟を見なかったあの憎々《にくにく》しい女ではない。

瑠花は心から喜んだ。

「これでようやっと、璃桜もわたくしを見てくれるはずじゃ」

虎林郡では無能で役立たずの漣《れん》に任せたのが失敗だった。男というのは、種付け以外にはとんともの役に立たぬ。だがもういい。いまここに、望みの娘がいるのだから。

今度こそ弟は、あの漆黒の目で、きっとわたくしを見てくれる。

うふ、と瑠花は真紅《しんく》の唇《くちびる》に笑《え》みをこぼした。

「この娘の肉体さえあれば、きっと」

透けた指先が、秀麗の胸にのびた。

「──そこまでだな、瑠花」

瑠花は手を止め、振《ふ》り向いた。

懐《なつ》かしい顔に、くつくつと喉《のど》の奥から嗤《わら》いがもれた。

「久しいの、黒狼」

透き通ってはいたが、離魂《りこん》しているからか、瑠花は若く美しい娘の容姿をしていた。瑠花は弟の璃桜と違《ちが》い、不老の肉体はもっていない。歳《とし》も常人と同じようにとる。もう齢《よわい》八十を超《こ》えたはずなのに、いまだ生きているとは邵可も思わなかった。

邵可は舌打ちした。

「とっくにくたばっていると思っていたんだがな」

「ふふ。相変わらずの口の悪さよの。わたくしはおぬしがさして嫌《きら》いではないのじゃが」

薔薇姫を奪《うば》い去ってくれた邵可には、好意さえ抱《いだ》いたものだ。

「じゃがの、この娘はわたくしがもらうと決めた。隠《かく》しおおせなんだそなたがバカじゃ」

「あのろくでなしの弟に、いまだにそこまで執着《しゅうちゃく》するお前のほうがよほどバカだと思うが」

瑠花は目をパチパチとまばたかせ、次いで世にもおかしなことを聞いたとでもいうように、笑いだした。

「ほほ、おぬしがそれをいうか！　愚《おろ》かにも人でないモノに恋《こ》い焦《こ》がれ、あるはずもない仙女《せんにょ》の心を欲《ほっ》し、むりやり奪い去ったおぬしが！　只人《ただびと》の中でももっとも愚かなる人間の男よ。子まで生《な》したその執念《しゅうねん》、いっそ褒《ほ》めてつかわす。わたくしのほうが遥《はる》かにまともじゃ」

邵可の目がみるみる冷たく暗い色に凝《こご》っていく。

懐かしそうに、瑠花は邵可を見やった。これこそが黒狼の目だった。

ただ一人にて縹家に乗り込み、あまたの一族を殺戮《さつりく》してのけた冷酷《れいこく》なる氷の兇手《きょうしゅ》。

「愚かなる人間の男よ。人の身で天の月を射落とした代償《だいしょう》は高いぞ。見よ、おぬしの恋着の代償がこの娘じゃ。かわいそうにの。懸命《けんめい》に生きておるのを見るのが、いっそ憐《あわ》れじゃ。誰《だれ》よりも己《おのれ》を自覚しておる賢《かしこ》い娘。それゆえに、誰からも理解されぬ。この男どもの国では、ただ一人で生きることさえ許されぬ」

沈痛《ちんつう》な面持《おもも》ちで、瑠花は秀麗に顔を向けた。

「女はすぐ感情的になり、頭が悪く、ただ夫のために生き、夫の囲う情人にも我慢《がまん》し、子を産み、差し出口を叩《たた》かず慎《つつし》み深く夫のために仕《つか》える――そんな愚昧《ぐまい》な考えがまかりとおるこの表の国では、この娘はいつでもつまはじきじゃ。これだけの能力がありながら、おぬしら男どもは平気で庖厨《だいどころ》に立たせ、繕《つくろ》いものをさせ、茶を淹《い》れさせ、色目でなめまわし、なぜなびかぬのかとそればかり。それに疑問も抱かぬ女も阿呆《あほう》じゃがの。男なぞ、女に粛々《しゅくしゅく》と仕えておればよい。性欲も破壊衝動《はかいしょうどう》も、理性で抑《おさ》えることさえできぬ。子を産み育てる神聖なる女を、快楽と情欲の捌《は》け口としか思わぬ。なんという傲慢《ごうまん》さ。戦《いくさ》がなくならぬのは男のせいじゃが、それでも人が滅《ほろ》びぬのは女のおかげじゃ。男が支配している限り、いつまでも構図は変わらぬわ」

「さっき劉輝様に偉《えら》そうにいったこととはまるで違うことをいうじゃないか」

「女のために国を傾《かたむ》けられては、これ幸いとますます女が悪者にされるのでな。色香《いろか》にうかうかと惑《まど》わされて、政事《まつりごと》もろくにとれぬ。男というのはまったく欲望《よくぼう》にいとも簡単に支配される。何かといえば殺し合う。種馬の役以外にはトンと立たぬわ」

瑠花は、弟の璃桜以外のことになれば、非常に明晰《めいせき》で冷静沈着《ちんちゃく》な女性であるのは確かだった。その政事手腕《しゅわん》によって、先王とも相対するほどの。

瑠花はじっと秀麗を見おろした。

「……黒狼よ。おぬしはまこと罪深い。何の罪もないはずのこの娘《むすめ》、おぬしと薔薇姫の業《ごう》を背負わねばならぬ。かわいそうな娘じゃ。この表の国に、もはや居場所はない。虎林郡のおり、保護できればそれがいちばんじゃったが、逃《に》がしたバカモノがおる。今また、おぬしが邪魔《じゃま》をしおる。……それも運命《さだめ》か」

邵可は怪訝《けげん》に思った。

「……どういう意味だ」

「ふん、おぬしはどうせわたくしの言うことなぞ信じぬのじゃろ。この娘の運命は、いつも男が狂《くる》わせる。それはそなたであったり、若い王であったり、茶朔洵《さくじゅん》であったりする。この娘は愛する男の助けようなどという浅薄《せんぱく》な傲慢が、いつでも運命を最悪に転がすのじゃ。この娘は愛する男の助けとなるが、逆にその男どもが娘を追いつめ、滅ぼそう。真実、男のために生き、尽《つ》くし、男のために去《い》ぬる。そういう運命じゃ。良くも悪しくも、骨の髄《ずい》まで女の性《さが》じゃ。……変えられるかと思うたがの。もはや遅《おそ》し…か。それにこの娘、わたくしに委《ゆだ》ねる気はないのじゃろ」

瑠花の高度な駆《か》け引きも、惑《まど》わす如《ごと》く言を弄《ろう》すのも、相手の弱点を間違いなくついてくる鋭《するど》さも、まるで変わっていない。邵可さえぐらつかせる。

「――ない。渡《わた》せば必ずお前は利用する。妻や珠翠にしたように」

「ふ……相変わらず切れる男じゃ。口先によう惑わされぬ」

瑠花は笑った。

「おぬしはいつもそうじゃな。愛する花は、掌《てのひら》にとどめておかねば気が済まぬ。たとえ掌《しょう》中《ちゅう》で枯《か》れるばかりと知っても、摘《つ》むことをいささかも躊躇《ためら》わぬ。誰よりも情熱的で、傲慢な男よ。おぬしに愛される女は確かに幸せじゃ。滅びても構わぬと思うほどに溺《おぼ》れるように愛されれ」

ほんの少し、瑠花は寂《さび》しげな羨望《せんぼう》を浮《う》かべた。

「……したが、どれほど愛されても、摘んだ花が枯れる運命もまた変わらぬ。よかろう。おぬしが愛娘《まなむすめ》の命運、しかと見届けよ。おぬしらの業を負うたこの娘がいかな道を歩むか」

邵可の手に一枚の鏡が現れる。

「――少なくとも、お前と璃桜にだけは渡さん。娘《むすめ》は娘の自由に生きる」

ニッと、瑠花の真紅の唇《くちびる》がつりあがる。

「天の月を射落とした稀有《けう》なる人間の男よ。今また、わたくしを追い払《はら》うためだけにその鏡を割るか。何が起きるかわかっていようの」

この鏡が、瑠花の離魂の術を助けている。割れば強制的に本体に戻《もど》らざるを得ない。けれど、この宝鏡は、もともとはそんな木《こ》っ端《ぱ》術のために置いてあったわけではない。宝鏡山――その名の由来となった妖《あやかし》を封《ふう》じた鏡。

邵可は無表情のまま、躊躇いなく鏡から手を離《はな》した。瑠花が相手では、術を使えない邵可のほうが不利だった。

冷ややかに邵可は告げた。

「縹家の仕事が少し増えたくらいで、ぐだぐだ言うなよ。きりきり働け」

瑠花はますます笑《え》んだ。

「わたくしはやはりおぬしが嫌《きら》いではない。氷のような冷静さ。どこまでも合理的で現実的。愛《いと》しい者を手に入れるためには、何を壊《こわ》しても構わぬ。どんな災厄《さいやく》を呼び寄せることも厭《いと》わぬ。その情の深さが愛おしい。おぬしの愛娘はその愛によって滅びよう。わたくしとおぬしは同類じゃ。ゆえに、そなたが薔薇姫を奪ったように、わたくしもまたこの娘を奪おう。必ずや」

鏡は落ちて、粉々に割れて砕《くだ》け散った。

瑠花の透《す》き通った体が、儚《はかな》げに薄《うす》れていく。

瑠花は最後まで微笑《びしょう》を浮かべていた。

——大地が大きく揺れた。

＊　＊　＊

『——兄様たちは行ってちょうだい。こいつの相手は私がするわ』

楸瑛は劉輝を担《かつ》いで、牢《ろう》を出た。珠翠がつづく。迅は楸瑛にも、珠翠にも注意を向けなかった。

座敷《ざしき》牢の並《なら》ぶ通路を走りだすとすぐに十三姫と迅の姿は闇《やみ》の中にまぎれた。点々とある頼《たよ》りない灯火《とうか》を目印に、地上への階段をのぼりきる。仕掛《しか》け扉《とびら》は珠翠が解錠《かいじょう》した。

薄暗《うすぐら》く、しんとして人気《ひとけ》のない社殿《しゃでん》の廊下《ろうか》に出る。

珠翠は心配そうな一瞥《いちべつ》を楸瑛と劉輝に投げると、何も言わずに一人で駆けていった。楸瑛は追わなかった。

「楸瑛！　珠翠と妹を置いていくなど——それに秀麗が!!」

「あなたは王です。守る優先順位が違います。だから秀麗殿《どの》が捕《つか》まった時もあなたを優先しました。それに妹が残ったのは、あなたを守るためでもあります。あなたを迅から逃がすために。それがイヤだというなら、もっと自覚してください」

劉輝は喉《のど》を詰《つ》まらせた。

楸瑛は社《やしろ》を飛び出し、山の裏手に駆けた。ゴウゴウと激しい滝《たき》の音が聞こえてくる。

(確かあそこに舟《ふね》があったはず——)

藍家は九彩江を定期的に管理している。舟は使えるはずだった。

川岸に舫《もや》われた舟に先客がいた。楸瑛は殺気《さっき》立った。誰だ——。

すると舟から呑気《のんき》な声が飛んできた。

「質問でーす。あんた敵？　味方？　名前なんてーの？　味方ならのっていーよ」

舟底《ふなぞこ》で寝転《ねころ》がっていたらしいもう一人が、むっくり起き上がった。

「あれは私の愚兄其《ぐけいそ》の四だ。素行も悪く奇癖《きへき》もあるが、乗せてやってくれ。背負《しょ》っているのは王だ」

楸瑛は凍《こお》りついた。いつでもどこでもジャジャーンとわいてでる弟だ。

「あ、そなの？　王様無事だったんだ。んじゃどーぞ。カモとキノコ、踏《ふ》んづけないでくれよ」

蘇芳が手元の縄《なわ》を引くと、落とし穴が現れた。

楸瑛はかなり深い落とし穴を飛び越《こ》え、まず劉輝を舟の中に放《ほう》り込んだ。

「この罠は燕青殿が？」

秀麗が燕青と榛蘇芳の三人で藍州入りしたのは、玉華からの情報で楸瑛も知っている。

「そぉ。燕青があっちこっち見て回って、敵でも味方でも、一気に脱出《だっしゅつ》できるとしたらこの舟だけだっつーから。もし敵がきたら罠で時間稼いで一人で綱《つな》切って逃《に》げろって」

そうして蘇芳が舟で一人で待っていたら、いつのまにか隣《となり》に龍蓮がいたのだった。

……もう蘇芳は秀麗関係については何があっても驚《おどろ》かない。しかし温泉はどうしたのか。

「てことは、燕青殿は秀麗殿のところへ？」

「うん。山の途中《とちゅう》で俺と燕青、おじょーさんとはぐれちゃったんだけど、ここにたどりつけて。今は燕青、おじょーさんを捜《さが》して、社の中にいるぜー」

「わかった。では主上をお願いする。——龍蓮！」

楸瑛は末弟《まってい》を呼んだ。

「一緒にくるか？」

龍蓮は答えるかわりに、舟から飛び降りた。楸瑛は蘇芳に頼《たの》んだ。

「蘇芳殿、万一の時はすぐに王と逃げてくれ」

「りょーかい」

楸瑛と龍蓮は鎮守《ちんじゅ》の社へ駆《か》け戻《もど》っていった。

青い顔で、それでも追おうとする劉輝を、蘇芳は襟《えり》をつかんで引っ張り戻した。

「フラフラで何してんの。あのさー、みんな、あんたを無事連れ戻すためにきたわけ。それ、丸ごと無駄《むだ》にするつもりかよ。やめてくれよなー。本末転倒《ほんまつてんとう》じゃん。ちゃんと守られてくれよ。それも王様の仕事だろ。官吏《かんり》としてのあいつ、あんまりバカにすんなよな」

劉輝は胸《むね》をつかれた。

迅と対峙《たいじ》して残った十三姫。

妹より珠翠より王を守ることを選んだ楸瑛。

劉輝を追ってこの迷いの山をのぼってきたという秀麗。

いざというときは秀麗も燕青も置いて逃げる選択《せんたく》をしなくてはならない蘇芳。

——すべては『王』を守るために。

『もっと自覚してください』

その行動一つで、切り捨てられる多くのものがあることを——と。

「わかった。そのとおりだ」

劉輝は船縁から手を離《はな》した。

そのとき、つきあげるように山が鳴動《めいどう》した。

＊　＊　＊

十三姫は、迅に訊《き》いた。

「あんたは、王様を殺しにきたの」

「そうだな」

「じゃあ、私の敵だわ。私があんたから王様も兄様も守るわ。あんたがうろちょろしてくれたせいで、楸瑛兄様は帰るハメになって、王様もひとりぼっちになっちゃったんだから」

片方しかない目で、迅は笑った。

「螢、あの王は優《やさ》しいか」

「あんたよりよっぽどね」

「そうか。……それはちょっと、悔《くや》しいな」

「迅、私、あんたといて、幸せだったわ。でも、今、わかった。私、あんたじゃダメだわ。あんたも、私じゃダメなんだわ。全部丸ごと幸せになることは、できない」

誰よりも愛してる。

けれど、いつもどこかで幸せに翳《かげ》りがあった。

迅は十三姫に、十三姫は迅に、影《かげ》のようについて離れない負い目があった。互《たが》いの傷に、確かに囚《とら》われていた。だから、いつだって幸せになりきれなかった。それでも、一緒《いっしょ》にいたくて、離れられなくて、ずるずるときてしまった。

迅が『死んだ』ままだったら、いつかゆっくり乗り越えられたかもしれない。けれど迅は現れた。十三姫と楸瑛の前に。迅ではない男として。

十三姫は今を生きているのだ。愛する『迅』がすべてをかけて守ってくれたこの命で、一人でもちゃんと生きると決めたのだ。

「司馬迅を愛してたわ。でも、もうやめる。迅は死んだんだもの。そうでしょ？」

迅は黙《だま》って、その言葉を聞いた。

十三姫は左手に小柄《こづか》を構えたまま、右手をつきだした。

「その眼帯、返して。それは迅にあげたものなんだから。あんたが迅じゃないなら、それをもってる資格はないわ。あんたはもう、私のためには死んでくれない。そうでしょ？」

かつて、十三姫を守るためにすべてを捨て、ついには命までくれた男。

でも、もうこの男は違《ちが》うのだ。

「……そうだな、螢。もう俺は、お前のためには死んでやれない」

迅は眼帯を外し、少しだけ、躊躇《ためら》って、十三姫に放り投げた。

十三姫は、かつて迅のために一生懸命《いっしょうけんめい》縫ったその眼帯を、小柄で切り裂《さ》いた。

気づけば涙《なみだ》があふれていた。

一度だけ十三姫はこの九彩江へ一人できたことがある。迷いの渓谷《けいこく》を半月も彷徨《さまよ》って、何度も死ぬ目に遭《あ》いながら、三人の兄の許《もと》へ辿《たど》り着き、額を地にこすりつけて、願ったことがある。兄たちは「取り引き」を告げたが、願いを叶《かな》えてくれたのかどうかまでは、教えてくれなかった。ただ十三姫の許には、藍州州府から処刑完了《しょけいかんりょう》の報だけが伝えられた。

そう、十三姫も楸瑛も、迅が本当に生きているかどうか、わからないまま、あれから五年間を過ごした。迅は処刑されたのではないかと、思うときもあった。

あの時願ったこと。迅と一緒にいられなくてもいい。二度と会えなくてもいい。

「……どこかで、生きてくれればいいと思ったわ。迅に軽蔑《けいべつ》されても、嫌《きら》われても、間違ったことをしてでも、私は、私を最後まで助けてくれた迅を、助けたかった。今も、後悔《かい》してない。だって迅がいたから、私はここに生きているんだもの。どこでどんなバカなことやってたって、……わ、私、ちゃんと、生きててくれただけで、うれ、し…かった……っ！」

王との結婚《けっこん》のために、貴陽へ向かっていたとき。

迅の手ほどきを受けたに違いない兇手《きょうしゅ》を見て、……十三姫は、嬉《うれ》しかったのだ。

人生で、あれほど嬉しかったことはない。求婚されたときよりもずっとずっと、死ぬほど嬉しかった。それが何を意味するかわかったときでさえ。

「……鼻水垂れてるぞ、螢」

ずず、と十三姫は鼻をすすった。涙を袖《そで》でぬぐう。

「うるせーわね！　だからあんたは最低なのよっ。そうよ、あんたよりイイ男なんてこの世にごまんといるんだから！　あたしは――あたしは幸せになる。迅がくれた人生、無駄《むだ》になんかしないんだから。もう迅のために泣いてなんかやらない。なんか迅の顔した男がノコノコ殺し屋になって目の前に現れたって、どど動揺《どうよう》なんかしないんだから！　迅のために生きる人生は終わりよ。これからの私の人生、全部私のために生きてやるわ」

まっすぐな十三姫の瞳《ひとみ》を前に、迅はそうか、と言った。

「けど俺の人生じゃ、お前よりイイ女にはもう二度と会えないだろうな、螢」

「その名前も、あんたのものじゃないわ」

「俺のものだ。俺は螢以外の名前なんか知らないね。これは俺だけの名前だ。お前がなんつっても、これだけは譲《ゆず》ってやらない。――さて、おしゃべりはしまいだ。もういいだろ？」

迅の気配が変わるのを、十三姫は感じ取った。

腰《こし》を落とし、小柄を構える。迅に敵《かな》うわけなんか、万一にもありはしない。でも、ペラペラしゃべって時間を稼《かせ》ぐことはできた。もう少し――秀麗ちゃんがあの舟《ふね》に乗るまで。

（くーっ。でもでも迅が本気になったら瞬殺《しゅんさつ》だわあたし）

せめて最初の一撃《いちげき》をかわせたら――。

突如、なんの前触《まえぶ》れもなく、地下牢《ちかろう》が大きく揺《ゆ》れた。

珠翠は最奥《さいおう》の室《へや》へ向かった。視界の端《はし》に、迷わず藍将軍が王を担《かつ》いで逃《に》げていくのをとらえ、ホッとした。初めてまともに仕事をしている姿を見た（気がする）。

（……ちょっと、見直してもいいかも）

まあほんの少しなら。

足元を強い揺れが襲った。珠翠は構わず、転がるように奥へ駆《か》けた。

揺れは、どんどんひどくなる。社のあちこちがみしみし音を立てて崩壊《ほうかい》を始める。

尋常《じんじょう》でない地震《じしん》に珠翠は悪い予感がした。まさか――。

（誰《だれ》かが、ご神体の宝鏡を壊《こわ》した⁉）

九彩江にある十二の山には、それぞれご神体として宝鏡が安置されている。全部が壊れない限り妖《あやかし》の封印が完全にとけることはないが、名前の通り、この宝鏡山は封《ふう》じの要《かなめ》だ。ここの鏡が壊れれば、宝鏡山一つ吹っ飛んで地形が変わるくらいの被害《ひがい》は出る。

（いやーっ！　ご神体壊したのはどこのお馬鹿《ばか》さんなの⁉）

瑠花ではありえない。瑠花は当主である弟の璃桜より、はるかに縹家としての誇《ほこ》りを抱《いだ》き、仕事に関しては真面目《まじめ》にやることはやっているのだ。

いちばん奥の間の戸が、開いていた。

珠翠が飛び込むと、そこには散らばった宝鏡の欠片《かけら》と、秀麗を抱《だ》きおこしていた――。

「燕青さん!!　鏡を壊したのはあなたですね!?　なんてことを――!」

燕青は面食らった。鏡!?　この鏡ならきたときすでに割れて――。

「いや俺知ら――」

「言い訳は結構。あなたなら仕方ありません。知らなかったんでしょうし、やりそうですし」

「ちょっと待てぃ」

なんかいわれのない罪を着せられている、と燕青は思った。

珠翠は室内を見回した。その間も揺れを受けて室の窓が割れ、棚《たな》が倒れてものが床に散乱していく。灯火台も横倒《だお》しになる。珠翠は揺れにふらつきながら、壊れていく調度の中、あるものをさがした。

(あった。二胡《にこ》!)

珠翠は二胡に飛びついた。一〇八の妖《あやかし》を鎮《しず》めた古《いにしえ》の蒼遥姫には及《およ》ばずとも。

(主上が逃げる間くらいは、鎮めてみせる――)

珠翠は二胡を弾《ひ》き始めた。

燕青はこの騒ぎの中でも起きない秀麗を心配していた。はねとぶ備品から秀麗をかばいながら、震動が小さくなったのに気がついた。

(……揺れが少しおさまったか?)

まだかなり揺れているが、最初にきた一発より遥《はる》かにましだ。

「今のうちに行って下さい！　秀麗様は大丈夫《だいじょうぶ》です」

鏡が割れたということは、『お母様』も本家へ戻ったはずだ。秀麗は眠《ねむ》っているだけ――。

そのとき、黒い毛玉のようなものが珠翠の視界に映った。

（――え⁉）

珠翠は目を疑った。あれは、まさか。でもこんなところにいるはずが――。

小さな黒い毛玉は、一直線に秀麗の許へ向かう。秀麗の、もとへ。

珠翠は思わず悲鳴をあげた。

「待って‼」

けれどクロは止まらず、跳《は》ねたと思うと、秀麗の右手に吸いこまれるようにふっと消えた。

雨のにおいがした。やにわに外は叩《たた》きつけるような土砂降りになった。

秀麗の双眸《そうぼう》がゆっくりとひらいていく。感情の削《そ》げ落ちた――。

……そのとき、廊下《ろうか》からおかしな音色が微《かす》かに聞こえてきた。


時は少しさかのぼる。

楸瑛と龍蓮は突然《とつぜん》降りだした滝《たき》のような大雨で全身ずぶ濡《ぬ》れになった。

「……水もしたたるいい男とはいうけどねぇ」

「少しは地味に謙虚《けんきょ》にしおらしく生きようとは思わぬのか？　愚兄其《ぐけいそ》の四」

「お前こそ少しは己《おの》が身を顧《かえり》みてものをいえ」

楸瑛は社に飛びこむと、急変した空模様と鳴動する山を見上げた。

「……なんとかできるか？　〝藍龍蓮〟」

「ふっ。どこかのとんまな愚兄と違って役目はまっとうする」

そして龍蓮はド下手《へた》くそというのもおこがましい、豪雨《ごうう》すらかき消せずに体の奥までシビレさせる殺人笛を吹《ふ》きならし、社の奥へ向かって大爆走《だいばくそう》した。

大宇宙と交信しはじめた弟の後を追いながら、楸瑛はなんとか、こんな弟にもきっと人知れぬ苦労がなどと龍蓮の辛苦《しんく》を偲《しの》ぼうとしたが、ムリだった。怪音を響《ひび》かせつつ回廊《かいろう》を驀進《ばくしん》する弟に、兄ながら距離《きょり》をあけたくなるのを必死でこらえるので精一杯《せいいっぱい》だ。

走るうちに、楸瑛は山が静まっていくのを感じた。まるで龍蓮の笛に抗《あらが》うように雨脚《あまあし》に強弱がつきはじめた。

（さすが〝藍龍蓮〟）

九彩江では、その名は特別の意味をもつ。

最奥《さいおう》の室《へや》までたどりつくと、扉《とびら》から誰かが耳を押さえて猛然と飛び出してきた。

「龍蓮～～～～～っっっ!!　あんた温泉さがしに行ったんじゃなかったの!?」

龍蓮と正面衝突《しょうとつ》した秀麗は、開口一番怒鳴《どな》りつけた。

＊　＊　＊

「わわわわ!?　なんだー!?」

嵐《あらし》というのも生やさしいような豪雨に、蘇芳は舟《ふね》の中で右往左往した。

さっきの地震《じしん》もだが、この雨もヘンだ。さっきまで快晴だったのになんじゃこりゃ。

急激に増えた水かさで舟《ふね》が大きく揺《ゆ》れ始めた。

（おわわわ、どうしよ。綱《つな》が切れそー。つか逃《に》げたほうがいいんか？　イヤでも待て）

王様のほうを見ると、ぐったりとしている。ほとんど気を失いかけているらしい。

（……二十一歳だっけ？）

蘇芳は自分に重ねてみた。下っ端《ぱ》官吏《かんり》でもこんなに大変なのだから、王様はもっと大変だろう。考えてみればあの葵皇毅の上司をしなくちゃならんのだ。蘇芳は戦慄《せんりつ》した。初めて心底この若い王様に同情した。ひーっ。冗談《じょうだん》じゃない。頼《たの》まれたってやりたかない。

（俺には絶対ムリ!!）

なんてかわいそうな男なんだ。さっきは苛々《いらいら》もあってキツイこと言ったが本当に悪かった。

蘇芳はキノコとカモと王様に、自分の上衣を脱《ぬ》いでかけてやった。すでにずぶ濡《ぬ》れだったが、当たっているだけでめちゃめちゃ痛い雨だから、何かの役には立つだろう。

「うー、舟がやべー。さみー。流されたらどこまで行くんだ？　あー誰かきてくれないかなー」

ぼやいていると、煙幕《えんまく》のような雨をわって、本当に誰かが駆けてくる。

雨にも負けず、いわくいいがたい珍奇《ちんき》な音色も聞こえてきた。

「龍蓮！　あんたいい加減笛吹《ふえふ》くのやめなさいよー!!」

ブピーッとしぶり腹のような音が鳴った。否《いな》！　と言っているらしい。

「タンタンごめんなさい!!　お待たせ！」

落とし穴もひらりと飛び越《こ》え、元気に舟に着地した秀麗に、蘇芳は笑った。

いつでもこの女はちゃんと帰ってくる。

「お帰りー」

秀麗は気を失っている劉輝を見つけ、すぐさま容態を確認した。

額に手を当ててると、燃えるように熱かった。発熱している。

ぼんやりと、劉輝が目を開けた。焦点《しょうてん》が定まっていない。秀麗が手を握《にぎ》ると、さまよっていた瞳《ひとみ》が秀麗の顔でとまった。へにゃーと幸せそうに笑う。そして。

「……元気なキノコのコがかわいいパンダのまわりで盆踊《ぼんおど》り……」

謎《なぞ》の暗号を呟《つぶや》き、劉輝はガクッと気絶した。

（……相当やばいわ）

秀麗は心底そう思った。

その間に龍蓮と燕青も舟に転がりこんできた。龍蓮は笛を吹き続けている。

今度は「放しなさいこのボウフラ将軍！」「冗談じゃないですね」という声が聞こえた。

珠翠を担《かつ》いだ楸瑛が舟まで駆けより、暴れる彼女を乱暴に放《ほう》りこむ。

楸瑛は舟の中に十三姫がいないのを見てとった。

「燕青殿《どの》、あと四半時待っても私が帰ってこなかったら、行って下さい」

そのとき、ドサッと、舟に十三姫が抱き入れられた。

「最後の忘れものだぜ、楸瑛」

「迅!!」

目を回してのびてはいるが、十三姫に外傷はない。

「……よくおとなしくさせたな」

「そりゃ慣れてるからな。ひっかき傷をさんざんつけられたが、これくらいなら安いもんだ。——行けよ、楸瑛。お前との決着をつけるのは、ここじゃない。だろ？」

楸瑛は信じたくはなかった。目が怒りに燃えたった。

「……まさかお前が、主《あるじ》をもつ日がくるとは思わなかった」

藍家当主にも捧《ささ》げなかった司馬迅の忠誠を手にした者。

誰より誇《ほこ》り高かった迅に、兇手《きょうしゅ》までさせるほどの。

それが誰であっても、楸瑛は許すつもりはなかった。王に刃《やいば》を向ける者。何より——。

「……私は、お前をこんなふうに使う、お前の主を許さない」

「それでも、俺は選んだんだ。こいよ。俺を殺しに」

そう遠くないうちに必ずその日はくる。

楸瑛はこの若い王を、そして迅は別な相手を選んだのだ。

迅は舟の中に珠翠を見留めて、片目だけで笑った。

迅は珠翠を取り戻《もど》そうとはしなかった。

「よかったな、珠翠。九彩江まできた甲斐《かい》があったじゃん。楸瑛のとこで匿《かくま》ってもらえ。藍家なら縹家も手出しできない。洗脳に関しても、藍家でなら対処法が見つかるかもしれないぜ。……堕《お》ちるのはオレ一人で充分《じゅうぶん》だ。じゃな。楸瑛はバカ坊《ボン》だが、あんたが思ってるほどダメなヤツじゃねーぜ？……多分」

「多分てなんだ!!　お前の下手な援護《えんご》射撃《しゃげき》なんかいらん！」

「よくいうぜ。操舵《そうだ》の腕《うで》、落ちてねーだろな楸瑛。この程度の濁流《だくりゅう》で流されんなよバーカ。……お嬢ちゃんも元気でな。また会おうぜ」

隼はほとんど切れかけていた舫《もや》い綱を切った。舟を足で濁流へと押しやる。

そのとき、珠翠が舟の縁《へり》をつかみ、隼のいる岸辺に飛び移った。距離《きょり》が足りずに川に落ちそうになった珠翠を、隼は慌《あわ》てて手を摑《つか》んで引きずり寄せた。

楸瑛も秀麗も目を疑った。

「珠翠殿《どの》!?」

「珠翠！　待って!!」

劉輝も必死で目を開けた。

「珠翠……待て」

珠翠がどんな顔をしているかなど、劉輝に見えるはずもなかった。

雨の中から珠翠の声だけが届いた。

「――戻れません。さようなら」

豪雨で渦《うず》を巻く急流と化した川は、容赦《ようしゃ》なく小舟を連れ去り、くるくると木の葉のように下流へ押し流していった。

岸辺で、青ざめていたものの、決然とした珠翠のきれいな横顔に、隼は目をやった。

「……いいのか？」

「言ったでしょう。逃《に》げられないの。それにもう、ビクビクして過ごすのは嫌《いや》よ。自分のことは自分で何とかすると決めたの。……縹家にいれば、何かできるかもしれないし……それに、何かあったら、あなたが止めてくれるんでしょう？」

「まあ……いいけど」

かわいそうなのは楸瑛である。

（落ち込んでヤケッパチで櫂《かい》放り投げたりすんなよ楸瑛……）

みんなの命は楸瑛にかかっている。

少しずつ、雨がやみはじめる。

珠翠は振り返った。

「だから、ご一緒《いっしょ》には帰れません、邵可様」

急激に弱まってきた雨を縫《ぬ》って、邵可は姿を現した。

「……帰れば、どうなるかわかっているだろう？　珠翠。瑠花は君を許さない」

「わかっています」

そうやって珠翠は今まで逃げ続けてきたのだった。

「もう、逃げないと決めました。何もできないかもしれません。利用されて終わるだけかもしれません。でも、このまま逃げて、邵可様や、秀麗様のお荷物になることは、もっといやなんです。邵可様にはやるべきことがあるでしょう？」

「君を守ることくらいはできる。帰ろう」

「でも邵可様、逃げるのは、つらくて苦しいんです」

舟で劉輝に言った言葉をそのまま返され、邵可は言葉を失った。

珠翠は泣き笑いをした。

縹家から逃げて、邵可様と奥様と——大好きな人たちと過ごしたこの二十年は、幸せだった。でも、いつもどこか不安で、おどおどして。見つかるのが怖《こわ》くて怯《おび》えていた。幸せな反面、後ろ向きな心が珠翠を後宮から出られなくさせた。

縹家に見つかり、洗脳が始まり、珠翠は——ホッともした。

これでもう、戦うしかない。腹をくくるしかない。

「行って下さい。たとえ勝ち目がなくても、誰かにかわってもらうわけにはいかないんです」

二度と、「珠翠」として会えないかもしれない。なんとなく、そう思った。

……邵可は正しい。解けるはずのない洗脳が二度も解けた。瑠花はもう容赦《ようしゃ》しないだろう。

最後に邵可に会えて、よかったと、珠翠は思った。

「迎《むか》えに来て下さって、ありがとうございました、邵可様。……さようなら」

いちばん綺麗《きれい》な笑顔《えがお》で、珠翠は愛する人に別れを告げた。

＊　＊　＊

「あなた、そういえば眼帯はどうしたの？」

二人で山を下りながら、珠翠が不思議そうに、眼帯のなくなった隼に訊《き》いた。

「うん？　ああ……」

隼は螢の言葉を思いだした。

『迅のために生きる人生は終わりよ。これからの私の人生、全部私のために生きてやるわ』

……言おうと思っていた言葉を、すべて言われた。

迅は何一つ、ろくなコトを言えなかった。

螢のような女。

闇夜《やみよ》を照らす、小さな光のようだと、迅はいつも思っていた。

迅の人生は、親に望まれないまま生まれたときから、闇夜の中が多かった。

螢も、決して幸せな人生ではなかったはずなのに、どんなときもあきらめず、綺麗な水辺を一生懸命《いっしょうけんめい》さがして輝《かがや》く。迅はその小さな光に惹《ひ》かれ、ずっと追ってきた。

螢と楸瑛の傍《そば》にいたから、迅は迅として生きることができた。

……螢が大人《おとな》になって、広い世界を知る前に、つかまえておきたかった。

螢が、自分に負い目をもっていることにつけこんでも、一緒にいたかった。

互《たが》いが互いの負い目に縛《しば》られて、離《はな》れようにも離れられないことが、……迅は嬉《うれ》しかった。

螢のためではなく、螢を繋《つな》ぎとめておくために、自分のために、迅は多くのものを捨てた。

だからこそ、何もかもだめになった。

最後、せめて一目だけでも螢に会いたかった。でも螢はとっくに『司馬迅』を乗り越《こ》えていた。

螢なら、きっと別の男と幸せになれるだろう。

……迅はそれが、悔《くや》しかった。本当に悔しかった。けれど引き返すことはできなかった。

車軸《しやじく》を流したような豪雨《ごうう》は嘘《うそ》のようにやんで、雲の切れ間から、虹《にじ》がのぞいた。

第七章　藍家の決断

楸瑛は竜眠山へ戻《もど》り、すぐに全員分の室《へや》を用意した。意識のない劉輝と十三姫を即刻寝《そっこくね》かせ、看病を玉華に頼《たの》んだ。秀麗と蘇芳も舟《ふね》から下りた途端《とたん》、陸酔《おかよ》いで目を回して、燕青と龍蓮に負《お》ぶわれて館《やかた》に入った。その燕青と龍蓮も寝台《しんだい》の支度ができると倒れ込むように寝てしまった。

楸瑛だけは一時も休まなかった。全員の無事を確認《かくにん》すると、ずぶ濡《ぬ》れの衣服を着替《きが》えることもせず、兄がいるはずの室へ向かった。

最後に残っている、大仕事のために。

「――失礼します」

入って、楸瑛は驚《おどろ》いた。

楸瑛を待ち受けるように、兄が三人ともそろっていた。――藍家当主の顔をして。

それぞれ楸瑛の言葉を容《い》れる気などまったくないのは一目見てわかった。

楸瑛は、水滴《すいてき》で張りつく髪《かみ》を乱暴にかきやった。覆《くつがえ》せる可能性があるとしたら、ただ一つ。

「……兄上、私と賭《か》けをしてください」

三人の兄は、まるで楸瑛がそう言い出すのをわかっていたようだった。

「兄上たちが勝てば、私は兄上たちの仰《おお》せに従います。でも、もし私が勝ったら——」

楸瑛は賭けの内容を話した。

ややあって、真ん中の兄がうっすらと笑《え》みを刷《は》いた。

「——いいだろう、楸瑛。受けよう。だがお前は誰《だれ》よりもよくわかっているはずだね？　その賭けに、私たち三人が負けたことは今までにただの一度もないことを」

＊　＊　＊

目を覚ましたとき、秀麗は夢を見ているのだと思った。どう考えても父が藍州にいるわけがない。だから夢だと思って、秀麗は邵可に声をかけた。

「……何か、あったの？　父様。なんだか悲しそうな顔してるわ」

邵可は娘《むすめ》が眠《ねむ》っているものと思っていたので、驚《おどろ》いた。

邵可には娘が二人いる。秀麗より先に妻と一緒に育てた、もう一人の大事な娘。

止められなかった。

「……そうだね。親離《おやばな》れされるのはいつでも切ないものだな、と思って」

「私……ぜんぜん父様離れできてないわよ？　情けないけど」

「そうかなぁ。いいから、もう少しお眠り」

邵可に頭を撫《な》でられ、秀麗は安心して、また眠った。

次に覚醒《かくせい》した秀麗が、邵可が実際に藍州にいるのを見て唖然《あぜん》としたのは翌日の話になる。

その日、邵可は大噴火《だいふんか》の前兆のごとき娘を納得《なっとく》させるために全力をそそいだ。書き置き作戦は大失敗だった。とりあえず藍州にいることについては『王の頼《たの》み』というまっとうな理由があるので嘘をつかずにすんだが、一人で今までどうしていたのかという追及《ついきゅう》には困った。

困ったあげく、邵可はこういった。

「〝黒狼〟に助けてもらって、ここまで連れてきてもらったんだよー」

そうしたら今度は楸瑛や十三姫が大興奮して、収拾《しゅうしゅう》がつかなくなった。そのどさくさにまぎれたせいで秀麗もなんとなく納得し、うやむやになった。


秀麗は劉輝の室をたずねた。

劉輝は何日も山を彷徨《さまよ》っていたこともあり、昏々《こんこん》と眠ったままだった。熱が下がっていることだけを確かめ、劉輝の鼻をつねって室を出た。

そのすぐあと楸瑛が秀麗と入れ違いに王の様子を見に行くと、劉輝が気がついた。

「……楸瑛？」

「お目覚めになりましたか。……熱もちゃんと下がっているみたいですね」

楸瑛はホッとして、劉輝の額に手を当てた。

「ご飯は食べられますか？　劉輝には気持ちのいいものだった。

楸瑛の手は温度が低く、劉輝には気持ちのいいものだった。

「ご飯は食べられますか？　おにぎりくらいなら、すぐにもってこられますよ」

「……食べる」

劉輝はものすごくお腹《なか》が減っていた。考えてみれば、山の中にいた時から、ろくなものを食べた記憶《きおく》がない。

楸瑛はすぐに玉華とおにぎりを握《にぎ》り、劉輝の許《もと》に運んできた。

劉輝は無心でおにぎりを頰《ほお》ばりつつ、楸瑛にあれから何があったか、大体の話を聞いた。

十三姫と邵可が館にいることも聞いて、劉輝は安心し、同時に猛省《もうせい》した。

「二人とも無事だからよかったが……十三姫と邵可を舟に置き去りに一人でフラフラ山に入るとは、今から思えば余の頭は相当おかしくなっていたとしか思えない……」

「でしょうねぇ。まあいつものことですし、いいんじゃないですか。二人は気にしてませんよ」

「なんだとー」

楸瑛は笑いながら、ふと、真顔になった。

「……ちょうど良い機会です。主上、おにぎりを食べながらで結構ですので、十三姫の話をしてもいいでしょうか」

「え？　ああ」

劉輝は何気なく頷《うなず》いた。


秀麗が十三姫の室を訪《おとな》うと、十三姫は起きて腕立《うでた》て伏《ふ》せをしていた。

秀麗より先に、十三姫が言った。

「……迅のこと、訊《き》きにきたのね？　約束だったものねー」

座って、と、十三姫は秀麗に椅子を勧《すす》めた。

「書き取るために、燕青とタンタンも、入れていいですか？」

「うん、どうぞ」

燕青と蘇芳を中に入れ、十三姫は貴陽で交《か》わした約束通り、話し始めた。

「……迅が父親を殺した理由はね」

十三姫は少し、息を吸った。

「……迅の父親に、私が強姦《ごうかん》されかけたから」

燕青と蘇芳は言葉をのんだ。

「最初から話すわね。私の母は、私が三歳の時に殺されたわ。母を殺したのも、迅の父親」

覗《のぞ》き穴《あな》から、十三姫はすべて、見ていた。

＊　＊　＊

楸瑛は迅と十三姫について、知っている限りのことを劉輝に打ちあけた。

迅の父親の司馬勇と、十三姫の母親は、同じ司馬一族で、いとこ同士だった。

司馬勇は、幼馴染《おさななじ》みでもあった十三姫の母を愛していたが、その想《おも》いはかなわなかった。

楸瑛の父であり、当時の藍家当主が、妾《つま》の一人として十三姫の母を娶《めと》ったからだ。

司馬家の御曹司《おんぞうし》とはいえ、藍家当主が相手では太刀《たち》打《う》ちできはしない。

「……さらに悪かったのは、うちの父がちょっと特殊《とくしゅ》な人で」

「特殊？」

「女性から愛される天賦《てんぷ》の才能、というんでしょうかね。どの女性も平等に愛するし、どの女性からも愛される摩訶《まか》不思議《ふしぎ》な才能の父で。正妻である私の実母は当然格別の待遇《たいぐう》ですが、母以外も娶った順番できちんと遇《ぐう》し、特別に一人を寵愛《ちょうあい》したりもしませんし、政略結婚《けっこん》でもとても大事にするんです。新しい妾を迎《むか》えても、それまでの妾を疎《おろそ》かにすることもありません。父は確かに、何人妾をもっても女性から愛され、許されるようなところがあるんです」

……楸瑛ら五人兄弟は母に似たのか、父のあの才能をまるで受け継《つ》がなかったが。

司馬家と藍家の結びつきを強めるための政略婚だったが、父は十三姫の母親を温かく迎え、とても大事にした。彼女も慎《つつ》ましやかで芯《しん》の強い女性で、多くを望むこともなく、藍家正妻につぐ家格ながら、それを誇《ほこ》ることなくいつも控《ひか》え目だった。十三姫が生まれてからは、数人の侍女《じじょ》と静かに暮らすことに満足していた。

十三姫の母は、確かに夫である藍家当主と深い愛情と信頼《しんらい》で結ばれていた。

「……でも迅の父親は、それが信じられなかったようですね」

どうしても従妹《いとこ》を諦《あきら》めきれず、自分を愛しているはずだと思いこみ、あの晩、十三姫の館《やかた》へ押し入った。そして、抵抗《ていこう》され、拒絶《きょぜつ》を受け、逆上した。

楸瑛は目を伏《ふ》せた。今でも、あのむごい遺体の状態は思い出すのもつらい。

……男として、いや、人として、絶対にしてはならない最低の行為《こうい》だ。

迅は、帰ってきた父の血痕《けっこん》に気づき、問いただした。司馬勇は悪びれるどころか娘《むすめ》がいたことを思いだし、迅に「あの娘も殺せ」などと命じたのだ。

ちょうど一緒にいた楸瑛は、迅と二人で十三姫の館へ向かった。

迅は、楸瑛に館の外で待っててくれと言い置いて、一人で入っていった。

迅も楸瑛も、うすうす何が起こったか気づいていて、だからこそ楸瑛も館の外で待つことに同意した。異変が起きたらすぐさま踏《ふ》み込むつもりだった。

……迅が、瀕死《ひんし》の十三姫を担《かつ》いで館から出てきたのは、それから三日後だった。

迅の右目は、なくなっていた。そのせいで楸瑛が十三姫に怒りなど覚えるはずもなかった。

この小さな異母妹は、必死で母を守ろうとし、迅は彼女の心を守ろうとした。それだけのことだった。

楸瑛は、起こったことの一切を、父である藍家当主に明らかにした。

楸瑛の父は十三姫を手許《てもと》で育てようとしたが、できなかった。十三姫は迅の傍《そば》から離《はな》れなかったから。

司馬勇は藍家当主にすべてを知られたことに怒り、迅を勘当《かんどう》し、隠居《いんきょ》した司馬龍の許へ追いやった。

司馬龍は迅に手をひかれてやってきた十三姫を迎え入れた。

それは、楸瑛にはいいことのように思えた。迅が司馬家の総領息子《むすこ》でなくなろうが、迅は迅だ。自分と迅の関係も、変わることはない。なくすものなど何もない。

司馬龍の人柄《ひとがら》は折り紙付きだ。その館で、時は静かに過ぎていった。

……幸せに、暮らせるはずだった。

十三姫は成長し、迅を慕《した》った。迅も、同情でも妹としてでもなく、十三姫を愛した。十三歳になった十三姫は背が伸《の》び、楸瑛が驚《おどろ》くくらい美しくなった。

……死んだ彼女の母に、生き写しのようにそっくりに。

そうして、事件は起こった。

司馬龍の館に行くはずもなかった司馬勇が、なぜ気まぐれを起こしたのかわからない。

楸瑛はその知らせを受けたとき、貴陽にいた。宮仕《みやづか》えなどしなければよかったと、死ぬほど後悔《こうかい》したのはあのときだけだ。

……十三姫は、多分、抵抗できなかったはずだった。いつも迅から司馬家を奪《うば》ったことを気に病《や》んでいて、司馬家当主がそれにつけこまないはずもなかった。

そして迅は父を殺した。

十三姫が、迅から何かを奪うのではない。いつだって、大事なものを奪われてきたのは十三姫のほうだった。楸瑛は絶対に十三姫に責めがあるとは思わない。

十三姫が迅に負い目があったように、迅もまた十三姫に負い目をもちつづけた。

確かに愛し合っていたのに、いつも何かがうまくいかなかったのは、もしかしたらそのせいだったのかもしれないと、楸瑛は思う。

二人が幸せだったことも、幸せになろうと努力することを惜《お》しまなかったことも、誰《だれ》より楸瑛が知っている。……ただ、それでも、ダメだっただけだ。

すべてをつまびらかにすれば、傷つくのは十三姫だ。だからこそ、迅は最後まで一切《いっさい》口を開かず、自分が処刑《しょけい》されることですべてを終わりにしようとした。

……楸瑛は迅の気持ちが痛いほどわかったから、動くことができなかった。

でも、十三姫は違った。

最後まで迅が十三姫を守ろうとしたように、十三姫もまたそうだった。

十三歳だった彼女は、この迷いの渓谷《けいこく》――九彩江を彷徨《さまよ》いながらもたった一人で踏破《とうは》した。

藍家当主である三人の兄に、迅の処刑を止めてもらうために。

蘇芳は、秀麗の合図を受けて、筆記していた手を止めた。

おそらくは、同じく真相を知った当時の藍州州牧・孫陵王と、ちょうど藍州に巡察《じゅんさつ》しにきていた旺季が、そうしたように。

当時の調書がなぜあれほど簡潔で、やる気がなかったのか。

真実を明るみに出すより、彼らは司馬迅の意思と十三姫を守ることを優先したのだ。

明らかにしても、誰も救われることもなく、裁かれるべき者もすでに死亡している。誰かが傷つくだけの真相なら、ヤブの中でいい、と。

それは、官吏《かんり》の仕事として、間違っているかもしれない。

けれど秀麗は、二人の官吏としての判断を、間違っているとは思わなかった。

間違っているものがあるとしたら、ただ一つ。

『司馬迅』が出された判決通りに処刑されなかった、ということ――。

十三姫は、秀麗が何を言いたいのか気づいた。

「迅の処刑は、私が――」

秀麗は十三姫を遮《さえぎ》った。

「それ以上は、聞きません。あなた以外に誰も口を割らなそうですし、だとすると、それが真実かどうかも、判断できませんから。……あなたや藍将軍のことを守っていってるわけじゃないですよ？」

現在の門下省長官《もんかしょう》と、兵部尚書《へいぶしょうしょ》が、二人そろって出し、執行《しっこう》した判決だ。そこに踏《ふ》み込むなら、大物二人を相手取らなくてはならない。清雅が調べながら何もしないで帰ったのも、別に情けをかけたのではなく、単に勝てないと踏んだからに違いなかった。

事実、秀麗が御史台《ぎょしだい》に戻《もど》って皇毅にそんな証拠《しょうこ》も裏もとってない話をしても、「バカか」のひと言で闇《やみ》に葬《ほうむ》られるに決まっている。確実に仕留められると踏んだときまで、頭にしまっておくべき情報だった。

一人で声高《こわだか》に正義を叫《さけ》んでも何も変わらないと、皇毅は秀麗を御史台に拾うときに言った。

――頭を使え、ということだ。来《きた》るべき時のために。

（それに――）

これは秀麗の推測に過ぎないが、当時十三姫が司馬迅の救命を藍家当主に頼《たの》んだとしても、藍家当主は、何もしなかったのではないだろうか。

藍家当主が十三姫の心を軽くすることだけを思うなら、嘘《うそ》をつくだけでいい。十三姫の願いに、ただ「わかった」と、ひとことそう言えばいい。実際、十三姫も楸瑛も、貴陽に『隼』が現れるまで、『司馬迅』が生きているかどうかわからなかったような節がある。

あとで追及《ついきゅう》の手がのび、藍一族に波及するかもしれないような危険な決断を、藍家当主が十三姫のためだけにするとは、秀麗には思えなかった。そこまで藍家当主は甘くないだろう。

清雅にしても、藍家という彩七家筆頭貴族に斬《き》りこむ絶好のネタを、こんなふうに逃《のが》すとは思えない。清雅ならとりあえず旺季と孫陵王をうまく避《さ》けて、藍家だけに的をしぼって糾弾《きゅうだん》することもできるだろう。それをしなかったということは、藍家は『司馬迅』の件に関与《かんよ》しておらず、清雅も引き下がるほかなかった、と考えるほうがしっくりくる。

勿論《もちろん》、『司馬迅』が処刑を免《まぬか》れて本当に『隼』として生きているのなら、法を曲げて助けた者は当然いる。それが藍家当主とは関係なしに、孫陵王と旺季の独断だとしても、藍州へきて見聞きした彼らの事跡《じせき》を思えば、さして矛盾《むじゅん》はない気がした。

（……もし、私だったらどうしてただろう）

……当時、秀麗が官吏をしていたら、迅を処刑していただろうか？

『十悪』は、どんな理由があれ、問答無用で死罪だ。それが法律だ。

誰も――悪くなかったとしても。

「……これは、たとえばの話ですけど」

秀麗は告げた。蘇芳と燕青が、秀麗を見守っている。

「……もし、その時の迅さんに、極刑《きょっけい》の判決が出たとして、私が担当官だったら、……多分、法律通りに死刑にしていたと思います。たとえ誰かに、こっそり死刑にしたことにして、助けて欲しいと頼まれたとしても。一部の人だけに特別扱《あつか》いが許されるのは、おかしいですから」

十三姫は項垂《うなだ》れた。

でも、と秀麗はつづけた。

「その時の私が、判決を出す前に色々な状況《じょうきょう》を鑑《かんが》みて、たとえ十悪でも『情状《じょうじょう》酌量《しゃくりょう》』の余地があると思ったら、貴陽の刑部《けいぶ》尚書でも大理寺《だいりじ》でも相手取って、法の、ほ、う、を変える道を選びます。迅さんが死刑にならないようにするために、迅さんが助けた女の子のために、私は彼の死刑回避《かいひ》のために、あらゆる努力を尽《つ》くしたと思います。誰もがお日様の下を歩けるように。同じことが、藍家でも司馬家でもない、普通《ふつう》の人に起こったとしても、等しく助かるように」

それが、ここに寄こした、葵皇毅に対する秀麗の答えでもあった。

蘇芳は死刑になりかかった自分と父を思って、うんと頷《うなず》いた。

「そっちのが、断然いーと思う。やっぱあんた頭いーね」

「俺も俺も。そしたら絶対姫《ひめ》さんの野望実現のために駆《か》けずり回るからな！　刑部尚書ボコボコにしてでも『いーよん』て書かせてハンコ押させてやるからな！　マカセロ!!」

「マカセロ・じゃないわよ！　それじゃ逆につかまるじゃないのー!!」

十三姫は顔をくしゃくしゃにした。

……間違っているとはわかっていたけれど、あのときの十三姫には、それ以外、どうしていいかわからなかった。

ごめんなさいという、小さな呟きを、秀麗は聞こえないふりをした。

「まあ、たとえばの話ですから！　ほら、泣かないで。鼻水もちゃんとふいて。わぁっ」

思い切り十三姫に押し倒《たお》され、秀麗は椅子《いす》から落ちて頭を打った。

聞き終わった劉輝は、楸瑛に訊《き》いた。

「……楸瑛、なぜ十三姫と司馬迅の話を、余にした？」

「十三姫を、後宮へ迎《むか》えるおつもりでしょう？　なら、知っていてもらわないと」

「ああ。そうするつもりだ」

外に出よう、と劉輝は楸瑛に言った。

＊　＊　＊

「楸瑛。なんだかなりゆきで一緒《いっしょ》にいるが」

劉輝は自分を励《はげ》ました。

「余はそなたがほしい。王として、藍楸瑛がほしい。帰ってきてくれ」

楸瑛は黙《だま》ったまま、聞いていた。

劉輝をさがしに宝鏡山に入り、王を見つけてからは、つかず離れずあとを追った。

一人でも、迷っても、劉輝はひたすら山頂を目指した。

その姿を、楸瑛はずっと見ていた。命に関《かか》わるときは助けるつもりだったが、以前のように、何もかも手助けしようとはしなかった。

劉輝が何を選ぶのか、楸瑛もまた見極《みきわ》めたかった。

そうして、一歩も歩けないほど弱りながら、たどりついた社《やしろ》で、劉輝は答えを出した。だから、本当は知っている。それでも劉輝自身の口から、楸瑛は聞きたかった。

「……余は、味方がほしい」

劉輝は一語一語、自分に確かめるようにしゃべった。

「余はトモダチがほしいのではない。それはほしくないといったら嘘《うそ》になるが、王として、藍楸瑛がほしいのだ。何があっても、余の味方でいてくれる藍楸瑛を獲《と》りにきた。そのためにふさわしい王になる。そなたの、臣下としての生涯《しょうがい》心からの忠誠がほしい。人生丸ごとだ」

楸瑛は不覚にも、胸が震《ふる》えた。応《こた》えたくても、声がでない。

（……なんでこれを、好きな女性にはちっともいえないのだろうか……）

「余を選んでくれ、楸瑛。余はそなたを選ぶ。そのためにきたのだ」

楸瑛は溜息《ためいき》をついた。

いっておかなくてはならないことがある。

楸瑛は兄たちと賭《か》けをし、そしていくつかのものを失った。

「……主上、私は藍家から勘当《かんどう》されました」

兄たちは楸瑛に告げた。藍家当主として。

「藍家は、今のあなたには従わないそうです。あなたにも会う気はないと、はっきり言いました。そして、藍姓官吏《らんせいかんり》を戻《もど》すつもりもない、と。……あなたが、ここまできて、得るものは、本当に私一人だけです。藍家の権力も、もう私は使えません。それでも？」

劉輝は不思議そうにした。

「それがなんだ？　余はそなたをお持ち帰りするのが目的できたのだ。充分《じゅうぶん》すぎる」

「……お持ち帰り……」

「えっ、されてくれぬのか!?　なんだ、何がほしい!?　余、余のもってるものは実は結構少ないが、それでなにかほしいものがあるなら――」

劉輝はあたふたした。

楸瑛は教えてあげないことにした。

楸瑛のほしいものを、王が何もかもくれていること。

「では、剣《けん》でお答えしましょう。抜《ぬ》いて下さい」

にっこりと楸瑛は笑った。


……劉輝は叩《たた》き落とされた剣に、呆然《ぼうぜん》とした。

あっというまに、勝負がついた。こんなことは、宋太傅との稽古《けいこ》以来だ。

体はちゃんとほぐしたし、ご飯も食べた。病《や》み上がりとはいえ、こんな――子供相手みたいに呆気《あっけ》なく負けるなんて。

「……嘘だろう」

「何が嘘ですか。実力です実力。私と主上の実力差はこんなもんです」

「しゅ、楸瑛はこんなに強くないはずだ!!」

「何失礼なことといってんですか。いっときますが、主上が万全《ばんぜん》の体調でも、私から一本もとれませんよ。断言しますね。これでも羽林《うりん》軍で負けるのは黒白両大将軍だけです」

まあ、と楸瑛は剣を納めた。

「……私が本気を見せる相手も、大将軍二人だけでしたけど」

劉輝だって宋太傅仕込みの剣だ。強い――はずだ。

「う、嘘だー!! 余はこんなの認めないぞ!」

「『強さは秘《ひ》めるもの』それが私の師事する司馬家の家訓ですから。滅多《めった》に本気なんか見せません。つまり、主上は滅多にないものを見たわけです。……それが答えです」

楸瑛もまた、伝えたいと思っていた言葉を、王へ告げた。

「私はこれから、あなた個人の好きなものにホイホイ付き合ったりはしません。静蘭にも怒鳴《どな》られましたし。反対するときは反対します。秀麗殿《どの》を嫁《よめ》にとりたいといっても、もう『好きならいいんじゃないですか』ともいいません。……まあ、息抜きのおしのびくらいなら付き合ってあげてもいいですけど」

藍の名をとったら、何も残らない楸瑛を、それでも欲しいというこの王のために。

捧《ささ》げるのは、この身一つ。

「一切《いっさい》の遠慮《えんりょ》も、手抜きもしません。もう二度と負けてなんかあげませんよ。――藍楸瑛、今日これより、生涯心からお仕《つか》えすることを誓《ちか》います。本気の剣を我が君に捧げましょう」

劉輝はぶーたれていた。

剣にはちょっと自信があっただけに、本気で悔《くや》しい。全然敵《かな》わないところが悔しい。

「……こんなはずじゃ……」

「かっこよく応《こた》えてくれないいんですか？　それにしても、よく見抜きましたね。十三姫にもばれてないと思ってたんですけど。どうして私が戻ってくるとわかりました？」

楸瑛は懐《ふところ》から、白い手巾《てぬぐい》を取り出した。

それは〝花菖蒲〟の剣を返還《へんかん》したときに、かわりに劉輝から渡《わた》されたものだった。広げれば、端《はし》のほうに〝花菖蒲〟がこっそり縫《ぬ》いとられている。

あのとき、楸瑛は嘘偽《うそいつわ》りのない気持ちで〝花菖蒲〟を返上した。楸瑛は『藍楸瑛』として、この〝花〟を受けてしまった。けれど『藍家』は王を認めていない。これを持つ資格は、あのときの楸瑛にはなかった。静蘭を始め、大官たちもそれをわかっていた。中途半《ちゅうとはん》端《ぱ》では誰《だれ》にも認められない。だからこそ、〝花〟を返上し、藍姓を捨てて戻ってくる覚悟で藍州に帰還を願い出た。けれど、劉輝はこの手巾をくれた。

こうきたときは驚《おどろ》いたし、ヤラレタと思った。替《か》えの〝花菖蒲〟をもらって帰ったことで、楸瑛の気分的にもかなり楽になった。帰る場所を劉輝は確保してくれたのだ。それでも、ここまで自分を信じてくれているとは、楸瑛は思いもしなかった。

……嬉《うれ》しかった。

「これ、絶対悠舜殿の入れ知恵《ぢえ》でしょう？　こんな気の利《き》いたこと、トンチンカンな主上にできるとは思えませんからね。それにしてもうまくなりましたね、刺繍《ししゅう》」

珠翠と一緒にせっせと縫った〝花菖蒲〟を、劉輝は寂《さび》しげに見た。

「その通りだ。悠舜がいってくれたのだ。覚えているか？　そなたと春に碁《ご》をしただろう。半日かけて。楸瑛団子をおやつにして」

「そんなこともありましたね」

確か、秀麗が冗官《じょうかん》たちの解雇《かいこ》を回避《かいひ》すべく気炎を上げている頃《ころ》のことだ。

あのときの楸瑛は迷《まよ》っていて、戻ってくる、こないどころではなかったが――。

「……悠舜が、碁をしてみろといったのだ。もし、楸瑛が本気を出して、そのうえで余に勝ったら、何があっても最後は戻ってくると思うから、どんな事態になってもへこむな、と」

思えばあのとき、負けたのに王は不気味にへらへらにやにやして、何度聞いても「あとで時がきたら教える」としか言わなかった。

……悠舜殿、おそるべし。

（どこまで見抜かれてるんだ本当に――）

「余は、そういわれてもやっぱり不安だったが……悠舜の言う通りになったな」

芋《いも》づる式、第一号――藍楸瑛印イモ、収穫《しゅうかく》。

劉輝は昏《くら》い顔をした。

「でも、余は悠舜を置いて出てきてしまった。早く帰らないと――」

「絳攸のことなら今さら遅《おそ》いですよ」

「なな、何を言う！」

「主上と秀麗殿がいない間に、御史台《ぎょしだい》は動いていると思います。最高決定権をもつ主上が玉座にいたなら、まだ動かなかったでしょうが――」

楸瑛は今なら、静蘭の気持ちが痛いほどわかる。

「私は選びました。そして絳攸も選ばないといけません。……まあ、頭をちゃんと使うと、この二年は若気の至りだったとゆーか……後悔《こうかい》することしきりですねぇ。ちなみに絳攸に関しては、悠舜殿は何か策は？」

「何も」

ぼそっと劉輝は言った。

「何も、言わなかった」

楸瑛の選ぶものと、絳攸の選ぶものに、いかな差があるか、如実《にょじつ》に示していた。

小手先の小細工など、一切通用しないほど、絳攸にとっての『紅黎深』は重いのだ。

楸瑛は、劉輝の痩《や》せてしまった姿に、熱いものがこみあげた。

……多分、王の今回の行動を、誰もが軽率《けいそつ》だというだろう。
楸瑛が帰ってくることをわかっているなら、大人《おとな》しく王都にいれば良かったのだと。
でも、……楸瑛は嬉しかったのだ。
計算など何もなく追いかけてきてくれた王の心が、嬉しかった。
王を止めなかったという悠舜は、もしかしてそこまで計算していたのだろうか。
（……計算してたらどうしよう）
悠舜は有能だ。けれど、楸瑛にも今ははっきりわかっていた。
陣取《じんと》り合戦は、かなり不利だった。
悠舜も楸瑛も、危険と知りつつこんな離《はな》れ業《わざ》をしなくてはならないくらいに。
そして絳攸は、まだそのことに気づいてさえいない。
静蘭が楸瑛を怒鳴《どな》り飛ばしたときの歯がゆさがよくわかった。
……何もかもうまくいく方法はあるかもしれない。けれど、絶対的に時間がなかった。
「帰ろう、楸瑛。今すぐに。余は――王だ」
「御意《ぎょい》」

コン、と秀麗の室《へや》の扉《とびら》が叩《たた》かれた。
「秀麗殿、ちょっといいかな」

「あ、藍将軍」

秀麗は扉を開けた。楸瑛は中へは入らず、戸口で分厚い書翰《しょかん》の束を秀麗に手渡《わた》した。

「これ、使えるときに使ってくれ」

「？」

秀麗は書翰に目を落とし、思わず声を上げた。それは州府で姜州牧の報告を待つ合間に、秀麗たち三人がそれぞれ調べたかったものだった。滞在《たいざい》自体が短く、調査が中途半端なまま九彩江へ行ってしまったので、調べ直すために州府に戻《もど》るべきか、それとも切り上げて貴陽に戻るべきか、秀麗はまさに悩《なや》んでいたところだった。が、その調査文書がここに洗いざらいある。

「なっ。なな、なんでこれを調べてること、わかったんですか、藍将軍!?」

「やっぱり」

もともと楸瑛が藍州へ帰ってきた理由の一つが、これらを調べて秀麗に預けるためだったのだが、秀麗が動いていたことに、楸瑛はひそかに感心した。

「姜州牧には貴陽へ帰ると文《ふみ》を出せばいい。舟《ふね》を出すから、一緒《いっしょ》に帰ろう、秀麗殿」

「つまり藍将軍も一緒にお帰りになる、ということですよね？」

楸瑛はまじまじと秀麗を見おろした。

「ね、秀麗殿、君は一度も私を引き止めなかったね」

なじったり引き止めたりしてもおかしくないと思っていたのに、秀麗は一度もそんなことはしなかった。心配そうな顔をすることはあっても、口に出すことはなかった。

「私が王のもとに戻ると、わかっていたの？」

「いいえ。人それぞれ、大事なものは違《ちが》うじゃないですか。藍将軍が考え抜いて出した結論に、私があれやこれやいうことなんてできません。でも――」

「でも？」

「もし藍将軍が劉輝のもとから去って、劉輝から『藍将軍を連れ戻してくれ』って言われたら、何が何でも説得する覚悟《かくご》ではいましたけど。先に劉輝のほうがスッ飛んでいっちゃいましたね」

楸瑛は微笑《ほほえ》んだ。

「秀麗殿《どの》」

「はい？」

「私も訊《き》いてもいいかな。主上のことをどう思っているか」

それは、前に秀麗が楸瑛に対して訊いた問いでもあった。

好きと忠誠を誓《ちか》うということは違う、と楸瑛は答えた。

秀麗は戸惑《とまど》ったようにしたあと、口を開いた。

＊　＊　＊

邵可は椅子に腰かけ、そっくり同じ容姿の三つ子に挨拶《あいさつ》をした。

折々に文を交《か》わしてはいたけれど、こうして直《じか》に会うのは、何年ぶりかだった。

「会ってくれて、ありがとう、三人とも。無理を言ったね」

「とんでもありません。久方ぶりに師《せんせい》にお会いできて……嬉しく存じます」

三つ子はそろって妙《みょう》に照れていた。

彼らが幼かったとき、邵可は一時、藍家で彼らの家庭教師をしていたことがある。

実質的には家庭教師というより子守《こもり》のほうが正しかった。手に負えない三つ子をなんとかしてくれと藍家当主から要請《ようせい》され、邵可が出向いたのである。手に負えない弟は黎深で慣れていたので、邵可はわりと簡単に引き受けた。

もっとも、邵可の父は、役に立たないボンクラ長男を藍家で抹殺《まっさつ》してくれればいいと思っていたらしいが、邵可はむしろ三つ子に懐《なつ》かれたあげく、帰らないでくれとあらゆる――今思えば恐《おそ》ろしい――手を尽《つ》くされて引き留められた。

彼ら三人と過ごした日々は短かったが、今も邵可の大事な想《おも》い出だ。

「……藍将軍と、賭《か》けをしたそうだね」

「ええ。楸瑛が私たち三人を見分けられるかどうか……と」

長兄《ちょうけい》・藍雪那がくすくす笑った。

三つ子は不吉《ふきつ》。いずれ争いあい、共食いし、藍家を潰《つぶ》す。そう主張する親族たちの手前、父は三つ子が生まれたとき、藍雪那以外の二人は殺すと約束した。そのことを物心ついたときに三つ子に話し「いやだったら見分けられるな」と言い聞かせた。

それゆえに三人は、見分けられないように細心の注意を払《はら》って生きてきた。見分けがつかないのではない、見分けられてはいけないのだ。それは彼らにとって死を意味した。玉華も三人を見分けているわけではなく、ただ「雪ではない」ことがわかっているにすぎない。楸瑛が生まれる前から、三人は『藍雪那』を演じてきた。

『藍雪那』になる前の三人を知らない楸瑛に、見分けられるわけがない。

見分けられれば、他《ほか》の二人が殺されるという制約は、今もなお生きている。

雪那は邵可へ先手を打った。

「……邵可様、いくら邵可様でも、聞ける頼《たの》みと、聞けぬ頼みがあります」

「わかっているよ。君たちは藍家当主だ。藍一族と、藍州を守る義務がある。私たち紅一族がそうであるように。……これから私がする話は、藍家当主として聞いてほしい。私がこの藍州にきたのは、そのためでもある。君たちと直接、話がしたかった」

邵可は膝《ひざ》の上で両手を組み、口を開いた。

……話が終わったとき、三つ子はそれぞれ、非常にむっつりしていた。

ものすごく面白《おもしろ》くないといった顔だった。

「……わかりました。お話は、確かに。受けるかどうかは、その時がきたら改めて」

「ありがとう。今はそれで充分《じゅうぶん》だよ」

邵可は優《やさ》しく微笑んだ。

三つ子はこの笑顔《えがお》にものすごく弱いのである。

「……なんで邵可様はよりにもよって黎深なんかの兄に生まれてきたのかなぁ。私たちの兄に生まれてきたっていいと思うのにな。黎深とは同い歳だし……」

「月《つき》」がぼやいた。『藍雪那』以外正式な名前のない彼ら三人を、ごく親しい者だけが呼びわける愛称《あいしょう》は、上から順にそれぞれ「雪」「月」「花《はな》」だった。

邵可でさえ、この三人が本気になったら見分けられない。

「それはね、君たちは三人一緒だけど、黎深はそうじゃないからだと思うよ。公平だろう」

そうだろうか、と三人は疑問に思った。

邵可は最後に訊《たず》ねた。

「藍将軍を、勘当《かんどう》したかい？」

「ええ」

「それじゃ、藍将軍は君たちとの賭けに勝ったんだね」

三人の苦笑が、どこか嬉しそうに見えたのは気のせいではあるまいと、邵可は思った。

「三人とも、体に気をつけて、元気でいるんだよ。文も書くけど、また会いに来るから」

『私が兄上たちを見分けられたら、勘当してください』

そう、楸瑛は言った。藍家当主の決定に従えないから、家のほうを捨てます、と。

『今の私に、藍家の名前は邪魔《じゃま》なんです。背負ったままだと、やっぱりどうしても気になってしまいますから。なんといっても、生まれたときからずっと愛してきた藍家と兄上たちですからね。すっぱり捨てないと、思い切れません』

さすがに、三人の兄は落ち込んだ。頭にもきた。

負けてやるつもりなどサラサラなかった。もとよりいくら楸瑛が相手とはいえ、見分けられたら「月」「花」が死ぬという取り決めは変わらない。

それを知っている楸瑛は、

『私が勝ったら、兄上二人の命と引き替《か》えに、いくつか条件を呑《の》んでもらいます』

そんな可愛《かわい》くないことを言った。

……いつか誰《だれ》かに見分けられる日がくるとしたら、楸瑛がいいと、三人が心の底でひそかに思っていたことが、敗因かもしれない。

『藍家の名前を捨てても、私は兄上たちの弟です。藍の名ではなく、私は私自身と、兄上の弟ということに変わらぬ誇《ほこ》りをもちます。別に血の色が変わるわけでもなし。兄上に助けが必要なときは、何を置いても駆《か》けつけます。たとえくるなと言われても』

そんなことを最後にいってくれる弟だから。

最後の情けなのか、太っ腹にも藍家の当主たちは神速の藍家水軍を貸してくれた。玉華に「当たり籤《くじ》のオマケがついてきますよ」と言われ、龍蓮がついてきたのは謎《なぞ》だった。

行きの三倍の速さで飛ぶ鳥の如《ごと》く船は水上を駆け抜《ぬ》ける。船の中で——なんと個室つき——秀麗は一人、黙々《もくもく》と藍将軍からもらった文書を読みつづけた。

＊　＊　＊

……その晩、劉輝が秀麗を訪ねてきた。

「話がある。甲板《かんぱん》に、出ぬか？」

秀麗は劉輝が起きてから会話はしたが、二人きりではなかった。

話がある、などと妙に改まっていわれれば、落ちつかない気持ちになった。藍将軍にヘンなことを言われたせいかもしれない。秀麗は頭を振《ふ》った。

「いいわよ。行きましょう」

劉輝は人の少ない船尾《せんび》に歩いて行った。

後ろ向きに船が進んでいく感覚は、なんだかおかしなものだった。

いちばん後ろまで行き、二人並んで座った。

昊《そら》を見上げれば、夏の星座も、いつのまにか秋の星座に追いかけられていた。

「……すまなかった」

と、劉輝は詫《わ》びた。

「でも、迎《むか》えにきてくれて、嬉しかった」

秀麗は膝《ひざ》を抱《かか》えた。

「心配、したのよ。これでも一応」

劉輝はしばらく沈黙《ちんもく》したあと、ボソッと言った。

「……楸瑛から聞いた。泣いてくれたと」

秀麗はぎょっとした。――なぜそんなことを藍将軍が知ってるのか！

（え!?　い、いなかったわよね!?）

「嘘《うそ》！　嘘だからそれ！　藍将軍の出任せだから！」

「ふーん」

劉輝は鼻歌のような返事をした。嬉しげである。秀麗はますますうろたえた。

「秀麗」

「な、な、な、何よ」

劉輝ははっきりと告げた。

「余は、もう、秀麗のための王にはなれない」

秀麗ははっとした。

波の上の月を見ながら、劉輝は訥々《とつとつ》としゃべった。

「嘘はいえぬから、民《たみ》のため、というのは、正直、まだよくわからぬ。だが、余を待っててくれる悠舜や、静蘭や、楸瑛や、――秀麗がクビをかけても追うに値《あたい》する王になりたい。遅《おそ》いかもしれない。でも余は余だけの王を見つける。余の道を見つけて、歩く」

劉輝が何も言わずに城を出た理由が、秀麗にはおぼろげにわかった気がした。道のない場所で自分と向き合って出した答えが、きっとこれなのだ。

秀麗はその言葉を、冷たいとは思わなかった。

今、隣《となり》に座っている人は、王だった。

妙な言い方だが、秀麗は劉輝が王になった瞬間を目《ま》の当たりにしている気がした。

「王は、結婚《けっこん》しなくてはならぬ」

不意をうたれた。今日は予想外の話題転換をしてくる。

「……そ、そうね」

「十三姫を後宮に入れる」

自分がどんな顔をしているのか、秀麗自身にもよくわからなかった。

劉輝は落ちつき払《はら》っている。

「筆頭女官《ひっとうじょかん》として、入れる」

「……筆頭女官？」

「珠翠が行方《ゆくえ》不明のままだ。ここにくる前にもリオウに言われたが、取り仕切る者がいないままでは、後宮の規律が乱れる。後宮の女官・侍官《じかん》すべてを統轄《とうかつ》し、余の世話を任せる筆頭女官は、信頼《しんらい》できる女人《にょにん》でなくてはならぬ。十三姫を珠翠のいない間、筆頭女官に据《す》えようと思う」

　劉輝はつづけた。

「秀麗以外で正式に娶《めと》るなら、十三姫にする。筆頭女官から妃《きさき》に昇格《しょうかく》すればいいだけの話だ」

　言い切った。

　十三姫がきたとき、『おめでとうなどといったら怒《おこ》るぞ』と呟いた人と同一人物だとは思えないくらいの堂々とした断言ぶりだった。秀麗は呆気《あっけ》にとられた。

　次々投げられる予想外の球をまるで打ち返せないことに混乱もした。

　おかしい。こんなはずはない。これではいつもと逆だ。「あら、ようやく腹をくくったのね」ホホホと笑ってそういえばすむ。だがなぜかそれが出てこない。確かに劉輝は腹をくくった感があるが、秀麗が思っていたのとは別のくくりかたな気がする。

「秀麗」

「な、な、なに」

「余は結婚する。それが王の義務ならば、しなくてはならない。だが、いつまでも秀麗を待ちつづけることもできぬ」

　待ちつづけることはできない。その通りだ。けれどおかしなことに、その言葉を劉輝からいわれるとは思っていなかったらしいと、秀麗はたったいま気づいた。

　思った以上に、動揺《どうよう》した。

劉輝が一時も目を逸《そ》らさなかったから、秀麗の動揺がダダ漏《も》れにばれた。目を逸らせば
それ以上に厄介《やっかい》なものがばれる気がしたため、どうしようもできなかった。

劉輝は、ホッとした。……どうやら見込みは皆無《かいむ》ではないらしい。

が、秀麗の決意が岩よりかたいことも承知している。

「だから、勝負をしよう」

「しょ、勝負?」

「そう。今から期限を区切る。そのときまで秀麗が逃《に》げ切れたら、秀麗の勝ちだ。余はもう、秀麗と結婚したいとは、二度といわない。困らせることもしない。十三姫と結婚する」

劉輝にとっても、もはやあとにはひけない一手だった。

「その期限までに、余が秀麗を頷《うなず》かせることができたら、余の勝ちだ。どうだ?」

冷静に考えれば、別に秀麗が受ける義務などどこにもない。一蹴《いっしゅう》すればすむ話である。

が、このときの秀麗は頭から劉輝の術中にはまっていたため、そんなことを考える冷静さや余裕《よゆう》など微塵《みじん》も残っていなかった。

しかも、なんとか立てなおそうと見栄《みえ》を張り、余計なことを言ってしまった。

「ふ、ふふん。だいぶ、あなたに不利じゃない?」

「なんだ。秀麗はそのほうがいいのではないのか?」

にやりと返され、秀麗は歯がみした。

「わわ、わかったわよ。受けて立とうじゃないの」

「よし。期限は――……」

劉輝は期限を告げた。

短くもないが、決して長くもない期限だった。劉輝の本気を示しているように。

秀麗はそれを受け入れた。

……このとき気づいた、一つの自覚とともに。

＊　＊　＊

蘇芳は行きとは違《ちが》い、船酔《ふなよ》いしなかった。九彩江で地獄《じごく》を見たのが効いたのかもしれない。

船尾《せんび》では、秀麗と王様が何ごとか話している。

蘇芳の隣には燕青がいて、やっぱりじっと二人を眺《なが》めていた。

秀麗が十三姫の聴取《ちょうしゅ》を中止した時、冷静なうわべと裏腹に、蘇芳に合図した手は震《ふる》えていた。そんな秀麗を見ているのは蘇芳と燕青だけ。

蘇芳は燕青に呟《つぶや》いた。

「……誰《だれ》も彼もがあの女の意思尊重したいとかいって、引いてたら、ずっと一人だぜ」

「それ静蘭に直接言ってやれ」

「やだよ。タケノコ投げられるのがオチだよ。それにあいつに言ってもうごかなそーだもん」

「……タンタン、お前はんっっと人を見抜《みぬ》く目ぇあるな」

蘇芳はじっと燕青を見つめた。

「……なんで、あんたに言ってるか、わかる?」

燕青は答えなかった。蘇芳はさらにつっこんだ。

「あんたさー、『姫《ひめ》さん』のこと、好きだろ」

やっぱり燕青は答えなかった。

貴陽よりちょっぴり大きく見える月を背にして、燕青はただ笑った。

(……かっこいーじゃん)

一切《いっさい》はぐらかしもごまかしもしなかった。

こんなにも完璧《かんぺき》に公私をわけられる男を蘇芳は見たことがなかった。鈍《にぶ》い秀麗はおろか、誰一人気づくことはないだろう。蘇芳にしたって当てずっぽうに近い単なる勘《かん》だ。

だから余計蘇芳は残念に思った。

(あのタケノコ家人よりずっと大人《おとな》でかっこいーのにさー)

秀麗が気づくことは一生ないだろう。そして一生気づかなくていいと思っている。

燕青は秀麗の官吏《かんり》になることを選んだのだ。

かっこいーじゃん。蘇芳はもう一度、心の中で呟いた。

船首では、楸瑛が珠翠の扇《おうぎ》を見つめていた。

十三姫も兄のそばで、船尾の二人にチラチラ視線を送っていた。劉輝から筆頭女官の話をされたが、実はすでに貴陽で珠翠から「筆頭女官として後宮にお入りになって下さい」と頼まれていた。

……今から思えば、珠翠は後宮にいられなくなる日が近いのを察して、十三姫に王を託《たく》していったに違いなかった。

（それにしても楸瑛兄様ってば、なんでこう高嶺《たかね》の花ばっかり狙《ねら》うのかしらねー……）

楸瑛はドン底の顔であったが、十三姫はほっといた。フラれて絶望するのは兄の特技だから。

そこに『当たり籤《くじ》のオマケ』龍蓮が、ほてほてと寄ってきた。当たり籤というか、貧乏《びんぼう》くじなニオイがするのは十三姫の気のせいではあるまい。これで三兄妹《きょうだい》がそろった。

「そういえば龍蓮兄様、雨を上がらせられるんですってー？　今度見せてね」

龍蓮は船尾にいる秀麗に視線を投げた。

「……あの雨だが……」

「なんだ？」

「いや……」

龍蓮は楸瑛に奇妙《きみよう》な質問をした。

「……兄上、心の友其《そ》の一は、酒に強いといっていたな？」

「うん？　ああ、管尚書《しようしよ》とも飲み比べして勝ったって聞いたし、相当底なしみたいだね」

「ちゃんと酔っていたか？」

「酔って？　管尚書のときは確か酔っぱらって倒《たお》れて、主上が運んだっていってたよ。でも、そういえば、こないだ城門兵を潰《つぶ》してたときは、酒瓶《さかびん》の数と比べてまったくシラフだったな」

龍蓮はそうか、と呟いた。

……秀麗の体は、刻々と変化していた。

終章

貴陽へ到着《とうちゃく》してすぐ、蘇芳は葵皇毅の室《へや》へ足を運んだ。

それが蘇芳が皇毅と交《か》わした約束だった。

皇毅は相変わらず、色素の薄《うす》い冷ややかな双眸《そうぼう》で蘇芳を迎《むか》えた。

今日はいつもよりは少し面白《おもしろ》そうな目をして。

「お前が帰ってきたということは、紅秀麗も帰ってきたか」

「はあ。まあ、そういうことッスねー」

「ふむ、よかろう。帰ってくる確率は五分だとは思っていたが――ではいつものように、紅秀麗について洗いざらい報告をしてもらおうか。さて、あの娘《むすめ》は九彩江に入ったか？」

九彩江に入れば、紅秀麗をクビにすると、蘇芳は事前に皇毅から聞いていた。

蘇芳は嘘《うそ》をつく気はなかった。どっちにせよ、藍州州牧に裏をとればすぐわかることだ。

蘇芳は答えた。

「一応止めたんですけど、やっぱ入っちゃいましたねー」

そうして、事細かく、秀麗に関するすべての報告をした。

＊　＊　＊

秀麗は一日だけ邵可邸で休息をとり、翌午前、皇毅の許《もと》へ帰還《きかん》の報告をしに出向いた。

秀麗には、一つ気になっていることがあった。

「おみやげの！　藍鴨《あいがも》のタマゴとサルのキノコですっ」

卵を漬《つ》けこんだ壺《つぼ》と、サルのキノコを詰《つ》めたずだ袋《ぶくろ》を皇毅の机案《つくえ》にのっけた。

「……長官、聞きました。藍鴨のタマゴも、サルのキノコも、九彩江にしかないって」

皇毅は薄い色の目を秀麗に向けた。

「九彩江に入ったら、クビだと言っておいたはずだな？　この二つは、藍都で買ったか」

「長官は、山でとってこいって、おっしゃいましたよね。それに、お店で売ってるものは、一御史《ぎよし》の給料で買えるほど安くもありません。ていうか破産しますよあの値段」

九彩江に入るな、入ればクビだと言いながら、皇毅は九彩江にしかないこの二つの土産《みやげ》を持って帰れと言った。

「つまり？　九彩江に入ったのか、入らなかったのか、どっちだ？」

「――榛蘇芳は、なんて報告しましたか？」

「入った、とはっきり言ったな」

葵皇毅が答えた。

「つまり、お前はクビだ」

前々から、皇毅はやけに詳《くわ》しく秀麗の行動を知っていた。誰かに見張らせていなければ知りえないようなことまでも。その役をいちばん手っとり早く、疑われずに確実にこなせるのは、秀麗といつも一緒《いっしょ》にいた蘇芳――。

「……タンタンのお父さんの弱味につけこんで、ずっと私の監視《かんし》をさせてましたね？　長官」

以前、蘇芳の父親の命を楯《たて》にとって利用したように。

「その通りだ」

「タンタン、その報告をした続き、なんて言ってましたか？」

葵皇毅は初めて笑った。

「すべて自分がヘマをしたせいだから、自分が紅秀麗のかわりにクビになる、それで終わらせてくれと言ったな。上司が失態を配下になすりつけて切り捨てるのはよくある話だ。許可した。御史裏行《みならい》を外して、地方行きだ。すでに辞令は出した。今日付でお前づきから離《はな》れた。今ごろ貴陽の城門を出ている頃《ころ》じゃないか。元上司として、見送りに行ってやったらどうだ」

秀麗は怒《いか》りをのみこんだ。それが精一杯《せいいっぱい》だった。

葵皇毅を睨《にら》みつけ、すぐさま踵《きびす》をかえした。

……皇毅は藍鴨のタマゴが漬かっている壺をあけて、一つ食べた。なかなかよく漬けてある。

確かに、配下が上司のかわりにクビになることはよくある話だ。

だが、それを配下が自らいいだすのは、非常に珍《めずら》しい話だ。

陸清雅と紅秀麗は生き残るだろう。清雅は人を切り捨て、秀麗は人から助けられ、そうして上にのぼっていくのが目に見えるようだった。まったく対極の二人だ。

どちらも、一歩も譲《ゆず》らずに。それもまた、面白いと皇毅は思った。


蘇芳は馭者《ぎょしゃ》台に座って、少ない家財道具と、両親をのせた荷馬車をカラカラと進めていた。城門が近づくにつれ、宮城が遠ざかる。

父は地方行きをあっさり受け入れた。むしろ田舎《いなか》に行ったら畑で野菜をつくろうとウキウキしていた。なぜか母も当然のようについてきた。

まあいいか、と蘇芳は思った。こーゆー家族だって、一つくらいあったっていい。

『バカなヤツだな、お前は』

葵皇毅に報告したあと、廊下《ろうか》で行き違《ちが》った清雅にせせら笑われた。

蘇芳は肩《かた》を竦《すく》めた。

『確かにそーだよ。でも俺は、お前のためにこんなバカな真似《まね》はしねーよ。そーゆーこと』

蘇芳の役目は終わったのだ。

蘇芳が秀麗の傍《そば》にいても、またぞろ長官に利用されて、足を引っ張るだけだ。

かつて、蘇芳の父が牢《ろう》に放《ほう》り込まれていたとき。

『――用件は手短に言え。いっておくが、父親の助命嘆願《たんがん》はするだけ無駄《むだ》だ』

そう言って、皇毅は洟《はな》もひっかけなかった。だが、興味を示したことが一つあった。

『ほぉ？　言ってみるがいい。紅秀麗の弱味でもつかんできたか』

あのとき、父の処刑《しょけい》を待ってもらうことと引き替《か》えに蘇芳が差し出すのは、『贋金《にせがね》の極《ごく》印《いん》』だけでは足りないと、皇毅は言った。紅秀麗の行動を逐一《ちくいち》報告するのなら考えてもいい、と。

あの条件を呑《の》んだときから、蘇芳はずっと、秀麗のことを報告せざるを得なかった。

蘇芳が秀麗の傍にいる限り、秀麗の考えはすべて皇毅の知るところとなる。たとえ蘇芳が皇毅に嘘の報告をしても、そんなもの葵皇毅はたやすく見破る。それに蘇芳は秀麗のために、何もかも捨てられない。父の命と引き替えに、秀麗を選ぶことはできない。

でも、十三姫暗殺事件の時、タケノコ家人が言ったことで、気づいたのだ。

『いま官吏《かんり》でお嬢様《じょうさま》の傍にいられる立場としては、君がいちばんです』

それは、いざというとき自分が秀麗をかばって身代わりになれる立場にいる、と蘇芳は解釈《かいしゃく》した。そういうヤツは、必要なのだ。今の蘇芳が秀麗のためにできることは、それくらいしかない。だからそうした。自分のかわりに、燕青もきた。

まるで運命のように。

……秀麗は一度経験したことは、二度と繰り返さない。

だからこれは蘇芳の最後の置きみやげだった。

(甘いからなー、あのおじょーさん)

蘇芳は秀麗のために、何もかも捨てられない。

でも、これくらいなら捨てられる。

秀麗と会って、自分が変わったかどうかは、蘇芳はわからない。

ただ、これからの人生はかなり変わるだろうと、思った。

あの女と過ごしたこの半年があれば、もう人生どんな大波がきても驚《おどろ》かない。


「タンタン!!」


秀麗の声が聞こえた。上から。泣きそうな声だった。

城門の上の見張り櫓《やぐら》に人がいた。隣《となり》に燕青もいる。どうやら燕青に馬か何かで連れてきてもらい、全速力で先回りして、櫓で張っていたらしい。

「バカタンタン!! あんた私が肩代わりした賠償《ばいしよう》金、返済しないで踏《ふ》み倒《たお》すつもり!?」

「ううっっっ!!」

痛いところをつかれた。

「ちゃーんと返すよ。だから、これっきり縁《えん》がきれるわけじゃねーって」

「約束だからね⁉　出世したら、配下がたくさん必要なんだから‼　嫌《いや》だっていっても呼び寄せるからね！　ちゃんと官吏でいてちょうだいっっっ」

「へーい。そんじゃ、あんたもちゃんと出世してくれよ〜」

「いわれるまでもないわよ！　もうこんなヘマしないんだから‼」

秀麗は、「そんなこと頼《たの》んでない」などとは言わなかった。それが蘇芳には嬉《うれ》しかった。

(なーんか役に立ったんじゃん？　俺)

初めてそう思い、それは結構快感だった。

秀麗が城門の上から何かを投げた。

蘇芳が受け止めると、小さな袋《ふくろ》だった。

逆さにふると、タヌキの耳飾《みみかざ》りが出てきた。

蘇芳は片手で手綱をとりながら、もう片手で笑って、そして貴陽をあとにした。


……荷台で、蘇芳の父は首を傾《かし》げた。

「……なんで、あんなに悲しんでいたんだろう？　蘇芳は昇進《しょうしん》したのになー」

「あ、親父《おやじ》、それナイショな、ナイショ」

蘇芳は片手で手綱をとりながら、もう片手で皇毅から渡《わた》された辞令を、懐《ふところ》から引っ張り出した。

『御史《ぎょし》裏行《みならい》から昇格《しょうかく》――監察《かんさつ》御史に任命する』

蘇芳はほくそ笑んだ。演技するってのはなかなか面白《おもしろ》い。

「セーガくらい、騙《だま》せないとな〜。バカって、ケイケンでなんとかなるっつーし。もっと使えるようになったら戻《もど》って、タケノコ家人をぎゃふんと言わせてやる」

のちに榛蘇芳は、凄腕《すごうで》の監察御史として史実にその名を残す。

彩《さい》八州をあまねく巡り、多くの冤罪《えんざい》を晴らし、酷吏《こくり》を糾弾《きゅうだん》し、榛蘇芳の巡察《じゅんさつ》を民《たみ》や良吏は心から望んだ。特筆すべきは、監察御史の特権でもある軍権をほとんど使うことなく、常に頭を使って立ち回り、よく人の真偽《しんぎ》を見抜《みぬ》き、人を傷つけることなく案件を解決に導く手法だった。彼の前で隠《かく》しごとをすることは不可能だったともいわれる。そしてその名が知られても、なぜか絶対「正体が誰《だれ》にも見破られない」謎《なぞ》の監察御史のままだったという。

『紅秀麗のせいで自分の人生は波瀾万丈《はらんばんじょう》になった』

それが口癖《くちぐせ》だったと、伝えられている。

＊　＊　＊

「お帰りなさいませ、主上」

悠舜はそれ以外に、何も言わなかった。

劉輝は悠舜を一目見て、泣きそうになった。

「……すまなかった……」

変わることなく劉輝を待っていてくれた悠舜に、胸がつまった。

「悠舜、余はまだ間に合うだろうか？」

何が、とは悠舜は聞かなかった。

でも、嘘《うそ》も言えなかったから、こう答えた。

「そうなるように、全力を尽《つ》くしましょう、我が君」

そうして、静蘭からの報告を、劉輝に伝えた。

「……主上、李絳攸殿《どの》の件で――」

アナザーエピソード

恋愛指南争奪戦！

序

彼は去年と同じ宿で旅の休憩《きゅうけい》をとっていた。目的の貴陽まで、あと僅《わず》かの道のりだった。

もうすぐ暮れを迎《むか》えるこの時期、人々はせかせかと気忙《きぜわ》しそうに通りを行き交《か》う。

彼は涼《すず》やかな目元を細め、二階の窓から人々の表情を注意深く観察した。昔は仕事の一《いっ》環《かん》だったそれが、いつから無意識の習いとなったのか、今となってはもはや思い出せない。

往来を行く人々の面《おも》持ちに、新王即《そく》位後に見てとれた不安の翳《かげ》りはない。

去年、彼は王を怒《ど》鳴《な》り飛ばした。さて。

(……今年は説教をしなくてよさそうか)

彼は扉《とびら》の向こうでさわさわと囁《ささや》きかわす気配に気づいた。

『……私に行かせてよ』

『あなた去年お文《ふみ》届けたじゃない……』

『そうよそうよ、一人抜《ぬ》け駆《が》けして……』

「……私に何かご用でしょうか?」

宿で働く若い娘《むすめ》が二人、思わぬ不意打ちにびっくりしたように目を丸くする。

彼は真ん中の娘が手にしている盆《ぼん》を見た。小皿に焼菓子《やきがし》が並んでいる。

娘はそろって顔を真っ赤にした。

「お、お口に合わないかもしれませんがっ、どうぞ！　私たちで焼きましたっ」

「……私が頂いてよろしいのですか？」

「もっ、もちろんですっ」

「それでは、ぜひ。嬉《うれ》しいものですね」

彼は盆でなくまず娘の髪に手を伸《の》ばした。落ちかけていた娘の髪飾《かみかざ》りを指先でそっと直してやり、それから盆を受け取る。

「きっと引く手数多《あまた》でしょう。あなたがたの心を射止める男たちが実に羨《うらや》ましいものです」

微笑まれた娘たちは耳たぶまで赤くなった。うろたえながらぺこりと頭を下げ、転がるように階下へ駆け降りていく。扉を閉めた彼の耳には、階下に降りた娘たちの「きゃー」という嬌声《きょうせい》と興奮は聞こえなかった。

「――相変わらず、なんて、なんて素敵《すてき》でカッコいいおじいちゃんなのー！」

一

それは秀麗が国試を受ける直前の冬のこと。

その日、秀麗が適性試験に及第《きゅうだい》したという報告を受けた絳攸は、大変機嫌《きげん》を良くしていた。

(――良くやった)

これで会試に臨《のぞ》める。夏からこっち師をつとめ、その努力を間近で見てきただけに、絳攸の感慨《かんがい》もひとしおだった。眉間《みけん》に寄せる皺《しわ》も少なく、王の政務の補佐をする。

「そろそろ全州試の及第者が出そろいます。年明けには各州の上位及第者の州試答案と名簿《めいぼ》に目を通せるように礼部《れいぶ》に通達しましょう」

「ん」

劉輝のいかにもやる気のない生返事に、絳攸の眉間の皺が一本増えた。

「……初の女人国試ということで、様々な混乱や不都合が予想されます。男の中に女一人で何日も泊《と》まりこみですからね。厠《かわや》を始め、考え得る限りの問題と対策を早急《そうきゅう》にまとめませんと」

「うむ」

「……殿試《でんし》の最終課題も考えといてください。これぱっかりは私たちも手伝えませんからね」

「むー」

絳攸の手が震《ふる》えてきたのを見て、控《ひか》えていた楸瑛は一歩下がった。

「…………黒州州牧《こくしゅうしゅうぼく》 櫂瑜様も、あと数日でご到着とのことです。朝賀の前に主上とお会いしたい、とのことです」

「むーむー」

「――藁人形《わらにんぎょう》バラバラ殺人形事件が主上の室《へや》で起こったそうで。ご愁傷様《しゅうしょうさま》です」

「んー……――ん⁉　ななな何だとっ⁉」

どこまでも上の空だった劉輝は、血相を変えて怒《おこ》った。

「よ、余が真心込めてつくった五体の愛の藁人形がバラバラ殺人⁉　朝はちゃんとあったのだぞ‼　くっ……余の寝室《しんしつ》まで無断で侵入《しんにゅう》できるとは相当の手練《てだ》れと見た。一生懸命作ったのに絶対許さん！　楸瑛！　即刻《そっこく》宮城の警邏《けいら》強化――」

「バカか――っっ‼」

絳攸の手から槍《やり》の如《ごと》く巻物が飛んだ。

劉輝が間一髪《かんいっぱつ》で防がなければ、間違《まちが》いなく眉間に命中・気絶していた。

「いつのまにそんなに増えてんだっっ‼　つかこのクソ忙しい年末前にそんなもん作ってやがったのかお前は――っ！」

「ちゃ、ちゃんと仕事が終わったあとに夜なべして何が悪いのだ！」

「夜なべして藁人形増やすくらいなら寝《ね》ろこのバカ‼」

叫《さけ》んでから、絳攸はしまったと思った。うしろで楸瑛がにやにやしているのが目に見えるようだ。

「そっ、そんなことしてやがるからこうして午間《ひるま》の仕事に支障が――」

「ん？　いや、それとは関係ない。実はここしばらくずっと考えていたことがあるのだが」

劉輝の表情が真剣味《しんけんみ》を帯びたので、絳攸と楸瑛も真顔になった。

劉輝は筆を擱《お》くと、眉間に皺を寄せ、両手を組み合わせた。深く溜息《ためいき》をつく。

「どうも、余と秀麗の関係は春から何も変わっていないような気がするのだ」


ポク、ポク、ポク、ポク、ポク、ちーん。


……かなり長い間、絳攸も楸瑛も何も言わなかった。いや、言えなかった。

（い、今ごろ気づいたのか……）

憐《あわ》れみからくる優《やさ》しさで、楸瑛は王の頭をよしよしと撫《な》でてやりたくなった。

一方絳攸は仮面のごとく無表情になり、完全無視で仕事を再開した。

しかし劉輝はめげなかった。

「こう、新年の前に、こちらの傾向《けいこう》と対策も練らねばならんと思うのだ。来年は秀麗も何かと忙しくなるだろうし、ほら、千里の道も一歩からと言うだろう」

なんと的確な言葉だと楸瑛は思った。実にその通り。惜《お》しむらくは――。

（その一歩が全然進めてないってことで）

まだ千里まるまる残っている。

王に仔犬《こいぬ》のような目ですがられ、楸瑛はたじろいだ。いったいどういう言い方をすれば傷つけずに真実を伝えられるのか。

「そ、そうですねぇ……」

「楸瑛、甘やかすな。ほっとけ」

「絳攸冷たいぞ！　臣下なら余のお悩《なや》み相談をしてくれたって良いではないか」

氷柱《ツララ》のような視線が劉輝を射る。次いで、驚《おどろ》いたことに絳攸は手近な椅子《いす》をひいて劉輝のそばにドッカと腰《こし》を下ろした。ちゃっちゃと自分のぶんだけお茶を淹《い》れる。

「――じゃあ聞いてやろうじゃないか。この俺に何を期待してるか知らんがな」

さすがに劉輝も人選を間違えたことに気がついた。絳攸に恋《こい》のお悩み相談をしてどうなるというのだ。とはいえ劉輝も切羽《せっぱ》詰まっていた。聞いてくれるなら絳攸でもいいと思うくらいに。

「そ、その、実は春に出会いがあって」

劉輝は居ずまいを正し、膝《ひざ》の上に両手をそろえた。

「彼女はお金目当てに余…私に嫁《とつ》いできたのですが、料金分の仕事を終えるや否《いな》や、報《ほう》酬《しゅう》を受け取って余の前からスタコラサッサと消えてしまったのです」

「……ほ、ほう」

事実だがものすごい悪女に聞こえるのはナゼだ、と絳攸は思った。

「彼女が忘れられなくて、それから一生懸命に贈《おく》り物をしました。文《ふみ》も毎日のように送って……でも、彼女は私の立場を慮《おもんぱか》ってか、なかなか返事もこなくて。鯵《あじ》のつぶてってっていうか」

「……な、梨《なし》のつぶてだ」

事実だが以下略。話だけ聞けばどう考えても貢《みつ》ぐ君《クン》にされているのに気づかず、騙《だま》されて弄《もてあそ》ばれているダメ男である。

「そうして年末になってしまったのですが、何も進展してない気がするのです」

絳攸は無言を補うために茶をすすった。楸瑛は壁《かべ》に手をつき、全力で爆笑《ばくしょう》をこらえた。下手《へた》な鍛錬《たんれん》より腹筋が痛い。

劉輝はとつとつと懸命《けんめい》に話した。

「その、一緒《いっしょ》に暮らしてたときなんか、ちょっと怒《おこ》りっぽいけど優しくて、菓子《かし》作りも上手で、毎晩綺麗《きれい》な二胡《にこ》も弾《ひ》いてくれて、幸せってこういうことなんだなって。桜刺繍《ししゅう》の手《て》巾《ぬぐい》は一生の宝物です。彼女と別れてからすごく寂《さび》しくて、でもずっと我慢《がまん》して……けど彼女のほうは、家計をやりくりしながら毎日生き生き元気に過ごしていると風の噂《うわさ》で聞きました」

すする茶も底をついた。手の届くところに差し湯を置いておけば良かったと絳攸は後悔《こうかい》した。間がもたない。

「彼女は夢に向かって一直線で、余のことなんか……でもいいんです。今は日々藁人形を夜なべして、彼女の夢が叶《かな》うように願掛《がんか》けしながら見守ろうって」

増える藁人形の怪《ナゾ》が解明された。

「でも来年、状況《じょうきょう》次第《しだい》では彼女と離《はな》れ離《ばな》れになってしまう可能性が高いんです。そ、その前に、ちょっとでもいいから、こう、彼女との距離《きょり》を縮めたいな、って」

よろしくお願いしますと深々と頭を下げた王に、絳攸は嫌《いや》な汗《あせ》を流した。一喝《いっかつ》して仕事に叩《たた》き戻《もど》そうと思っていたのに、……それを思い留《とど》まらせるほどのナニかが今の話にはあった。

「……ま、まあとりあえず茶でも飲め」

「あ、はい。いただきます」

とても王と臣下の会話とは思えない。

絳攸は「その筋の専門家」を見たが、ほとんど痙攣《けいれん》のごとく腹を抱《かか》えて震えていて、当分使い物になりそうになかった。まったく、肝心《かんじん》なときに役に立たん男である。

気づくと劉輝が上目遣《うわめづか》いで絳攸を見つめている。絳攸の喉《のど》がゴクリと鳴った。

何かを期待するような、仔犬のような目は、明らかに助言を求めている。

――他《ほか》を当たれ。

絳攸にはそれしか言えないのに。

三者三様の理由により、得体の知れない緊張《きんちょう》が刻々と高まり、沸点《ふってん》に達しかけたとき――。

劉輝と楸瑛が同時に顔を扉《とびら》へ向けた。

絳攸は視線の先を追い――驚いた。いつ扉があいたのかもわからなかった。

「……反応おせぇぞ楸瑛」

略式とはいえ、それぞれ位にふさわしい見事な鎧《よろい》をまとった立ち姿は隙《すき》がない。

楸瑛は彼らを視認《しにん》すると、すぐさま剣の柄《つか》から指を離した。腰を落とし、掌《てのひら》に拳《こぶし》をつけて上官に対する礼をとる。

劉輝は珍《めずら》しい訪人《おとないびと》に目を丸くした。

「黒大将軍に白大将軍ではないか」

入室してきたのは、近衛《このえ》・左右羽林軍《うりんぐん》をそれぞれまとめる両大将軍だった。

二

「年末前に武術仕合？　新年ではなく？」

両大将軍の申し出に劉輝は首を傾《かし》げた。慶賀《けいが》の奉納《ほうのう》仕合ならわかるが――。

「忙《いそが》しい時期なのは承知してます」

右羽林軍大将軍・白雷炎は頭をかいた。

「御前《ごぜん》仕合のように大々的にやるつもりはありません。羽林軍のみの内々です」

「……なんでまた年末に？」

楸瑛は上官のうしろで一歩下がって控《ひか》えている。楸瑛も初耳だったらしく、首を横に振《ふ》っている。

「あー……おいコラ燿世、てめぇも黙《だま》ってねーでちゃんと説明しろよ」

楸瑛の直属の上官である左羽林軍大将軍・黒燿世は無口無表情でつとに有名だった。それにもまして有名なのは――。

「……ああ？　てめぇがしゃべれだと？　てめ、何様だコラ。俺はお前のツラ解読翻訳《ほんやく》係じゃねぇっつってんだろが。うっせぇざけんなこの無表情筋野郎《やろう》。てめーの地顔より戸部《こぶ》尚書《しょうしょ》の仮面のがよっぽど愛嬌《あいきょう》があるってんだよ。――ンだやるかコラ」

始終火花が散りまくる両大将軍の仲の悪さであった。

黒燿世がひと言もしゃべっていないのにもかかわらず、見事に喧嘩《けんか》が成立していた。渦《うず》巻《ま》く殺気に楸瑛が気色ばんだ。

「――バーカ。陛下の御前で抜《ぬ》くかよ。スッこんでろ。最近ぶったるんでんじゃねぇのか楸瑛。文官ごっこがしたけりゃ転職しろ。羽林軍将軍でいてぇなら、あとで稽古場《けいこば》までツラ貸せや」

黒大将軍も微《かす》かに頷《うなず》く。最近多忙《たぼう》を理由に鍛錬を怠《おこた》っていた自覚のある楸瑛は羞恥《しゅうち》に目を伏《ふ》せた。黒燿世の存在ゆえに左羽林軍を選んだ楸瑛にとって、彼に反応の鈍《にぶ》さを見抜かれたのは何より恥《は》ずかしい。

「……は。申し訳ありません。必ず参りますので、ご指導よろしくお願いします」

「ま、この時期どーしよーもねぇのはお前だけじゃねーけどな」

両大将軍が目を見交《みか》わした。

白雷炎は改めて劉輝に向き直った。

「陛下、恥《はじ》を忍《しの》んで正直に申しますと、実は羽林軍の戦力は毎年年末になると八割方落ち込みます。正確に言えば、大暴落するのはやる気及《およ》び士気ですが」

「……は？」

「このときばかりはいくら俺と燿世が脅《おど》そうが殴《なぐ》ろうが重石《おもし》つけて川に沈《しず》めようが、紐《ひも》の切れたフンドシよりも使い物になりません。もしくはそこの色ボケ野郎のフンドシの中身くらいに」

これには楸瑛も黙ってはいなかった。

「聞き捨てなりませんね白大将軍」

「へん、なんでぇ。俺よりたいしたことなかったじゃねーかよ」

「将軍のが規格外なんですよ！　紐の切れたフンドシよりよっぽど使えます!!」

一向に話が進まない。

黒燿世は目で何事か劉輝に伝えてきた。劉輝は常々「男同士の目と目の合図」をしてみたいものだと思っていたので、何だかわからないものの、眼光鋭《するど》く頷《うなず》きを返した。黒燿世は素早く腰につけていた小弓をとると二矢連射した。狙《ねら》いは金的――。

楸瑛と白雷炎でなくば強制去勢するハメになっていただろう。

――静まり返った室内で、黒燿世が何事もなかったように小弓をしまった。

劉輝と絳攸は垣間見《かいまみ》た軍の恐《おそ》ろしさに、青ざめて言葉もなかったのだった。

さて、精鋭《せいえい》羽林軍武官たちの士気が年末に落ち込む理由、それは——。

『今年も大将軍たちにしごかれまくっただけの一年で、結婚《けっこん》どころか可愛《かわい》い娘《むすめ》さんと知り合うこともできなかった……』

右を向いても左を向いても汗くさい野郎だらけ。厳しい稽古の後に待っているのは——。

『この手巾《てぬぐい》、良かったら使ってください』

『剣《けん》に打ち込む姿、とってもステキです』

『あの、今度お弁当つくってきたら、食べてくれますか……？』

そんなうら若く優《やさ》しい天女《てんにょ》のような乙女《おとめ》たちではなく——。

『汗なんか褌《ふんどし》でふけっ!!』（↑鬼《おに》上官）

『今の打ち込み超《ちょう》カッコいいっス先輩《せんぱい》!!　マジ最高ッすー!!』（↑むさい後輩《こうはい》野郎のダミ声）

『今日のメシ当番どいつだコラァ！　ニンニクしか入ってねーぞ!!』（↑悲哀《ひあい》）

近衛・羽林軍といえば精鋭中の精鋭。武人として最高の花形であり、全武官の憧憬《しょうけい》の対象だ。入軍を誇《ほこ》りに思う。けれど来年もこんな野郎だらけの日々なんて悲しすぎる――思わず一年を振り返ってしまう年末、羽林軍（独身多数）武官たちは繰《く》り返される暗黒の来年を思ってしくしくと嘆《なげ》き、士気は底なし沼《ぬま》の如《ごと》く落ち込むのだった。

「――なので、今回は年末前にイッパツ野郎どもにヤキ入れようと、陛下に武術仕合開催《かいさい》を願いに参ったわけです」

「な、なるほど……し、しかしだな」

劉輝はおそるおそる両大将軍をうかがった。

「……その、年末にむさい……げふん、男らしい武術試合など催《もよお》しては、余計追い打ちをかけるのではないか？」

一年のシメまで野郎だらけの仕合に揉《も》まれて終わるなんてあまりにも可哀相《かわいそう》すぎる。絶望して首をくくりかねない。

劉輝は全軍の指揮官として近衛たちを救ってやりたかった。すると、白大将軍はキラリと目を光らせた。

「心配ご無用。優勝者にはとっておきの副賞をつけます」

「とっておきの副賞？」

「現在、朝賀のため貴陽に向かっている櫂州牧に文《ふみ》を出し、承諾を頂きました。武術仕合の優勝者はかの櫂州牧より、なんと一対一で恋愛徹底指南を受けられます」

……から〜ん、と劉輝の手から筆がすべり落ちた。

『二人の距離を縮めたい』恋《こい》に悩《なや》める劉輝の心を、その副賞は見事に打ち抜いた。

＊　＊　＊

——花街・姮娥楼《こうがろう》。

「……まずいわ……」

秀麗は仕事の合間にパチパチと私用で算盤《そろばん》を弾《はじ》いていた。何度計算しても変わらない今月の家計簿残高についにうめいた。

「……お、お金が足りない……っ」

幸い米だけは充分《じゆうぶん》残っているが、逆に言えば米しか残っていない。

（これじゃ暮れと新年のご馳走《ちそう》がつくれない……っ）

おにぎり、漬《つ》け物、焼き飯、大根（季節のお買得）、お粥《かゆ》、葱《ねぎ》（季節のお買得）、蕪《かぶ》（季節のお買得）と……団子？

米と野菜の眩《まぶ》しいほどに白すぎるご馳走である。

（そんな新年イヤ————っっ!!）

夏からこっち、国試の勉強優先で賃仕事を大幅《おおはば》に減らしたのが敗因だった。贅沢《ぜいたく》をしなければそれなりに遣《や》り繰りできるが……秀麗は暮れと新年だけは、毎年とびっきりのご馳走をつくろうと決めていた。大禍なく三人無事に過ごせた一年を感謝して、そしてこれからの一年もそうであることを祈《いの》って。

（それに……来年も、父様と静蘭と三人で新年を迎《むか》えられるとは限らないんだから――）

秀麗は割の良い賃仕事はどれか、考えてみた。そして。

「……こ、胡蝶妓《こちようねえ》さん……」

秀麗は正座をして、深々と妲娥楼の影《かげ》の女主人に頭を下げた。

「その、よろしければ年末までここでの賃仕事、ふ、増やしてください」

妲娥楼一の名妓《めいぎ》――ひいては貴陽でも一、二を争う絶世の美姫《びき》・胡蝶は、艶冶《えんや》な美貌《びぼう》に面白《おもしろ》そうな笑みを刻んだ。

「おやおや、珍しいねぇ。秀麗ちゃんが家計の遣り繰り為損《しそこ》なうなんざ」

「う、はあ……面目ないです」

「ふふ。そうさねぇ……ああ、そういやちょうどイイ話がある」

胡蝶は白魚のような手を伸《の》ばし、細い指先で秀麗の耳をつまんだ。

「半日で――だけ稼げるってのが」

囁《ささや》かれた金額に秀麗は目を剝《む》いた。年末年始のご馳走どころの話ではない。

――半日で金〇×両!?

「――それってヤバイお仕事じゃ!?」

「信頼《しんらい》できる筋からの依頼《いらい》だから安心をし。あたしも行くことになってるんだよ。よけりゃ一緒《いっしょ》にお仕事するかい？」

以前うっかり金五百両につられて、とんだ仕事を請《う》け負うハメになったが――今度は胡蝶妓さんも一緒だという。

それなら絶対に安心だ。

何の根拠《こんきょ》もなく、秀麗はそう思った。

「――やります！　やらせてください!!」

何よりも背に腹はかえられない。文字通り。

三

――現黒州州牧・櫂瑜。

その名はあまねく知れ渡《わた》っている。政事《まつりごと》においては名実ともに朝廷《ちょうてい》三師と同格に位置する凄腕《すごうで》の大官として。また私的な面においては――。

「もう他のオトコとは格が違《ちが》うわよね」

「お若いころはとろけるような美青年だったんでしょ!?」

「でもでも、あのかたは美貌《びぼう》っていうか、中身よ。優しくて穏《おだ》やかで誠実で。特に微笑《ほほえ》まれたりしたらもうダメ……」

「そうそう。おそばにいさせて頂くだけで、幸せを感じるのよね」

「それに誰《だれ》にも優しいけれど思わせぶりなことは絶対なさらなくて。愛する人はただ一人とかって……ステキ」

「ああん、あれで八十歳を過ぎてるなんて、もうもう本当に信じられない！」

家柄《いえがら》、美貌、教養ともに選《え》り抜《ぬ》きの宮女たちさえ現在進行形で骨抜きにしてしまう八十余歳――それが櫂瑜であった。さらに彼がそのへんの色男と決定的に違う点は、女性だけではなく、同性からも熱い支持を受けているところにあった。

「いや、カッコいいよほんと」

「女だけに優しいとか、絶対ないし」

「そうそう、それすげー大事」

「俺、昔公衆の面前で女官にこっぴどくフラれて泣きそうになっててさ、そのとき櫂瑜様が颯爽《さっそう》と現れて、その女をたしなめて俺のこと慰《なぐさ》めてくれたんだよな。マジ惚《ほ》れそうになった」

「うわ、そりゃヤバいわ。惚れる惚れる」

「俺だったら号泣だよ！」

「なー。も、全然かなわねーよ」

「あれは昔っから良い男じゃったぁ」

老若男女《ろうにゃくなんにょ》問わず熱い視線を浴び続ける彼は、もはや生ける伝説的色男であった。

よって、その日羽林《うりん》軍を駆《か》け抜けた衝撃《しょうげき》は、文章では到底《とうてい》書き表せない。

女の子にろくすっぽ声もかけられない男どもの声なき歓喜《かんき》に、大地が震《ふる》えた。

『歳末羽林軍武術仕合開催
優勝者への副賞
【櫂州牧による恋愛徹底指南】』

つまりは櫂瑜直伝恋愛《れんあい》必勝法――！

――やるしかない!!

野郎《やろう》だらけの羽林軍生活をしくしく嘆いていた若手武官たちの目の色が一変した。先を争って申し込みに殺到《さっとう》し、その日から未《いま》だかつてない鬼気《きき》迫《せま》る猛稽古《もうげいこ》が連日繰り広げられた。今の羽林軍は史上最強だった。大将軍二人は想像以上の効果に喜ぶよりも切なくなった。

（今まで悪かったな野郎ども……）

両大将軍は心の中でそっと反省した。

大旋風を巻き起こしたのは羽林軍だけではなかった。副賞を知った他軍所属の武官たちも自分たちも参加させろと断固たる大抗議《だいこうぎ》をし、大将軍二人はこれを受け入れた。文官からもずるいという声があがったが、文官より遥《はる》かに殺伐《さつばつ》とした日々を送る武官たちの殺気入魂《にゅうこん》の声で一蹴《いっしゅう》された。

『オレらはもう後がねぇんだよォー!!』

トアル武官の血のでるような叫《さけ》びにすべてが凝縮《ぎょうしゅく》されているといえる。

出場希望者は膨《ふく》れあがり、ついに仕合当日——。

四

その日、宮城全体が異様な熱気に包まれていた。

羽林軍主催《しゅさい》の仕合があっても、文官たちはいつもと変わらずお仕事である。が、この日はなぜか妙《みょう》なところに武官が突《つ》っ立っていた。

たとえば戸部尚書室《こぶしょうしょしつ》——。

「……あの〜、ここで何を?」

戸部の景侍郎《けいじろう》は朝から尚書室の隅《すみ》で直立不動でいる武官に思い切って訊《き》いてみた。ちなみに仮面の黄尚書は完全無視を決め込んで執務《しつむ》に打ち込んでいる。

「お疲《つか》れさまです！　どうぞ気にせず、お仕事をお続けください」

「はあ……」

景侍郎はわけがわからない。

（そういえば今日は午前中で仕事を終えろと主上からのお達しでしたけど、あれも何でで

しょう）

　黄尚書の筆が止まった。

「――邪魔《じゃま》だ。とっとと消え失《う》せろ」

「はっ、申し訳ございません！　今日一日、どうぞご協力ください」

　黄尚書の極寒《ごくかん》の威圧《いあつ》にもめげず、テコでも動かないその根性に感心した景侍郎だったが、『協力』の意味を知るのはもうしばらくあとのことになる。


　さて、紅邵可邸《てい》家人・茈《し》静蘭は今日も今日とて米倉番人をしていた。

　今日が何の日かは知っていたが、静蘭はどうでもよかった。

（……優勝賞品が金か食糧《しょくりょう》か生活用品なら出場しても良かったが）

　世の中うまくいかないものである。

　気になることといえば、今朝の秀麗が妙にご機嫌《きげん》だったことだ。

『あのね、今日すっごく割の良い賃仕事があるの。期待しててね』

　よりによって今日『すっごく割の良い賃仕事』とは――。

（……いや、万に一つも武術大会でお嬢様《じょうさま》ができる賃仕事なんて――）

　そのとき、目の前を二人連れの武官が足早に通り過ぎた。

「えっ、お前飛び入りで参加すんの？　優勝できるわきゃねーだろ」

「いやでもさ、小耳に挟《はさ》んだんだけど、なんか最終関門は後宮でやるんだってよ！　しかも藍将軍の伝手《つて》であの姮娥楼からも応援《おうえん》呼んだとかって」

「マジで⁉」

「優勝できなくても、最終関門まで行けば、全財産はたいても会えない超《ちょう》美女に会えるかもなんだぜ⁉　そんでお、お、お近づきになれたりして」

「お、おおおオレも参加するー‼」

武官たちは飛ぶように駆けていった。

――秀麗はひた隠《かく》しにしているが、静蘭はとっくに秀麗の秘密の賃仕事を知っている。『すっごく割の良い賃仕事』が、たいていそこを経由してくることも。

胡蝶のことは信頼している。

しかし今回の優勝賞品はよりによって『究極の恋愛指南』なのである。後宮で、妓女と一緒に、イッタイなんの賃仕事をやらされるのか――。

お嬢様はたいへん賢《かしこ》いが、大金につられて内容を聞かずに仕事を引き受けることがある。

「…………。…………。…………。」

静蘭は米倉番人の仕事を自主終了《しゅうりょう》し、武術仕合へ参加申し込みをすべく猛然《もうぜん》と走っていった。

左羽林軍将軍・藍楸瑛は、凄《すさ》まじい殺気が全身に突き刺《さ》さるのを感じた。……単騎《たんき》で十万の軍勢に突っ込んでいくほうがまだマシかもしれない。

「あ、あの～藍将軍？」

もう成年だが、薄《うす》いそばかすのせいで少年に見られがちな皐武官が声をかけてきた。左羽林軍所属・楸瑛麾下《きか》である彼は、顔立ちはおとなしげだが忠誠心厚く、腕《うで》も立つ将来有望株だ。

「しょ、将軍も出場するんですか？」

「……黒大将軍からの直命でね……」

その会話を耳聡《みみざと》くとらえた周囲の武官たちの殺意と怨念《おんねん》が百倍増大した。

（……ヒドイ）

（ヒドすぎる）

（あんなにモテまくってるくせに）

（顔も頭も良くて大金持ちで腕が立《た》って将軍職で女の子にモテモテなのに！）

（ぼくたちに何の恨《うら》みがあるんだ）

（せめて女の子に声をかけられるようになりたい――そんな藁《わら》にもすがる僕らのやるせない思いも知らないで！）

皐武官はモロに殺気の余波を受け、ぞぉっと震えた。平時、楸瑛に忠誠を誓《ちか》っている武官たちも今回ばかりは目先に囚《とら》われて我《われ》を忘れている。これは下手《へた》しなくても命に関《かか》わる。

「……あ、あのぅ、ほんっとうにお出になるんですか……？」

暗に「やめたほうが」と伝えたものの、楸瑛は意に介さない。

「私も近頃《ちかごろ》あまり兵舎に顔を出せなかったしね。ちょうど良い機会だ。なまった体をほぐしがてら、どれくらいの腕になったか見せてもらうことにしよう」

「……物凄《ものすご》いお邪魔虫要員ですね……」

少なくとも藍楸瑛を退《しりぞ》けなくては優勝はできないということだ。しかも上官の顔をしている以上、手加減ナシだろう。

「ま、これくらいの障害がないとね。しかしお前が出場するとは意外だな」

皐武官は得意の弓をなでながら、照れたように鼻の頭をこすった。

「自分は腕試しです。同僚《どうりょう》以外と手合わせできる絶好の機会ですし。あ、でもお嫁《よめ》さんもほしいので、勿論《もちろん》優勝狙《ねら》っていきます」

「逃《のが》したら私が教えてやるよ」

「いやーははは。自分が知りたいのは女の子にモテる方法ではなく、好きな娘《むすめ》さんとお近づきになれる方法ですから」

楸瑛はぎくっとした。……す、鋭《するど》い。

刻限が近づくと、ぞくぞくと出場希望者が集まってきた。

「それにしても、どういった仕合形式をとるんでしょうか。この人数では一対一などとても——」

時鐘《じしょう》の太鼓《たいこ》が鳴り響《ひび》く。――正午だ。

羽林《うりん》軍両大将軍が櫓《やぐら》の上に現れた。

「これより、羽林軍主催歳末大仕合を執《と》り行う。人数が多すぎるため、一対一の仕合形式ではなく、関門を設けてのふるい落としとする」

水を打ったように静まり返ったなかで、白大将軍の声は良く響いた。

「関門は三つ。第一関門が外朝、第二関門が内朝、最終関門がその奥、後宮だ」

野生に戻《もど》ったが如《ごと》き気合いの雄叫《おたけ》びがそこここで上がった。

「各関門、どんな試練が待ち受けているかはその目で確かめろ。全関門を抜《ぬ》けた先に、あるモノを用意した。それを手に入れたヤツが優勝だ。ただし、俺と燿世はそのあるモノの前で待ってるぜ」

野生の雄叫びは上がらなかった。一つも。特に羽林軍所属武官たちは灰になりかけた。楸瑛も啞然《あぜん》とした。まだ鳥になれと言われる方が遥《はる》かに希望がある。

絶対無理じゃん、という心の叫びが届いたのか、白大将軍は短い髭《ひげ》をなでた。

「別に俺らをまとめて倒《たお》せとは言ってねーぞ？　そのあるモノを手に入れりゃいいんだ。たとえば生き残ってるヤツと組んで布陣《ふじん》展開、隙《すき》つくって俺と燿世抜いてお宝を奪《うば》いとるとかな」

武官たちの目にちょっぴり希望の光が灯《とも》った。それなら何とかなるかもしれない。

「まー、追いかけるけどな。俺と燿世を倒すのが一番確実ってこった。どしどし一騎打ちにこいや。明日から世界が変わるぜ？」

隣《となり》に立つ黒大将軍も深々と頷《うなず》いた。しかし誰《だれ》もがそれが『あの世』という名の世界だとわかっていた。死んでも嫌《いや》だ。

「だいたいこんな感じか。おう野郎《やろう》ども、いいか、武人に必要なのは——」

黒大将軍が手にしていたものを宙に投げた。通常の三倍はある大巻物の結び紐《ひも》がほどけ、中身を露《あら》わにしていきながらくるくる流れ落ちる。巻物に墨痕《ぼっこん》鮮《あざ》やかに記してあった金言は——。

『一に努力、二に根性、三四《サンシ》が知力体力、五に素敵《すてき》な上官、最後の最後は時の運』

五は鬼畜《きちく》上官の間違《まちが》いだった。

「この六項目《こうもく》をよーく頭に叩《たた》きこんどけ。他軍の奴《やつ》らも羽林軍甘くみてんじゃねぇぞ。ナメてかかると痛い目に遭《あ》うぜ」

白大将軍は楸瑛を認め、ニヤッとした。

「他人の足引っ張るのも当然アリだ。戦場じゃそれこそ戦略ってんだからな。上官下官も関係ねぇ。うまくやりゃあ、一対一じゃ勝てねぇヤツもボコれるぞ？」

途端《とたん》、周囲で立ちのぼった不穏《ふおん》な気配に、楸瑛は顔をひきつらせた。

「櫂州牧も本日貴陽に到着《とうちゃく》されるとのことだ。優勝目指して気張れよ」

男たちは燃え上がった。真冬とは思えぬ熱気で陽炎《かげろう》が見えそうだ。

「んじゃ始めるぜ。第一関門——」

黒大将軍が二つ目の巻物を宙に放《ほう》り投げた。デカデカとたった数文字――。

『クジ引き（空クジあるよ）』

五

秀麗は軒《くるま》の外の景色《けしき》に青ざめた。途中《とちゅう》からもしやと思っていたが――。

「……こっ、こっ、胡蝶妓さん!!」

「うん？」

「ち、ちちち賃仕事場所って――」

「見えるだろ、お城さ」

確かに、もうここからだと城へ行くしかない。しかしこの道は――。

「あ、あ、あの、この一本道に通じる門って、こ、こ、後宮しかないような」

「よく知ってるねぇ。そう、後宮が今日の仕事場さ」

「後宮!?」

「上客の一人に頼《たの》まれてねぇ。めぼしい妓女《ぎじょ》引き連れてきてくれないかってさ。ま、夕方までなら商売にも響かないし、面白《おもしろ》そうだったから引き受けたのさ」

楸瑛の頼みということもあったが、胡蝶も貴陽親分連頭目の一人として、うまくすれば新王の値踏《ねぶ》みができるかもしれないとの算段で承知した。

「他の妓女《おんな》たちはもう先に行ってるから、あたしらで最後――コラコラちょいと」

走っている軒から飛び降りようとした秀麗を胡蝶のしなやかな指が引きずり戻した。

「危ないじゃないか」

「すみません急に腰痛目眩肩《ようつうめまいかた》こり肉体疲労《ひろう》など色々――今すぐ帰らして下さい」

「何言ってんだい。金欠病はいいのかい」

「ぐっ」

最大の急所を一撃《いちげき》された。今回の報酬額《ほうしゅうがく》が脳裏《のうり》をぐるぐる回る。

（いや待って冷静になるのよ私！　後宮よ⁉）

半年前まで団扇《うちわ》片手にオホホウフフと猫《ねこ》をかぶっていたところなのだ。珠翠もいるし、女官たちだって当然まだ自分の顔を覚えているだろう。

「――ていうか胡蝶妓さん、後宮に何しに行くんですか⁉」

皿洗いなどなら喜んでやるが、貴陽一の妓女たちにそんなことをさせるわけもなし。もしや劉輝が色々思い直し、王様らしく華《はな》やかに酒池肉林に興じようと――。

（わ、私が文句言う筋合いじゃないけど――じゃなくて、そのなかに私がいたらもうわけわかんないじゃないのっ！）

「座ってるだけでいいってさ」

「……へ？　座ってるだけ？」

「そぉ。ちょいと可愛《かわい》く着飾《きかざ》って、お菓子《かし》つまんで、夕方まで過ごしてりゃ帰れるってさ」

「と、殿方《とのがた》とですか」

「いや、万が一野郎がきたら適当にあしらってくれとかって言ってたけどねぇ」

「？？？」

酒池肉林というわけではなさそうだが、ますますわけがわからない。

「……ああ、お城に着いたようだねぇ」

秀麗はとっさに馬車の隅に隠《かく》れようとしたが、一足遅《おそ》く、扉《とびら》がひらいた。

胡蝶とはまた趣《おもむき》が違うが、甲乙《こうおつ》つけがたい美貌《びぼう》の女官が、完璧《かんぺき》な作法でもって出迎《でむか》えた。有能な筆頭女官である彼女には珍《めずら》しく疲《つか》れの色濃《いろこ》い顔をしている。

「このたびはわざわざのお運び、痛み入ります。後宮筆頭女官を務めております、珠翠と申します。本日は皆様《みなさま》にご迷惑《めいわく》をおかけ申し、誠《まこと》に申し訳も――」

珠翠は秀麗の顔に目をとめ、ピタリと口上を切った。他の女官たちは頭《こうべ》を垂れているので、まだ秀麗に気づいていない。

秀麗はもうどうしていいかわからず、さながら借金とりに追いかけられているかのようにただ両手をぶんぶんと振《ふ》っていた。

珠翠はにっこりと微笑《ほほえ》んだ。

「……それではお二方、どうぞこちらへ」

珠翠はついと秀麗に団扇《うちわ》を差しだした。

　このときほど、秀麗は珠翠の機転に感謝したことはなかった。団扇を受け取り、顔を隠して軒を降りる。ここまできてしまった以上、引き返せない。何をするのかさっぱり不明だが、やるしかなかった。

（ゆ、夕刻までバレなければいいのよ）

金○×両！　秀麗は呪文《じゅもん》のようにそれだけを唱えて、極上《ごくじょう》美女二人に挟《はさ》まれつつ、後宮の奥へと向かった。

＊　　＊　　＊

　楸瑛は籤《くじ》を引き――そこに記されている『指令』を一読した。

（……難問だ）

　両大将軍が『知力・体力・時の運』と宣言した意味がわかった。今回は武芸の腕《うで》だけでは乗り切れないらしい。どうするべきか頭をひねっているうちに、不穏な気配に周りを囲まれた。数は十人前後。

「――よぉ色男将軍さんよー」

「足引っ張らせてもらうぜ」

　羽林《うりん》軍配下ではない。身につけているものからすると十六衛《じゅうろくえい》の武吏《ぶり》のようだった。ほとんどゴロツキくずれも同然の格好《かっこう》で、態度にも粗暴《そぼう》さが表れている。

「てめぇは前から気に入らなかったんだ」

「——なら腕にモノを言わせてみろ」楸瑛は言った。

「んだとぉ！」

楸瑛が彼らを全員叩きのめすのに湯を沸《わ》かすほどの時間もいらなかった。

（さて——大変なのはここからか）

背後から急所を違《たが》わず矢が連射されてきた。

さっきの雑魚《ざこ》とは段違《だんちが》いの統率のとれた動きで素早《すばや》く陣《じん》が組まれる。楸瑛が矢を叩き落とす隙《すき》をついて槍《やり》と剣の連係攻撃《れんけいこうげき》が繰《く》り出されてくる。

楸瑛は剣と籠手《こて》で第一波の攻撃を弾《はじ》き返す。

「——短期間で腕を上げたな、お前たち」

稽古《けいこ》より格段に動きの良い配下たちに、楸瑛は口笛を吹《ふ》きたくなった。

左羽林軍武官たちは深追いせず綺麗《きれい》に後退すると、上官に対する礼をとった。

「挨拶《あいさつ》代わりです藍将軍」

「今日の自分たちはイイ感じですよぉ」

「何があっても、モテまくりの将軍にだけは絶っ対優勝は渡《わた》しませんからねっ」

「自分だって彼女欲しいんス！」

「疲れた頃《ころ》に一騎《いっき》打《う》ちに行《い》きますぜ」

それではお先に！　と逃げを打つ。去り際《ぎわ》にしっかり弓射することも忘れない。体勢を立て直した楸瑛にはまだ勝てないとの冷静な判断も的確だ。

楸瑛は笑《え》みを浮《う》かべた。配下の優《すぐ》れた実力を感じるのは何よりも嬉《うれ》しい。

(上等)

雅《みやび》に優れると言われるが、楸瑛はやはり武人だった。

楸瑛を見た目で判断して襲《おそ》いかかってくる雑魚を雑に片付けながら、関門突破《とっぱ》のための籤の『指令』を読み直した。

(……さて、どうするか……)

武官たちがめいめい籤を片手にあちらこちら駆《か》けていくのを見ると、それぞれ指令内容が違うらしい。向こうの池で、張った氷をガションガションと槍で叩《たた》き割り、寒中水泳を始めている武官もいる。

(確かあの池の魚は肉食……)

さすが自分の上官、容赦《ようしゃ》なしだ。

楸瑛は籤と再び睨《にら》み合った。彼の『指令』は——。

『礼部《れいぶ》の魯官吏《ろかんり》を笑わせること。三回迄挑戦《までちょうせん》可』

……楸瑛はうなった。

「……難しい……」

ちらとも微笑まないかつての教導官を思い返した。

……彼を、わ、笑わせる？？？

（……うーん……こういうとき私は無芸だって痛感するな……）

劉輝や絳攸だったら色々芸をもってそうなのにと、楸瑛は失礼なことを思った。

（……しかし他の籤の内容が知りたいような知りたくないような）

楸瑛は遠い目をした。両大将軍の鬼畜《きちく》さが骨身に染《し》みている楸瑛は、自分の指令は多分、かなり軽い方ではないかと思った。

そして、それは事実だった。


工部尚書《こうぶしょうしょ》室――。

「失礼します管尚書!!　自分と飲み比べ一騎打ち願いますッ!!」

「……んだよ、またかよ。けけけ、いーぜ。よっしゃこいや。しっかし午前《ひるまえ》に仕事終わらせろってこーゆーことかよあのバカ王。あ、酒代てめー持ちな」

ぐびぐびと瓶子《とっくり》から直《じか》飲みする破落戸《ごろつき》のごとき工部尚書にも、床《ゆか》に転がる自分より先に挑《いど》んで玉砕《ぎょくさい》したらしい挑戦者たちの累々《るいるい》たる屍《しかばね》にも武官はめげなかった。何となれば彼の所属は右羽林軍。

（白大将軍に酒地獄《じごく》で鍛《きた》えられてるオレをなめるなよ！　この勝負もらったぜ!!）

午前中からこのときのために尚書室で待機していた判定役の武官（既婚《きこん》）が籤の指令『管工部尚書と飲み比べで勝つ』を確かめ、頷《うなず》いた。

「では、飲み比べ勝負、始めぃ!!」

――武官は華々《ハナバナ》しく玉砕した。

戸部《こぶ》尚書室――。

「その不気味仮面、もらったぜぇ!!」

下っ端《ぱ》武官がまた一人黄尚書に挑《いど》みかかる。戸部尚書を完全に文官とバカにしているため、その動きは隙だらけである。対して黄尚書は気功の達人だった。

さらに言えば、仕事をいちいち邪魔《じゃま》されて怒髪天《どはってん》を衝《つ》いていた。これほど怒《いか》り狂《くる》ったのは黎深と対したとき以来だ。

返り討《う》たれて宙を飛んだのは武官のほうであった。

「気絶確認《かくにん》。十六衛所属呂顎《りょがく》、失格!」

審判役の武官(幸せ新婚《しんこん》さん)が瞳孔《どうこう》確認をして判定を下す。

「素晴《すば》らしいお手並みですね黄尚書! なんと文官などとは勿体《もったい》ない。どうですか! これを機にぜひとも我が羽林軍へ!!」

武官、心からの賞賛と勧誘《かんゆう》であった。

そばで見ていた景侍郎《じろう》には、黄尚書の堪忍袋《かんにんぶくろ》の緒《お》がぷちぷちとまとめてちぎれ飛ぶのがはっきりとわかった。

黄奇人《きじん》は悪気のない武官に当たり散らすほど子供ではなかった。

「――あのクソバカ王、殺す」

とはいえサラリと流せるほど大人《おとな》でもなかった。その殺気は本物だった。

さすがの景侍郎も取りなし不可能だった。ふと、気絶した武官の手からこぼれ落ちた『籤』を何気なく拾いあげて読んでみた。

『戸部の黄尚書から仮面奪取《だっしゅ》、のち三拍《ぱく》その素顔《すがお》を見つめて正気を保つこと』

景侍郎は内心そっと涙《なみだ》をぬぐった。

（……両大将軍も非道なことを……）

絶対不可能な難事とも知らず、優勝目指して頑張《がんば》る武官たちが憐《あわ》れだった。


その日の午後、城は阿鼻叫喚《あびきょうかん》の地獄絵図《じごくえず》と化した。

「霄太師〝超梅干し〟拝借仕《つかまつ》るっ!!」

「ああっ！　名馬白兎馬《はくとば》にダチが蹴《け》り飛ばされて人事不省にーっ！」

「ぬおおおお逆立ちで一度も膝《ひざ》をつかず宮城十周!?　ふははは軽いぜー!!」

「うーさまより可愛《かわい》いモノ、誰《だれ》かもってる人ー！」

「好きな娘《むすめ》さんに告白!?　ばっかやろーそんなんできてたら出場してねーよ!!」

「誰だこんなん考えたの！　鬼《おに》かー！」

「人でなしー！」

「お前らの血は何色だー！」

続出する怪我《けが》人に、筆頭侍《じ》医・陶《とう》老師と弟子《でし》たちは一日中城内を駆けずり回ることになる。

「はあ、ふぅ、戦時中を思い出しますなー」

だが羽林《うりん》軍大将軍たちのシゴキの極意《ごくい》がもっとも凝縮《ぎょうしゅく》された指令はそのいずれでもなかった。

＊　＊　＊

「おっ、オレってばすんげツイてね？　これならラクショーだぜ。頭も体力もいらねーじゃん」

トアル武官《コヒツジ》が籤《くじ》を片手にルンルンと足取りも軽く向かう。他の仲間たちの悪戦苦闘《あくせんくとう》ぶりを横目にほくそ笑む。

（よし、櫂州牧の恋愛《れんあい》必勝法で今度の休み、絶対居酒屋の華《はな》ちゃん誘《さそ》うぞー！）

常連客に分け隔《へだ》てなく優《やさ》しい華ちゃんだが、これから自分だけは特別になれる。

「お花とか持ってって、まずは『きゃっ素敵《すてき》』って言われてーデヘへ。誘い文句は『ヘイ彼女オレと一緒《いっしょ》に地獄を見ようぜ』あっ、こりゃ大将軍の口癖《くちぐせ》じゃん。ダメダメ。はっ、でもどどこに誘ったら——いやいや落ち着けオレ！」

限りなくふくらむ悲しい妄想《もうそう》と高鳴る動悸《どうき》を懸命《けんめい》に抑《おさ》える。きっと櫂州牧がうまいこと教えてくれるから大丈夫《だいじょうぶ》。今日を乗り越《こ》えれば未来は薔薇色《ばらいろ》だ。華ちゃんにひと言も話しかけられなかった昨日までの臆病《おくびょう》な自分、サヨナラ！

目的の室《へや》の前で深呼吸する。行くぞ。

「失礼いたします吏部《りぶ》尚書！」

「馬鹿《ばか》もの扉《とびら》はそっと開けんかー!!」

意気ごんで扉をあけたら、若い男に怒鳴《どな》り飛ばされた。扉脇《とびらわき》に塔《とう》のごとくそびえていた書翰《しょかん》の山が雪崩《なだれ》を起こし、武官はぎゃっと叫《さけ》んで飛び退《の》いた。

（な、なんだこの室……）

すんげー汚ねぇ、と彼は唖然《あぜん》とした。というか積もりまくった書翰で何が何やら。

彼を一喝《いっかつ》したのは吏部尚書ではなく、最年少状元及第《じょうげんきゅうだい》者として名高い能吏《のうり》・吏部侍郎だった。吏部侍郎は苛々《いらいら》とした形相で言った。

「年末前は忙《いそが》しい。用件は手短に言え！」

武官は精鋭《せいえい》ぞろいの羽林軍所属に恥《は》じぬよう、やにさがっていた顔をキリリと引き締《し》める。

「はっ、では吏部尚書に申し上げます。……あ、おいでになりますでしょうか」

一応確認したのは、林立する書翰に埋《う》もれて、いるんだかいないんだか判然としなかったからだ。しかし気配はある。

吏部侍郎は神経質に訊《き》き返した。

「……い、いらっしゃるが、何用だ」

「では先に非礼をお詫《わ》びします。いざ」

──そう、こんなの超簡単じゃん。

今日のオレは最高にツイてる。

武官は腹に力を溜《た》め──叫んだ。


「お、お前の兄ちゃん、い、で、い、で──べそぉぉおお!!」


……絳攸の手から巻物がすべり落ちた。カラコロと床で虚《むな》しく転がる。

やり遂《と》げた、彼は晴れやかに勝利を確信した。これで一歩華ちゃんに近づけた。

不気味な沈黙と、差し迫《せま》る命の危機に、ただ彼だけが気づかなかった。

絳攸はカラクリ人形のようにぎくしゃくと上司の様子をうかがい──次の瞬間、武官を室の外に蹴り飛ばした。

「──死ぬ気で逃《に》げろ!! 俺が邵可様に取りなすまで生きてたら希望はある!」

「へ?」

ぱらり、と扇《おうぎ》のひらく音が妙《みょう》に耳に残った。落ち着いて静かな声が優しく響く。

「……地の果てまで追いかけて、この世の地獄を骨の髄《ずい》まで満喫《まんきつ》させてやれ」

武官は終生、その声を忘れなかった。

直後、霰《あられ》の如《ごと》く降り注いだ暗器を避《よ》けられたのは、偏《ひとえ》に羽林軍でしごかれ、鍛え上げられた反射神経のおかげだった。

紅家当主絶対服従護衛軍団、〝影《かげ》〟。

狙《ねら》われたら最後、命はない。

彼はその不文律を破った栄《は》えある例外として〝影〟たちの記憶《きおく》に刻まれることになる。

日暮れ、邵可より説得を受けた黎深が中止の命を出すまで命からがら逃げきったのだ。

〝影〟たちはさすがは精鋭羽林軍よと、心から称《たた》えた。

しかし彼はその時すでに、充分《じゅうぶん》すぎるほど生き地獄を見てしまっていた。

確かに知力も体力も必要なかった。だが戦場で生き残るには、何よりも『運』が必要なのだ。

彼は致命的《ちめいてき》にツイてなかった。

その後、彼が〝悪鬼巣窟《あっきそうくつ》〟吏部に足を踏《ふ》み入れることは二度となかったという。

絳攸は震《ふる》えおののいた。

（……み、見くびっていた……）

羽林軍が常に最精鋭を誇《ほこ》る秘訣《ひけつ》を垣間見《かいまみ》た。配下を鍛《きた》えるためとはいえ、ここまでするとは。

これほど手段を選ばぬ極悪非道な鬼畜《きちく》上官のもとで強くなれぬわけがあろうか。

いや、ない。

六

羽林軍両大将軍の第一関門のふるい落としはまったくもって無道極《きわ》まりなかったが、それらの関門を通過する者もちゃんといた。

たとえば府庫《ふこ》――。

邵可は間断なく入れ替《か》わり立ち替わり訪れる武人たちを、優しく迎《むか》え入れた。

彼らの望むとおり、心をこめてお茶を淹《い》れ、束《つか》の間の休息を与《あた》えてあげよう。

「あなたも一杯《ぱい》いかがですか？　前より顔色が悪くなっているようですし」

邵可は親切心で、朝から府庫に控《ひか》えている武官にそう勧《すす》めたが、彼は飛び上がって固辞した。

「いえっ、お気遣《きづか》い感謝いたします！　どうかそのお心だけで勘弁《かんべん》して下さい!!」

「？」

そのとき、府庫の扉がひらいた。

「ではその茶、余がもらう」

「おや劉輝様。ようこそ」

邵可はいつもの定位置に落ち着いた劉輝に、淹れたての茶を出した。

判定武官が思わず叫んだ。

「へへ陛下ちょっとお待ちを——っっ！」

突然《とつぜん》の国王出現に動揺《どうよう》していた彼であるが、すわ亡国の危機と覚醒《かくせい》した。なんとなれば、日頃《ひごろ》腐《くさ》った肉でも難なく消化する鉄の胃袋《いぶくろ》自慢《じまん》の男たちを、この優しそうな府庫の主《あるじ》はごく数杯《はい》の茶で次々昏倒《こんとう》させているのだ。いまだ関門突破《とっぱ》者皆無《かいむ》とはこれいかに。

優男系美男子の王などイチコロだ。

劉輝は無言で判定武官に何かを放《ほう》った。受けとった武官は、見慣れた『籤紙《くじ》』に凍《こお》りついた。も、もしやこれは——。

おそるおそる中をみると、そこにはやはり例の『指令』が連なっていた。

『府庫の紅邵可殿《どの》より、手ずからお茶を十杯もてなして頂き、完茶すべし』

「ふ……余は王だ。逃げはせん。君主たる心意気を示してやる。よく見ておけ」

劉輝はカッコつけてみた。内心、この指令で良かったと安堵《あんど》していることなどおくびにも出さない。ここに来る途中《とちゅう》耳にした最凶《さいきょう》の籤『吏部尚書行《いき》（もれなく冥府《めいふ》が憑《ツ》いてきマス）』を引いていたら、多分涙《なみだ》を呑《の》んでいた。

十年以上、毎日のように父茶《ちちちゃ》を飲んできた劉輝である。邵可に対する愛もある。そんじょそこらの武官とは性根《しょうね》が違《ちが》う。

（さあこい！）

——劉輝は見事父茶十杯を完遂《かんすい》した。判定武官からの絶対の尊敬と畏怖《いふ》をも勝ち取り、次の関門へ駒《こま》を進めた。

（……なんだこれは）

静蘭は籤の指令に眉《まゆ》を寄せた。わけがわからん。よって、彼は何の下準備もせずに目的地に向かった。

ちょうど室《へや》からゴツイ武官がメソメソ泣きながら出てきた。

「……そ、そっか、俺が女の子にモテなかったのって、服がダメだったんだ……」

鼻水をすすると、室に向かって頭を下げた。

「ご指導、ありがとうございました!!」

静蘭は武官を黙《だま》って見送った。

……なぜ彼は頭にワサッと花を咲《さ》かせているのか、聞く気すら起きなかった。

室の主人《あるじ》は工部侍郎《こうぶじろう》・欧陽玉。

「十六衛《じゅうろくえい》所属茈静蘭、入室いたします」

中に入ると、管工部尚書《しょうしょ》の副官を務める欧陽侍郎がいかにも嫌《いや》そうに、決裁していた書翰から目を上げた。拍子《ひょうし》に手首で腕輪《うでわ》がこすれ、しゃらりと音を立てる。

「……またですか。まったく、美意識もへったくれもないムサい武官野郎《やろう》どもに一から服装指導する私の身にも――」

欧陽侍郎は言葉を切った。

静蘭を上から下までじろじろ眺《なが》め、ためつすがめつ吟味《ぎんみ》し——鼻を鳴らした。

「……ふむ、まあ少しはマシですね。毎日風呂《ふろ》にも入っているようですし」

「……はぁ、恐《おそ》れ入ります」

欧陽侍郎は筆を擱《お》いた。室の隅《すみ》に縮こまっていた判定武官がハッとした。今まで一瞥《いちべつ》のもとに男たちのダメダメ美的感覚を一刀両断、泣かせてきた（自分含《ふく》む）欧陽侍郎が初めてまともに相対した。

「顔が良いのが装《よそお》いに手を抜《ぬ》く言い訳にはならない、というのが私の持論ですが」

「…………」

「さりとてやたら外見に固執《こしゅう》し、何でもかんでもゴテゴテ飾《かざ》り立て、周囲から浮《う》くのは更《さら》に論外です。さっきの脳天造花男がまさにそれです」

かくいう欧陽侍郎は文句なしである。多少ジャラジャラしすぎている感はあるが、実に良く似合っている。飽《あ》くなき美の求道者としてお洒落《しゃれ》に手抜きなし。多くの国宝細工師及《およ》び工匠官《こうしょうかん》を司《つかさど》る工部侍郎らしいとも言える。

「君は多少はわかっていますね。内衣に鏝《こて》を当ててありますし、靴《くつ》も磨《みが》いてある。髪《かみ》にもきちんと櫛《くし》を入れ、眉《まゆ》も整えてますね。姿勢や歩き方もよし。少し前髪が長すぎますが……ふむ、自分の顔の良さを知った上で無造作を装ってるというところですか」

「…………。…………。…………」

「官給品は仕方ないですが、それ以外の身支度《みじたく》もまあまあです。安物なりに似合うものを選んでいる。――が、決定的に足りないものがあります。それは？」

静蘭は関門突破のために答えざるを得なかった。

「……光りモノですか……」

「その通り。武官という役職上制限はあるでしょうが、指や耳くらいは許されるはずです。もしくは籠手《こて》留めに小さな石くらいあしらったらどうです、情けない」

「なさ……いえ、貧乏《びんぼう》なもので……」

「ほぉ、君のような男は何があっても金には困らないはずですが。趣味《しゅみ》・貧乏とかですか。ま、どうでもよろしい」

静蘭は久々に顔面の筋肉を総動員して笑顔を維持《いじ》した。

「わかっているなら結構。己《おのれ》を熟知した上でわざと外《ハズ》しているような男に関《かか》わるとろくな目に遭《あ》いません。そこの武官に及第《きゅうだい》印でも何でも貰《もら》って行きなさい。私も暇《ひま》ではありませんので」

「……欧陽侍郎」

「なんですか」

「少々ジャラジャラしすぎてませんか」

「私は似合っているからいいんです」

ささやかな反撃《はんげき》は、欧陽侍郎の絶対の自信の下《もと》に切り捨てられた。

「まあ私の上司、呑み助太郎《スケ》に比べれば上等ですよ。完璧《かんぺき》なのは酒の銘柄《めいがら》くらいですからね。どうしようもありません」

そんなこんなで静蘭は『工部侍郎・欧陽玉のもとへ行き、お洒落《しゃれ》及第をもらう』という指令を突破したのであった。

七

後宮の外れに、ポツンと佇《たたず》む小さな宮があった。鏡のような池と庭林に囲まれ、閑雅《かんが》な趣《おもむき》を呈《てい》すその宮の名は、桃仙宮《とうせんきゅう》と言う。釣殿《つりどの》から池の中程《なかほど》まで朱塗《しゅぬ》りの橋がのび、池亭《ちてい》のある中島へ渡れるようになっている。その眺《なが》めはまさに絶佳《ぜっか》の景だった。ただ、後宮でもあまりに外れすぎて、ここまで足をのぼそうとする宮女は滅多《めった》になく、いつも閑々《かんかん》と静かだった。

寒さで池亭に出られないのは残念だったが、中からでも充分《じゅうぶん》楽しめた。楽しめたのだが。

「……あ、あのう、もうすぐ夕暮れですけど、いいんですか、本気で何もしてませんよ!?午《ひる》からここに座ってるだけで」

胡蝶と珠翠は嬉々《きき》として秀麗を着飾《きかざ》らせ、化粧《けしょう》や絹織物や宝石選びをして遊んでいる。二人によってあっというまに貴妃《きひ》時代を彷彿《ほうふつ》とさせる姿に飾り立てられたものの、両側に侍《はべ》る美女が傾城《けいせい》級なため、秀麗はむしろいたたまれなかった。

「それが仕事って言ったじゃないか」

胡蝶が白魚のような繊手《せんしゅ》で菓子《かし》をつまむ様子は、后妃《こうひ》のごとくである。胡蝶はつまんだ糖蜜《とうみつ》菓子を秀麗の口に放《ほう》り込んだ。

「や、むぐ、そ、そうですけど」

根が正直で働き者な秀麗は、何もしてないのに大金だけもらって帰宅というのが後ろめたい。

そのとき、室の扉《とびら》がコツコツと叩《たた》かれ、白大将軍の声がした。

「ようやく相手がきたようです。燿世と少し出てきますが、日が暮れたらどうぞお帰り下さい。ご協力、感謝します。まあ誰《だれ》も来ないと思いますが、万一――いや、百万が一、野郎が転がりこんできたそのときは、よろしく例のことを」

白大将軍の足音が遠ざかっていく。

秀麗は首をひねり、大将軍たちに渡《わた》されたあるモノを凝視《ぎょうし》した。

まったく摩訶不思議《まかふしぎ》な『仕事』である。

「……例のって……人付き合いの苦手な武官さんでもくるのかしら……」

事情を知る珠翠と胡蝶はあちらとこちらへ視線をそらし、黙《もく》して語らなかった。

失格判定を受けた出場者は、その瞬間《しゅんかん》『お邪魔虫要員《じゃま》』に転向することができる。そして副賞が副賞だけに、ほとんどの失格者がその道を選んだ。彼らの大半が、顔がいいくせに出場し、あまつさえまだ生き残っている出場者の足を引っ張るのにやっきになった。

「藍将軍は自前でなんとかできるじゃないですかぁあああああ!!」

「ひどいっ！　あんたヒドイっすよぉ!!」

追いすがる『足引っ張り隊《たい》』は、怒《いか》り・悔《くや》しさ・嫉妬《しっと》など諸々《もろもろ》の外部要因により別人の如《ごと》き戦闘《せんとう》力を発揮した。

楸瑛は土砂《どしゃ》降りのごとく降り注ぐ矢を避《よ》け、叩き落とし、隙《すき》を縫《ぬ》ってすかさず見事な即《そく》席《せき》連係で襲《おそ》いかかってくる武官たちを片《かた》っ端《ぱし》から殴《なぐ》り飛ばした。手加減する気も失《う》せる配下たちの猛攻《もうこう》に、嬉《うれ》しいやら情けないやらだ。倒《たお》れても倒れても立ち上がり、あきらめずに戦いに舞い戻《もど》ってくる。

「通常稽古《けいこ》でもこれくらい必死にならんか馬鹿《ばか》野郎どもが！」

ついうっかり上官口調になる。

「十六衛所属槽甚《そうじん》！　自分と一騎《いっき》打《う》ちにてお相手願います!!」

「その心意気や良し！　が、もう少し鍛《きた》えてからこい!!　名前は覚えておいてやる!!」

数合で楸瑛に槍《やり》を叩き折られ、鳩尾《みぞおち》に強烈《きょうれつ》な一撃《いちげき》をくらって失神した槽甚は、これを機に羽林《うりん》軍を目指すことになる。

第一関門を突破《とっぱ》した楸瑛は、第二関門の内朝に入っていた。通過者は実力で及第した強《ツワ》者らと、『空クジ』をひいて入った者たちであった。『空クジ』は失格ではなく、何と関門ナシで進める当たり籤だったのである。『運も実力のうち』という両大将軍の信条が如実《にょじつ》に表れた籤だ。

第二関門では地図と、穴のあいた砂袋《すなぶくろ》が渡された。砂袋が空になる前に到着地点《とうちゃくちてん》に辿《たど》り着けれは及第だ。各経路には大量のお邪魔虫軍団が待ち構え、虎視眈々《こしたんたん》と砂袋を狙《ねら》う。玄人《くろうと》の巾着切《きんちゃくき》りの如《ごと》く。また工作兵によって巧妙《こうみょう》に仕《し》掛けられた数々の罠《わな》も突破しなくてはならない。

無数に掘《ほ》られた落とし穴、ばらまかれた撒菱《マキビシ》に爆竹《ばくちく》に油、足罠、気を抜けば矢弾《やだま》と伏兵《ふくへい》が襲いかかる。何と劉輝の私生活の場である内朝はとんだ野戦場に大改造されていた。

（……後始末するのって、やっぱり……）

あちこちであがる黒い煙《けむり》に、楸瑛はそれ以上考えないことにした。

戦線を突破し、最終関門へ駒《こま》を進めた者は意外と残っていた。彼らこそ運と実力を兼《か》ね備えた真の猛者《もさ》たちだったが、この後宮で続々と脱落《だつらく》した。

待ち構えていたのは――。

「まあ素敵《すてき》な殿方《とのがた》。お茶でもいかが？」

「お名前は何と仰《おっしゃ》いますの？」

「あの……よろしかったら今度二人きりでお会いいたしませんこと？」

後宮へ進むと、殿や宮で、花のような乙女《おとめ》たちが恥《は》じらいながら、白魚の繊手ととろける微笑《びしょう》で迎《むか》えてくれるのである。精鋭《せいえい》武官を絶好の婿《むこ》がねと狙《ねら》う女たちの鵜《う》の目鷹《たか》の目にまったく気づかず、そっと袖《そで》を引かれれば、自ら網《あみ》に引っかかっていった。

百戦錬磨《ひゃくせんれんま》の宮女及び妓女《ぎじょ》までそろえた最終関門は別名『夢見る男の甘い罠』。

「は、あの、ここ光栄であります！」

「自分でよかったら、ぜひ!!」

「こんな旨《うま》い……おいしいお茶は生まれて初めてであります！　感っ激です!!」

美しい乙女たちのお誘《さそ》いに、免疫皆無《めんえきかいむ》の武官たちは次々戦闘放棄《せんとうほうき》した。楸瑛は失格でも幸せ一杯《いっぱい》な彼らを見て、両大将軍の緻密《ちみつ》な戦略に脱帽《だつぼう》した。

もとより楸瑛が今さら引っかかるわけもなく、無駄《むだ》と知っている女たちにも放っとかれた楸瑛は、非常に静かな道中であった。

（……珠翠殿《どの》……は、協力しているわけないか……）

むしろカッカと怒って後始末に頭を痛めていそうだ。あとで八つ当たりされるかも。目に見えるようで、楸瑛は忍《しの》び笑いした。

さて地図からすると、『お宝』の場所は後宮の外れ、桃仙宮――。

楸瑛は手前の桃林で足を止めた。

（ということは、大将たちが待っているのはおそらく池に続くこの桃林――）

注意深く木立に身を隠《かく》し、地形を観察する。

人の気配がした。近い――かなりの腕《うで》だ。しかも別方向に二つ。

剣を抜《ぬ》く。待つより、仕掛けた。

次の瞬間、鉢合《はちあ》わせした顔ぶれに互《たが》いにすんでのところで剣を止めた。

劉輝も静蘭も楸瑛も、誰一人なぜ相手がこんなところにいるのかなどとは訊《き》かなかった。訊いたら訊き返されるからだ。

ややあって劉輝が疑《うたぐ》り深く楸瑛に問うた。

「……楸瑛、正々堂々籤《くじ》は引いたろうな」

「不正なんかしてませんよ。ちゃんと第一関門で魯官吏を笑わせてきました」

「あの礼部《れいぶ》の魯官吏を!? どうやって!?」

「畜舎《ちくしゃ》を片っ端から回って、生まれたてのヒヨコや子兎《こうさぎ》や子猫《こねこ》やらを借りまして」

何とも愛らしい小動物たちに、平時表情筋をまるで使わない魯官吏もほっこり微笑《ほほえ》み、楸瑛は関門を突破したのだった。

鮮《あざ》やかな機転に劉輝は感心した。

「うまいな!」

「はぁ、でも大変でしたよ。隙あらばぴょいこら逃《に》げるものですから、追いかけて捕《つか》まえるのに一苦労で……。配下を殴り飛ばす方がよっぽど楽でしたよ」

「……余は見直したぞ。軍を挙げてずいぶんと強くなったものだ」

静蘭も遠い目で同意した。

「ものすごい猛攻撃《もうこうげき》でしたね。私が春に所属していた頃《ころ》とは比較《ひかく》になりません」

「あ、今日だけですから、今日だけ」

そのとき、池から悠々《ゆうゆう》と左右羽林軍総大将——黒燿世と白雷炎の二人が歩いてきた。

「……ったく、よりにもよってここまできたのがことごとくツラのいい野郎《やろう》かよ。お前らなぁ、途中で他に譲《ゆず》ってやれや」

白大将軍がじろりと劉輝を睨《にら》んだ。

「しかも陛下まで何してんです」

「いや、あの、その、だって」

楸瑛と静蘭は王の出場理由がわかりすぎるくらいよくわかった。副賞『櫂州牧の恋愛徹《れんあいてっ》底《てい》指南』……もしかして出場者の中で一番必死かもしれない。

「出場した以上、陛下でも手加減しませんぜ」

両大将軍が得物を振っただけで、凄《すさ》まじい闘気《とうき》が三人へ叩きつけられた。

「まさか抜いて行こうとか思ってねぇだろな？　二対三だ。悪くねぇだろ」

劉輝は手にじっとりと汗《あせ》を握《にぎ》った。

「……悪くない、だと？」

向かい合うだけで体が震えてくる。

「……楸瑛、対黒大将軍との勝率は？」

「あのですね、どうして私が将軍やってると思ってるんです。ハンパな強さじゃありませんよ」

「静蘭は夏に白大将軍と賊《ぞく》退治したな」

「……伊達《だて》に近衛《このえ》の大将務めているだけはあると思いますよ」

「おいコラ伊達ってなんだ伊達って。相変わらず生意気だな自称《じしょう》二十一歳」

話しながら、劉輝たちはじりじりと場所をずらした。勝機があるとしたら人数差――。

「……昔、城を出奔《しゅっぽん》しようとして、何度も返り討《う》ちに遭《あ》ってる……」

「そういう主上は？」

黒大将軍が微笑んだ。

「……あなたは、とても強かった」

「あーそうそう、霄宰相《さいしょう》の命でさんざん陛下を追い回しましたな。末の公子殿が思わぬ手練《てだ》れでずいぶん驚いたもんです」

「えっ、まさか主上、あの二人同時に相手して逃げ回ってたんですか⁉」

楸瑛は久々に聞いた黒大将軍の声にも驚いた。

「……ほとんど保《も》たなかったぞ」

「今度本気で手合わせしてください」

「いや、今それどころじゃ」

三人で連係攻撃に踏《ふ》み切れる位置取りが完了《かんりょう》した。もう優勝など劉輝さえ念頭にない。肌《はだ》を灼《や》く緊張感《きんちょうかん》に、体のほうが反応する。

三人が動いた。

　さてそのころ、楸瑛麾下《きか》である皐武官はまだ第一関門の最中だった。引いた籤の指令は、何やらやたらと時間がかかるものだった。指令通りの場所を順ぐりに回るものの、そのたび門番たちから妙に足止めを食《く》らう。優勝よりも腕試しが主なので焦《あせ》ってはいないが、弓の名手である彼の耳は、あちこちで響《ひび》く戦いの音を捉《とら》えている。羨《うらや》ましい。

「……うーん、腕試しと思ったのに、運が悪いなぁ。まだ誰《だれ》とも会ってないよ」

　気を取り直す。

「でも、すごいな。主上専用通用門とか回廊《かいろう》とか禁苑《きんえん》とか通れるなんて」

　指令通りとはいえ、最初は『主上専用』におっかなびっくりだったが、籤を見せ、言われた通り定刻まで待てば、きちんと通してくれる。滅多《めった》にない経験だ。

「あそこが指令にある桃遊池《とうゆうち》と桃仙亭《とうせんてい》か。池の向こうに見えるのって、桃林だ。春は咲《さ》き誇《ほこ》って綺麗《きれい》だろうなぁ」

　それから、皐武官は指令を達成すべく顔つきを引き締《し》めた。

「露台《ろだい》に的があるな……あ、縄《なわ》も用意されてる。勿論《もちろん》弓だね」

　池亭での微《かす》かな音を、珠翠の耳はとらえていた。

しばらくすると、釣殿に通じる露台の扉が遠慮《えんりょ》がちに開いた。

「突然《とつぜん》申し訳ありません。羽林《うりん》軍所属、皐韓升と申します。その、こちらであるものを受け取れということで……」

中をうかがった皐武官は、絶句した。

一人は妖艶《ようえん》さ極《きわ》まる蘭花《らんか》のごとき美女であり、もう一人は白百合《しらゆり》のごとき凛《りん》と涼《すず》やかな女官姿の美女——どちらも、平凡《へいぼん》に過ごしていたら一生出会えるべくもない雲上の佳人《かじん》だった。

皐武官は立ち竦《すく》んだ。たちまちあがって顔に血がのぼり、ちっとも声がでない。どこを見たらいいのかもわからない。皐武官は藍楸瑛の偉大《いだい》さを思い知った。自分じゃ到底《とうてい》こんな美女とはお話もできません——。

ぎこちなくしていると、ちんまりと正座する少女が映った。あ、彼女なら大丈夫《だいじょうぶ》。命綱をつかむようにそちらへ二、三歩よろめき寄る。

秀麗は、周りを池に囲まれた池亭からなんでまた唐突《とうとつ》に人がやってきたのか、サッパリわからない。不思議がりながら、大将軍たちから預かったモノを引っ張り出した。彼に近寄り、伝えるように言われた言葉を反芻《はんすう》する。

「えーと、これですね。はい。どうぞお持ち帰りになって、後日副賞と併せ、お役立て下さい。清く正しいお付き合いは交換《こうかん》日記から。相手の心がわからないときも、それを読み返せばお悩《なや》み解決。栄《は》えある優勝、おめでとうございます！」

皇武官はポカンとした。頭の許容量を超《こ》えすぎていた。差し出されたのは真っ白な紙面が連なる手習い帳——ああ。

（交換日記か……そんな交際《おつきあい》もいいナ）

帳面を受け取った瞬間——皇武官は戦慄《せんりつ》にはっと貫《つらぬ》かれた。珠翠もまた。

「……弓……？」

常人にはわからずとも、弓取りならわかる。大気が哭《な》き、ビリビリと震える。弧《こ》を描《えが》いて空を切り裂《さ》く裂帛《れっぱく》の弓射。

「こ、んな強弓《ごうきゅう》——」

誰が——？　皇武官は弓取りの端《はし》くれとして、黙《だま》ってはいられなかった。

「申し訳ありません、失礼します！」

胡蝶はそばかすの武官の背を見送った。

「……あの坊《ぼう》や、自分がどんなに強運《ツキ》づいてるか全然わかってないようだね。あの籤《くじ》、一枚こっきりなんだろう？」

第一関門、参加者数の倍用意された籤紙の中で、たった一つだけ紛《まぎ》れていた『空クジ』を凌《しの》ぐ超当《ちょう》たり籤。誰にも会わずにこの最終地点に着け、なおかつ両大将軍とも顔を合わせずにすむ夢の特別経路。ただし、時間の公平を期すために各所で待たされる。焦ってそれを破れば失格になる。精神力も試される。

「ええ。しかも対岸から露台の的を射《い》貫《ぬ》いて、渡《わた》した縄《なわ》を伝ってきたのですから、弓の腕《うで》も素晴らしいです」

きっと、国でも一、二を争う射手になるだろう。

「日が暮れましたね。秀麗様、胡蝶様、これにてお仕事は終わりです」

秀麗はちんぷんかんぷんのまま、報酬《ほうしゅう》はしっかり受け取って首をひねりながら家路についた。誰に話すわけにもいかず、やがてこの妙《みょう》ちきりんな『賃仕事』のことは年末年始の忙殺《ぼうさつ》に紛れ、年が明けた頃《ころ》にはすっかり忘れていたのだった。


劉輝たちは、手から取り落とした武器に呆然とした。

五人のなかで免疫《めんえき》のある劉輝が、うめいた。

「……そ、宋、将軍……」

樹上から宋太傅が身軽に飛び降りた。

「ふ…小童《こわっぱ》どもが。まだまだ甘いわ！」

「……いえ、あの、な、なんで、宋将軍がこんなとこに……」

劉輝は嫌《いや》な予感にぷるぷる震えた。

宋太傅の手にある大弓は、彼が紛れもなく一触即発《いっしょくそくはつ》の隙《すき》を見事についたことを示す。完璧《かんぺき》な気配の殺し方といい、この歳《とし》であの強弓を引く腕《うで》といい――羽林軍でもあれを引けるのは十人いるか――何よりも、一度に三矢をつがえて劉輝たちの武器を狙い撃《う》つその腕前。

さすがは先王の筆頭将軍として歴戦の功を立てまくった猛将《もうしょう》だ。

「この馬鹿弟子《ばかでし》め！　大武術大会と銘《めい》打っておいて、わしを除《の》け者にしようとは百万年早いわっ!!　なめんなよ!!」

やはり師匠《ししょう》は仕合の意図をまるでわかっていなかった——劉輝は心中涙《なみだ》しながら、一縷《いちる》の望みを込めて両大将軍に訊《き》いた。

「……あの、ゆ、優勝は……？」

「……もちろん、なあ燿世？」

黒大将軍は言葉よりも雄弁《ゆうべん》な沈黙《ちんもく》で応じた。この二人は宋太傅が射た矢に反応したが、体勢が崩れたところをすかさず狙って投げられた二丁の戦斧《せんぷ》に後れをとった。

負けである。

両大将軍は特等籤で既《すで》に優勝者が出たとは夢にも思っていなかった。

「ん？　優勝だと？　なんか貰《もら》えんのか」

静蘭と楸瑛は副賞『恋愛徹底指南《れんあいてってい》』を逃《のが》した劉輝の肩《かた》を、慰《なぐさ》めるように叩《たた》いた。静蘭はこの先に十中八九秀麗がいることを察していたので、余計不憫《ふびん》に思った。

このあと、スッ飛んできた皐武官に『さっきの弓は誰が!?』と楸瑛が問いつめられたり、皐武官の手に例の日記帳を認めて両大将軍がハッとしたりするのは、また別の話になる。

終

劉輝はうたた寝《ね》から目を覚ました。

……去年の珍妙《ちんみょう》な『武術仕合』を思い返しているうちに、夢うつつの狭間《はざま》を漂《ただよ》っていたらしい。

ちなみにあの仕合の後、最終関門で出会った精鋭《せいえい》武官と宮女の結婚《けっこん》が次々決まったというオチがついている。

……今年の年末は、とても静かで。

「主上、櫂州牧がお見えでございます」

珠翠の声がした。

劉輝は、今年もまた朝賀のために黒州から遥々《はるばる》やってきた櫂州牧を自ら出迎《でむか》えた。

櫂州牧は王のそばに誰《だれ》の姿もないのを見てとる。

「……今年は、お一人ですか」

「ああ。絳攸も楸瑛も忙《いそが》しいのだ」

劉輝は穏《おだ》やかに返した。

「主上」

「ん？」

「茶州は、山を越えられたそうですね」

去年櫂州牧が朝賀にきたとき、彼は『茶鴛洵亡《な》き今、今度こそ私を州牧に据《す》えずにどうするつもりだ！』と王を大喝《だいかつ》した。

「若手を起用する、とあなたは仰《おっしゃ》った」

次代の人材を育てなくてはと、反論した劉輝に、櫂州牧は一年待つと告げた。

「……良い手でございました。鄭悠舜が戻《もど》れば、また少し楽になりましょう」

「……戻ってきてくれるだろうか。余は即位式《そくいしき》で、怒《おこ》らせてしまった」

「見くびってはなりません。怒ってくれる官吏《かんり》がいることを誇《ほこ》りに思われませ」

「そなたも」

櫂州牧は微笑んだ。

……いま、王はたった一人。

「鄭悠舜は七家外です。家の思惑《おもわく》に縛《しば》られることなく、あなたに仕えましょう」

劉輝は呟《つぶや》いた。

「……余は絳攸も楸瑛も決して手放さぬ」

櫂州牧には王の心が見通せた。

〝花〟を受け取り、『絶対の忠誠』を捧げたはずの二人は、新年間近な今、多忙な王を傍《そば》で助けるより、紅藍両家の仕事を優先した。そのことの意味に気づきもせず。

それを何も言わず許す王にも、問題はあるのだろう。だが、彼だけがもつ武器もある。

ずっと一人きりだった末の公子。

それゆえに、彼は家もしがらみも抜きに、手を差し伸《の》べることができる。

「ええ。それこそが、あなたの武器です」

身を縛るしがらみに気づいた上で、その手をとる度量が、相手にあるか否《いな》か。

今はまだ、気づいているのは王のみ。

「明朝、朝賀にて今再び。……紅州牧も、現在貴陽へ向かっている途中《とちゅう》とか」

「……ああ。……櫂瑜」

「はい」

「……長生きをしてくれ」

「私を必要と仰るなら、できるだけ」

櫂州牧はそう答えた。


夜が明ければ、新たな年がくる。

闇《やみ》が、夜の狭間に降り積もる。

去年、武術仕合の後、絳攸と楸瑛と、終わらない仕事に囲まれながら迎《むか》えた年明け。

今年、劉輝の傍には誰《だれ》もいない。

＊　＊　＊

楸瑛は突然《とつぜん》家に帰ってきた末弟《まってい》に驚いた。

「龍蓮⁉　何しにきたんだ君」

「……愚兄《ぐけい》其《そ》の四。邸《やしき》にいるとはな」

「？　新年の支度にかかりきりになるのは、彩七家の貴陽邸《てい》ならどこも同じだよ。年始の挨拶詣《あいさつもう》ででごった返すし……あ、朝賀に当主代理として出るための衣服も調えないと」

「……まったく王になどなるものではないな。私は心の友がいて幸せだ」

「はあ？」

「今年の当主朝賀には私が出る」

楸瑛は不思議そうにした。

絳攸もまた紅邸にて新年の準備に追われていた。

「……まったく、今年もまた徹夜《てつや》なくして過ごせない一年ってことか……？」

例年ならば正月支度など適当にうっちゃれと放言する黎深が、今年はなぜか何も言わない。

去年、王と楸瑛と三人で目に隈《くま》をつくりながら、大晦日《おおつごもり》の鐘を聞いた。

しばらく出仕していないな——その思いも、目の前の忙事に霧消《むしょう》する。
絳攸のそばを除夜の鐘の音が通り過ぎていく。

茶州——琥璉《これん》城にも、夜明けがくる。

影月は執務《しつむ》をしていた手を止めた。

「……ああ、年が明けましたよ燕青さん」

黎明《れいめい》の昊《そら》で、ひとすじの金の光が燃えている。

「お、ほんとだ。良い年になるといーな」

「……ええ、本当に」

影月の言葉にこめられた祈《いの》りを、燕青はまだ知らない。

「良い年になると、いいですね」

自らの命数を知った上でおっとりと微笑むことができる、影月の勁《つよ》さも。

「世界は時々、本当に綺麗《きれい》ですね……」

影月は光の射《さ》す世界に、目を細めた。


秀麗は旅宿にて新しい年を迎《むか》えた。

「新年おめでとう、静蘭」

宿の露台《ろだい》に出て、のぼる朝日を静蘭と見た。

茶州州牧として朝賀に向かう旅の途次《とし》だった。
今年は、どんな年になるだろう。
ふと、貴陽で待つ玉座の主を思う。
跪《ひざまず》かないでくれと、願った彼。
（……大丈夫《だいじょうぶ》）
「主上も、お元気でいるといいのですが」
静蘭が呟《つぶや》く。秀麗は「うん」と答えた。

＊　＊　＊

去年と今年は違った。
劉輝は室《へや》で一人、椅子《いす》に座っていた。曙光《しょこう》が窓から差し込んでくる。
……彼女はまだ、自分の名を呼んでくれるだろうか。
兄を、兄と呼べる時間はいつまで残っているだろう。
秀麗に約束した王の道と引き換《か》えに、劉輝の掌《てのひら》からは少しずつ劉輝が零《こぼ》れ落ちていく。
……ここに、一人でいる自分は誰だ。劉輝なのか、王なのか——。
仰《あお》向《む》く。深く深く息を吸う。
……それでも、劉輝は約束を守る。

たとえ、誰一人呼ぶ者がいなくなり、いつか自分の名を忘れても。

それは、愛する人が望んだ約束。

「……主上」

躊躇《ためら》いがちに声をかけられる。劉輝は目を開けた。

「……朝賀の、支度《したく》の時間か？　珠翠」

珠翠は言うべき言葉をかえた。

「その前に、府庫《ふこ》で邵可様にお茶をいただきに参りましょう」

「……あまり余を甘やかしてはいかんな」

「たまにならよろしいでしょう」

劉輝は小さく笑んだ。

「……なあ珠翠、余はたくさん恵《めぐ》まれて、幸せな王だな」

珠翠は答えなかった。

王は決して、寂《さび》しいとは言わない。

昨日と同じ明日はこない。移ろい、変わりゆくことを知っている。

本当は彼は、誰よりも多くを眸《ひとみ》に映す。

「やはり、支度をしよう。朝廷《ちょうてい》百官たちを待たせないように。……今年は――」

絳攸と楸瑛に〝花〟を贈《おく》った。女人受験を認めた。何一つ、劉輝に後悔はない。

「今年は、どのような年になるかな」

王は朝日に背を向け、室を出ていった。

＊　＊　＊

そして彼女は劉輝の前で膝《ひざ》をつく。

「茶州州牧紅秀麗、及《およ》び茶州州尹《しゅういん》鄭悠舜、ただいま罷《まか》りこしました」

変わらずに微笑《ほほえ》んでくれた秀麗に、劉輝は泣きたくなった。

本書は、平成十九年九月、角川ビーンズ文庫より刊行された『彩雲国物語　白虹は天をめざす』を加筆修正したものです。

「恋愛指南争奪戦！」は平成十九年十一月に角川ビーンズ文庫から刊行された『彩雲国物語　隣の百合は白』より収録しました。

本文中、『新訂　孫子』（金谷治／訳注　岩波文庫）より一部引用しました。

彩《さい》雲《うん》国《こく》物語《ものがたり》

十二、白虹《はっこう》は天《てん》をめざす

雪《ゆき》乃《の》紗《さ》衣《い》

令和3年 2月25日　初版発行

発行者●堀内大示

発行●株式会社KADOKAWA
〒102-8177　東京都千代田区富士見2-13-3
電話　0570-002-301（ナビダイヤル）

角川文庫 22552

印刷所●株式会社暁印刷
製本所●本間製本株式会社

表紙画●和田三造

●お問い合わせ
https://www.kadokawa.co.jp/（「お問い合わせ」へお進みください）
※内容によっては、お答えできない場合があります。
※サポートは日本国内のみとさせていただきます。
※Japanese text only

ISBN 978-4-04-108745-9　C0193

角川文庫発刊に際して

角川源義

第二次世界大戦の敗北は、軍事力の敗北であった以上に、私たちの若い文化力の敗退であった。私たちの文化が戦争に対して如何に無力であり、単なるあだ花に過ぎなかったかを、私たちは身を以て体験し痛感した。西洋近代文化の摂取にとって、明治以後八十年の歳月は決して短かすぎたとは言えない。にもかかわらず、近代文化の伝統を確立し、自由な批判と柔軟な良識に富む文化層として自らを形成することに私たちは失敗して来た。そしてこれは、各層への文化の普及滲透を任務とする出版人の責任でもあった。

一九四五年以来、私たちは再び振出しに戻り、第一歩から踏み出すことを余儀なくされた。これは大きな不幸ではあるが、反面、これまでの混沌・未熟・歪曲の中にあった我が国の文化に秩序と確たる基礎を齎らすためには絶好の機会でもある。角川書店は、このような祖国の文化的危機にあたり、微力をも顧みず再建の礎石たるべき抱負と決意とをもって出発したが、ここに創立以来の念願を果すべく角川文庫を発刊する。これまで刊行されたあらゆる全集叢書文庫類の長所と短所とを検討し、古今東西の不朽の典籍を、良心的編集のもとに、廉価に、そして書架にふさわしい美本として、多くのひとびとに提供しようとする。しかし私たちは徒らに百科全書的な知識のジレッタントを作ることを目的とせず、あくまで祖国の文化に秩序と再建への道を示し、この文庫を角川書店の栄ある事業として、今後永久に継続発展せしめ、学芸と教養との殿堂として大成せんことを期したい。多くの読書子の愛情ある忠言と支持とによって、この希望と抱負とを完遂せしめられんことを願う。

一九四九年五月三日

彩雲国物語

四、想いは遙かなる茶都へ

雪乃紗衣

650万部突破の中華風ファンタジー！

彩雲国の王、紫劉輝《しりゅうき》の特別措置で、杜影月《とえいげつ》とともに茶州《さしゅう》州牧《しゅうぼく》に任ぜられた紅秀麗《こうしゅうれい》。新米官吏にはありえない破格の出世だが、赴任先の茶州は今もっとも荒れている地。末席ながら彩七家に名を連ねる豪族茶家と、州府の官吏たちが睨み合う、一触即発の状態が続いていた。万が一を考え、隠密の旅にて茶州を目指す秀麗一行。だが、そんなにうまく事が運ぶはずもなく、次々と想定外の事態に陥り!?　急展開のシリーズ第４弾！

角川文庫のキャラクター文芸

ISBN 978-4-04-106651-5

彩雲国物語

五、漆黒の月の宴

雪乃紗衣

中華風ファンタジーの金字塔。物語はさらなる高みへ

王命を受けて茶州《さしゅう》の執政者・州牧《しゅうぼく》となった紅秀麗《こうしゅうれい》は、ひたすらに州都・琥璉《これん》入りを目指す。指定期間内に正式に着任できなければ、地位を剥奪されてしまうというのだ。新州牧の介入を面白く思わない地方豪族・茶家は妨害工作を仕掛けてくるが、秀麗はそれに負けることなく、いちかばちかの勝負に出ようとする。そんな彼女の前に、不思議な魅力を湛《たた》える茶朔洵《さ さくじゅん》という男が現れた。底が見えぬ男、朔洵の驚くべき真意とは?

ISBN 978-4-04-106652-2

彩雲国物語

六、欠けゆく白銀の砂時計

雪乃紗衣

650万部突破の中華風ファンタジー。恋も仕事も新展開!

州牧《しゅうぼく》として茶州《さしゅう》に赴任した紅秀麗《こうしゅうれい》は、早速、州の発展のための策を練り始める。そんななか、新年の朝賀という大役を引き受けることになった秀麗。王都・貴陽《きよう》に向かった彼女は久しぶりに彩雲国国王・紫劉輝《しりゅうき》と再会するが、王としての仕事にしっかりと励む彼の姿に、かつてとは違った印象を受ける。一方、秀麗の知らないところで彼女自身の縁談が進んでいて——。恋も仕事も波瀾万丈! 超人気の極彩色中華風ファンタジー第6弾。

角川文庫のキャラクター文芸

ISBN 978-4-04-107758-0

彩雲国物語

七、心は藍よりも深く

雪乃紗衣

迫りくる別れのとき——。超人気ファンタジー！

久々の王都で茶州《さしゅう》のための案件《ゆめ》を形にするため大忙しの紅秀麗《こうしゅうれい》。飛び交う縁談もそっちのけで働く秀麗を、彩雲国国王の紫劉輝《しりゅうき》も複雑な心中を抑えて援護する。しかしそんななか届いた手紙で、秀麗は茶州で奇病が発生したことを知る。しかもその原因と言われているのは予想だにしないことで……。恋をしているヒマもない！ 風雲急を告げる、超人気・極彩色ファンタジー第7弾。アナザーエピソード「会試直前大騒動！」を特別収録。

ISBN 978-4-04-107759-7

彩雲国物語

八、光降る碧の大地

雪乃紗衣

超人気ファンタジー、影月篇は衝撃の結末へ

州牧の紅秀麗《こうしゅうれい》は奇病の流行を抑え、また、姿を消したもう一人の州牧・影月《えいげつ》を捜すため、急遽茶州《さしゅう》へ戻ることに。しかし茶州では、奇病の原因は秀麗だという「邪仙教」の教えが広まっていた。「もしも自分のせいなら、私は――」密かに覚悟を決める秀麗。そんな彼女を、副官の燕青《えんせい》と静蘭《せいらん》は必死で守ろうとする。迫りくる邪仙教との対決のとき。そして影月の行方は？　アナザーエピソード「お見舞戦線異状あり？」「薔薇姫」収録。

角川文庫のキャラクター文芸

ISBN 978-4-04-107760-3

彩雲国物語

九、紅梅は夜に香る

雪乃紗衣

ヒラからの再出発を誓う秀麗だが――。新章開幕！

任地の茶州《さしゅう》から王都へ帰ってきた彩雲国初の女性官吏・秀麗《しゅうれい》。彼女は自身の選んだある決断の責任をとるため、高位から一転、無位無官として再出発することになる。さらに登殿禁止を言い渡された秀麗は街で自分にできることを探し始めるが、突然ヘンテコな貴族のお坊ちゃまに求婚されて――？　またもや嵐が巻き起こる！ 超人気シリーズ第9弾は、満を持しての新章開幕！ アナザーエピソード「王都上陸！ 龍蓮台風《タイフーン》」を特別収録。

角川文庫のキャラクター文芸

ISBN 978-4-04-108742-8

彩雲国物語

十、緑風は刃のごとく

雪乃紗衣

秀麗の決断に、周囲が変わっていく——

謹慎が解け、ヒラの官吏《かんり》・冗官《じょうかん》として王城に復帰することになった紅秀麗《こうしゅうれい》。しかし彼女を待っていたのは、「ひと月以内にどこかの部署で使われなければクビ」という、厳しい解雇宣告だった。「官吏でありたい」という思いで動きだした秀麗は、やる気のない他の冗官たちの面倒まで見る羽目になって——。新キャラも登場でますます目が離せない、超人気中華風ファンタジー第10弾！ アナザーエピソード「初恋成就大奔走！」収録。

角川文庫のキャラクター文芸

ISBN 978-4-04-108743-5

彩雲国秘抄
骸骨を乞う 上
雪乃紗衣

「彩雲国」禁断のエピソードここに解禁！

数多の名宰相・名大官が名を連ね「最上治」の誉れをとる彩雲国国王・紫劉輝《しりゅうき》の治世。だがその陰には、いまだ知られぬ多くの過去と未来、邂逅と訣別、生と死の物語があった……。王の宰相・鄭悠舜《ていゆうしゅん》が最後まで探し求めた“欠けた翼”とは？（「雪の骨」）玉座を狙い、そして破れた旺季《おうき》。それでも歩き続ける彼の行く果ては（「霜の軀《むくろ》」）を収録。骸骨を乞う――それは主君への最後の別れ、去るときの言葉。魂を揺さぶる「彩雲国物語」真の完結巻。

角川文庫のキャラクター文芸

ISBN 978-4-04-103740-9

彩雲国秘抄

骸骨を乞う 下

雪乃紗衣

650万部超の傑作シリーズ、真の完結！

『劉輝《りゅうき》……大丈夫。私はいなくなったりなんて、しないのよ』——のちに“軍に藍茈《らんし》あり、文に李紅《りこう》あり”と謳われた伝説の女性官吏・紅秀麗《しゅうれい》。彼女が彩雲国国王・紫《し》劉輝の妃となり、母となった一年間を描く「氷の心臓」ほか、稀代の暗躍者・凌晏樹《りょうあんじゅ》の数十年にわたる愛憎を描く「北風の仮面」、さらには劉輝の最後の道行きを描ききった、文庫特別書き下ろし「秘話　冬の華」も収録。著者渾身の傑作ファンタジー「彩雲国物語」真の完結巻。

角川文庫のキャラクター文芸

ISBN 978-4-04-103741-6